敬畏
每一粒
尘埃

刘世芬　著

花山文艺出版社

河北·石家庄

图书在版编目（CIP）数据

敬畏每一粒尘埃 / 刘世芬著. -- 石家庄 ： 花山文
艺出版社，2025.3
ISBN 978-7-5511-6770-3

Ⅰ．①敬… Ⅱ．①刘… Ⅲ．①散文集－中国－当代
Ⅳ．①I267

中国国家版本馆CIP数据核字(2024)第010261号

书　　名：敬畏每一粒尘埃
　　　　　JINGWEI MEI YILI CHEN'AI
著　　者：刘世芬
责任编辑：于怀新
责任校对：李　伟
封面设计：瑾　萱
美术编辑：陈　淼
出版发行：花山文艺出版社（邮政编码：050061）
　　　　　（河北省石家庄市友谊北大街330号）
销售热线：0311-88643299/96/17
印　　刷：北京一鑫印务有限责任公司
经　　销：新华书店
开　　本：710毫米×1000毫米　1/16
印　　张：16
字　　数：246千字
版　　次：2025年3月第1版
印　　次：2025年3月第1次印刷
书　　号：ISBN 978-7-5511-6770-3
定　　价：58.00元

目　　录

003　敬畏每一粒尘埃

006　那个为你手术签字的人

008　家猫辩证法

011　雪片落蒹葭

013　遍地咿呀

016　奔跑的身影

018　看上去在笑的人

020　所谓"神人"

第一辑　风入松

022　薛蟠哭了

024　十指空空

026　寻蛇的人

028　生活课

030　定食

032　高墙深处的那双眼睛

037　特立独行的人

039　等待一只奶牛猫

042　须臾猫生

第二辑　采桑子

047　美丽的兽性

050　虎鲸的智慧

053　书衣

055　"斜杠"时代

057　窗外的军号

059　桥恋

063　京娘湖畔走

067　打架的男孩儿

069　称呼里的百味人生

072　让我们彼此照亮

074　眉间鲁迅

076　从周树人到鲁迅

078　镜光闪闪

081　低欲望时代

084　人生的"十里路"

086　"第一任老师"的尴尬

091　坐姿里有灵魂的样子

094　西施故里的冠亚军

096　吃饱之后

098　远与近

101　从谋生到乐生

104　面包是有灵性的

106　那些被撑大的……

108　农夫错在哪儿?

111　请为爱松绑

114　以萌为业

117　来自童年的那双眼睛

120　但愿你没"凡尔赛"

122　青春该很好　梦若尚在场

第三辑　卷珠帘

127 "治愈神器"花园鳗

130 老树的标配

132 退场的姿势

135 狮际关系

138 暗处的恩人

140 偶然的故乡

142 写作的魔力

145 "政客"雨果

148 雨果眼中的诗人

150 于连的山洞

153 沙漠里的作家

156 "土豪"大仲马

159 另一个加缪

162 我与四大名著

164 字典轶事

166 窄额鲀与园丁鸟

169 救命的眼神

172 涅瓦河上的梦幻

175 毛姆的文学"滑铁卢"

179 毛姆的家国情

181 毛姆·首尔·风马牛

第四辑　声声慢

189　这家公司很"治愈"

192　致那些被比较的人生

195　从这个世界消失十分钟

198　遁入书房撞见书

200　生命教室

203　真正的斯文

206　匠人的"废石"

209　"坐"家之痛

212　悠悠善人桥

215　世间名姓

218　南纬十七度，一百年后的遇见

221　谢阁兰来了

224　记得武林门外路

227　晨光里的故事

230　竹西佳处扬州慢

233　邂逅理塘

236　浮梁买茶去

239　在湸沱的柔波里　漫溯

242　深山不老台

245　后记：一些文字的奇妙旅行

第五辑　远山横

第一辑

风入松

敬畏每一粒尘埃

我的经验不知是否普遍：尽管闹市中心，周边高楼林立，围在其中的菜市场虽不那么尽如人意，但不可或缺。我家附近的这个菜市场，一墙之隔就是一片高耸入云的住宅楼，几步之遥就是一座新落成的中央商务区——不错，这个光鲜时尚的庞然大物，地下一层就有一家大型超市。可是它建成三年多仍不能完全代替农贸市场的某些功用。菜市场的那些菜摊、鱼摊，进出口的那些小吃摊——你不要期望它具备超市的整洁和秩序。这些地方，理直气壮地和市井百姓分享着另一个名称——脏乱差。

那天傍晚，我正要走进菜市场时，发现一对七十多岁的老夫妻，他们开着一辆电动三轮车驶出那个肮脏的进口。令人瞩目的是那摇摇晃晃的车上码成的一座小山——整齐地压叠好的纸箱、泡沫箱以及各种包装用的塑料盒子。目测一下，那满满的一车东西，重量远远超出那车子的承重。那位古稀老妻驾车，丈夫紧挨她而坐，空间太小，丈夫的一只手要放在妻子扶车把的手上面。他们的衣着破烂不堪，妻子头上围一条看不出颜色的围巾，丈夫戴一顶油渍斑斑的破帽子……他们的车看似岌岌可危，跑得却挺快，那摇摇欲坠的样子，使得路上的车都自动让路，他们就那么大摇大摆地消失在车水马龙中。

世俗眼中，或许这是活得"糟糕"的一类人了。然而在我看来，这样的生存，让我生出一丝敬畏。那两个古稀老人，他们的生活状态、活着的心劲儿，让我平时经常涌起的抱怨立即遁形——我站在路边，向他们默默地行注目礼。

几年前，我换了第五台电脑，系统自带 Word2007。我把用 Word2007 敲出的稿子发给一个朋友。对方打不开，对我一通埋怨，好像我极其弱智又故意使其难堪。我立即咨询一个电脑工程师。他告诉我，如果对方电脑对 Word2007 不兼容，又不能转换，就打不开文档。他教我一招儿，在建立一个新文档时做成 Word2003，一般电脑都是兼容 Word2003 的……那之后，我每写一篇稿子，首先做的一件事就是将文档做成 Word2003，然后再敲字。久之，成为积习，明知许多编辑都可以打开 Word2007 了，但下意识里仍会在第一时间完成转换，以保证对方打开时万无一失。

之后的几年，我衷心感谢那位因 Word2007 对我心存芥蒂的朋友，是他让我养成一个摒弃自我、想着他人的习惯。我也经常想起那对古稀老夫妇和那座高高的"小山"……生活的温柔之处在于，总有一个人、一件事的出现，让你原谅之前生活对你的所有刁难。

记得有人对我讲过，生活将我们磨圆，是为了让我们滚得更远。还有人告诉我，有时一根发丝就可能勒死一头牛、拦截一辆大卡车。有人做过统计，这个世界上已经活过了 1800 亿人，未来也还会有无数个 1800 亿人生活。你觉得比天还大的委屈和难以抑制的愤怒，放在这 1800 亿人中来看，瞬间泡影皆无。

印度灵性导师萨古鲁说过一句话：这个星球上只有一个问题——一大堆糟糕的人类，其他一切都棒极了。我对这句话是存疑的——尽管我的同类经常整出些不太良善的动静，可也不至于那么糟糕嘛。直到有一天，看到一个假设：倘若这"一大堆"糟糕的人永远从这个星球消失呢？这个假设来自一组图片，主题是"废墟"，标题为"人类消失之后"。一张张翻过去，触目惊心。此前，我每天穿行于高楼大厦的都市里，对废墟竟有了恍如隔世的陌生……

曾天真地想象，人类消失之后，倘若还有"后人类"，倘若还有不朽，倘若还有一丝精魂游荡在天地间，是否应该就是作家的作品？然而，一部纪录片《人类消失后的世界》告诉我们：纸质的书籍、声画作品、电子数据、光盘等各类精神存储器，都会在人类消失不到百年内被风化腐蚀而归于尘土。可见，人类视为永恒的灵魂产品也并不永恒。

　　想起鲁迅笔下那个刚刚降生的男孩儿：这孩子将来是要死的……在那部纪录片里，如果有人说这话，将不会再遭打了，因为一切最终归零。

　　但是，如何面对如此的无奈与虚无？因为会死，所以要好好地活，精彩地活。于是深信：存在之时，天地之大、芥豆之微，每一粒尘埃，无论多么"糟糕"，它们都曾认真存在过，都值得敬畏。在存活之时，于敬畏中获得每一天的意义——这，或许才是人生的正确打开方式。

那个为你手术签字的人

前不久的雨天，朋友不慎摔断左臂，需要做手术。住院，一番检查手续过后，终于等到要做手术了，医生高喊：家属签字！这一声呼喊，喊出尘世五味。朋友早年离异，与儿子儿媳相依为命。目睹医生让其子签字的一幕，那情景，辛酸又欣慰。辛酸的是，当情感选择早已多元的今天，单身虽不再少见，但总有一道让你绕不开的坎儿——手术签字，提示着你的婚姻状态；欣慰的是，她孤苦一生，幸而有一个人，能够为她手术签字。

生而为人，谁敢保证自己的肉身永远金刚不坏？单身之人，倘若没有子女，手术签字就成为绞尽脑汁的大问题。犹记得，前几年读裘山山的中篇小说《琴声何来》，单身女主人公吴秋明半夜阑尾炎发作需要做手术，病人在本市没有任何亲人，昏迷之际，医生苦等家属来签字，却实在找不到签字之人。可再拖下去就要穿孔了……护士依次拨打吴秋明手机里拨进拨出的号码，拨了前几个号码都没成功，只有男主人公马骁驭接了电话。可他也不是病人的家属啊！"我就是她的同学。"当马骁驭默默地接过手术单子，瞬间被吓住：一个手术的潜在风险竟有那么多！仅仅麻药引起的危险就有一堆，他有些犹豫了：签了字，是要负责任的！他甚至问医生，必须手术吗？医生告诉他，病人已经高烧，各项指标已经亮红灯了，"不做手术过不了今晚"。而这时病人也醒了，病人说："拜托，你若不签我只有自己签了。"于是，一个连恋人都算不上、至多有点儿暧昧意味的男人，被当作临时家属拉来签字。当然，这也让二人的关系推进了一大步。

原来，手术签字，正在检视着我们的社会关系以及每一个人的那份义务和责任。

我的另一个女友，平时柔弱矜持，一直被丈夫捧在手心。忽一日，丈夫被确诊为食管癌。真是晴天霹雳，仿佛天顿时要塌下来，此前她何曾经历这样的至暗时刻！事后，她向我描述签字的瞬间，犹如泰山压顶，但本来瘦弱的她，那时因连日煎熬更成为一株小草……我想问她签字时手是否发抖，但没说出口。但她似乎看穿了我的心思，她告诉我，心肯定会发颤的，但命运把一个人逼到黑暗的角落，自己也只能咬紧牙关、深呼吸，最后沉稳淡定地签了字。

签字，意味着一个人对另一个人，或一个人对一个组织的承诺。大到手术、商业合同，小到社区报表签字——作为一个人，巨笔如椽，几笔下去，如巨人立于天地之间，担起了作为人在这个世界上的所有要义。后来，我经常想象我那身材瘦弱却手握巨笔的女友，在命运将她抛到风口浪尖之时，她那娇小的身躯却如孙悟空手中那根渐渐变长的金箍棒，终能顶天立地。

几年前，我也做过一个妇科小手术，医生大声喊着："家属，家属——签字！"我惊奇："微创也要签字？"医生头也不抬："凡动刀切肤都要签！"那一刻，作为病人，那么无力。我乖顺得像一只猫咪，甘愿把自己置于被签字的位置。而作为家属的丈夫，则"享受"着被需要的价值感。或许这就是上帝为人类，为世间男女埋下的伏笔：你们必须相爱，彼此需要、拥有！哪怕你足够强大，足够独立，足够自我，足够……你也必定需要他人——没有亲人，必须有朋友——因为你终究需要一个为你手术签字的人。

家猫辩证法

一年前，我拥有了一只橘猫，并为它取名咪咪。咪咪初来家时的第一周，仿佛家中无猫——它整个白天躲在窗帘后，一动不动，只有傍晚出来吃喝排泄才宣示一下存在感。一周后，它开始熟悉家里各个角落，渐渐成为"主人翁"。这只小小的"主人"开始时并无"外心"，安于室内与我们游戏玩耍。然而，半年不到，每当我外出打开家门，它便拼命跟着我挤到门外。一开始，我担心它走丢，并不敢放它出门，但有一两次"放风"之后，我觉得不妨任它到楼道内玩耍。

家门通向楼道隔着一道防火门，与家门形成一个狭小空间。一开始，咪咪会忘情地闻闻地毯，蹭蹭鞋柜，再抓抓门边，就心满意足地回屋了。然而，这样几次之后，它的野心持续膨胀，开始对着防火门频频发力。我好奇地看着它的"贪婪"模样，心想：纵然人家是动物可也应该有自由哇！我以为它安全着想的名义去囚禁它，是否过分了？于是，我试着给它打开防火门——不料，意外的一幕出现了：它惊恐一跳，逃回室内，再探头探脑地偷偷往外瞄着。它让我想到了自己第一次离开家时的心情：本能地恋家，面对外面的世界有些不知所措，但又有对新生活的兴奋和憧憬。

之后的一天，咪咪终于勇敢地迈出防火门，试探着一点点地向电梯间挪移——显然那里对于它是个广阔天地。它先是胆怯地扭头看我一眼，前爪颤巍巍伸出去，一切那么新奇。得知环境安全，它先是走到电梯门前。我担心此时正好电梯打开，它一下子窜进去，于是赶它回撤。它竟然一步步移到电梯后面的步行楼梯口，向下张望，前爪抬起，欲要下楼——我立即把它抱回屋里。

由此，我渐渐认识了猫性——它们有时也具有人性的贪婪无尽、欲壑难填。咪咪从此再也不安于这一百多平方米的熟悉空间，一天内总有几个时段趴在家门内侧喵喵大叫，站直身子用前爪频繁抓门，不断扭头"示意"我给它开门，愤怒地回头望着我：为何不开门？我请教养猫的朋友，朋友说都是我"惯的"，因为猫会把之前到过的所有地方都视为自己的"领地"，每天要巡视，否则就会抗议。

完了！这下子，我家咪咪把楼道的公共空间也视为自家地盘了。

有几次，我狠下心，想任它走下楼梯，看它这一只家猫能走到哪里，能否回得来，但终究担心它一旦找不到家，沦为流浪猫……不敢再想，每每于此打住。

夏天的一个傍晚，闪电，惊雷，大风，乌云滚滚，我刚进小区，豪雨如注。赶紧看向冬青树下的隐秘角落，那里有下午我才为流浪猫添加的猫粮。那只熟悉的三花猫正趴在上面狼吞虎咽……回家后，我寻找咪咪，发现它卧于窗玻璃与栏杆之间，安闲地微闭双目。雨噼噼啪啪打在窗上，它时而伸长脖子，看向楼下，不知是否牵挂着那些流浪的同类。

站在窗前，家猫和流浪猫的影子在我眼前交替闪过：那些流浪猫，自由自在，任意西东。然而，有时它们为讨一口饭食，可能就要付出生命的代价……而我家咪咪呢，生活安逸，却也有代价——自由的丧失。

"世界那么大，我想去看看"，这是多年前一名女教师在朋友圈晒出的辞职信。短短十个字，让无数青年人为之共鸣。这世界千变万化，她不想一眼看到自己退休时的样子，把自己活成一个标本：再不出发，就不会再有勇气。我想起《肖申克的救赎》所呈现的："这些墙很有趣。刚入狱的时候，你痛恨周围的高墙；慢慢地，你习惯了生活在其中；最终你会发现自己不得不依靠它而生存。这就叫体制化。"当然，出去"看看"的代价，可能是体面和稳定的丧失，但也许会让你感觉活力满满，活出"开挂"的人生。面对外面的世界，大多数人囿于现实生活的牵绊，不能像武侠小说中的侠客们一样说走就走。漂泊与安定，大海的壮阔和陆地的踏实，难免彼此向往，相互羡慕。但无论哪种方式，唯愿我们都接纳自己的选择，并享受它的快乐和成全。

这样想时，我家咪咪已经消灭完了一根香喷喷的肉猫条。旋即，它小跑着来到家门口，全身立起，两只前爪搭在门上，扭头向我发出指令："喵——喵——"

雪片落蒹葭

翠绿茁壮的芦苇，掩映着两排崭新却低矮的红砖房。微风徐来，苇叶伏下又起，如大海中后浪推前浪。一阵阵童稚气息的读书声随风潜入苇丛，与那起伏的苇浪一唱一和，而那红砖房就像漂浮在绿色汪洋中的一只小船……

这就是昔日我的新学校。那镶嵌其中的一块块红砖，由全校二百多名师生用双手一趟趟搬来。不久前，我们每天在位于村子中心的那几间摇摇欲坠的土屋里上完课，校长和老师们就带领每个班的同学每人搬上几块砖……半年后，就有了这座芦苇荡环绕的新校园。

在那片"绿色汪洋"中，我学会了横竖撇捺、加减乘除，认识了北京天安门，在梦中神游七大洲、四大洋。唱着"小松树快长大"，唱着"日落西山红霞飞"，背诵着父亲刚教会的"钓罢归来不系船，江村月落正堪眠。纵然一夜风吹去，只在芦花浅水边"……而刚刚从师范学校毕业的大姐，也正乐道于"蓬门僻巷，教几个小小蒙童"。作为四兄妹中最小的一个，我成了她的"蒙童"之一，身体笔直地坐在她面前，听她"授道""解惑"。尤其记得，她每讲完课文，总爱给我们讲一个故事，那天正讲一千多年前刘攽之与苏东坡那则师生佳话：鹭鸟窥遥浪，寒风掠岸沙。渔人忽惊起，雪片逐风斜。而那个大胆的学生苏东坡勇敢地为老师修改末句——雪片落蒹葭。那一时刻，我们的窗外，也正"蒹葭苍苍，白露为霜……"

就在那只"绿油油"的"小船"上，扬起我人生的风帆。告别那片绿色、那只"小船"，升入初中、高中、大学，心中依依的、恋恋的。多少次，那只"小船"从梦中飘出……

二十多年过去，我的女儿也坐在了这样一只"小船"上，后来我的单位从很远的地方搬到女儿的学校旁边，我每天上班都要从它身边经过。只是这"小船"再也不似我那时的红砖房，而是漂亮宽敞的四层楼房，楼体涂满着叫不出名字的时尚洋气的建筑涂料。楼前繁花绿草，爬山虎的小脑袋和阳光一起快乐地探进各层楼的窗口，它们一天天陪伴着那一群"蒙童"拔节，抽枝，长大。

我上班的路很近，只需七八分钟，经常送女儿到学校门口，看着她蹦跳着汇入那群跳皮筋踢毽子的快乐小鸟中。有时她忘戴红领巾，中间给她送去时，学生正在学校上课。这时，那一扇扇玻璃窗里就飞出读书声、歌声还有女老师们抑扬顿挫的讲解声，院内宽阔的操场上正上体育课，孩子们跟着老师跑步、跳高，一片欢腾。

我常常面对这一切出神，有时竟在那一个个窗口传出的声音中驻足良久，倾听时就有了一片片安宁、祥和，还有——幸福的潮水，在心底温柔地漫上来……虽隔墙隔窗眼睛看不到，我是用心倾听课桌与讲台那面对面、心照心的默契，那"太阳底最崇高的"授道、解惑，那恬然又盎然的情致和境界，仿佛，芦苇丛中那艘砖红色的"小船"正在悄悄划过来……早已成年的今天，每每想起，总不免有一阵难抑的激奋。太阳底下，有这读书声，就能看到那簇文明的圣火正在辉煌地燃烧下去，一艘新航船正向人类的明天驶去。

真是人生的巧合，我的职业竟也是"站讲台"——不同于曾经的"蒙童"，而是有了一定人生阅历的成年人——党校这方特殊的讲台。但每当我面对那一张张或天真或沉静或成熟的面孔，那一双双清纯或睿智的眼睛，总是让我久久思索该展现一个怎样的"新我"。在我心中，讲台的神圣庄严不容侵犯，她应是由挚爱和执着凝筑而成。站在其上的人，应是绿色汪洋中那艘"小船"的舵手，同时又应有启蒙和师友的意义，甚至有的时刻，还应是"诤友"。至今，每当路过一个个教室的窗口，我仍期待那句"雪片落蒹葭"，能够悠悠扬扬地传出来……

遍 地 咿 呀

在 12306 上订票，系统总是为我默认一个"3＋2"二等车厢的 B 座。考虑到每次进出还要让 C 座站起，我拒绝付款，宁可等待"2"那边的靠窗 F 座。可是系统仿佛识破我那点儿小心思，固执地扔给我"B"。最后只好在一次系统派给我的"3"的那边，选定了 A 座——毕竟靠窗。

当我进入车厢，才发现，我"中彩"了。

先于我来到座位的，是一个年轻妈妈带着两个孩子，大的五六岁，坐在靠过道的 C 座上，妈妈自己则怀里抱着一个嘴里哇哇乱叫的婴儿，坐在 B 座。我到车厢时，母亲正把婴儿放在 A 座上玩耍，看到我来，立即把孩子抱起来。那孩子冲着我，闪着一对乌亮的眼睛，小嘴一张一合地欲要跟我说话的样子。我内心苦笑一下——并非我讨厌孩子，实为近期乘飞机、坐火车时候机、候车，身旁格外"巧合"地围了一堆大大小小的孩子。倘若是长途，身边有个婴儿的滋味，你懂的。这次又"中彩"，不由得让我环视整个车厢，好嘛，简直到了幼儿园，车厢内弥漫着甜腻的奶粉味，以及各年龄孩子的各种哭声、笑声、喊声、咿呀声。

两三年前的飞机火车上，还难得见一个粉嘟嘟的婴儿，眼下的这节车厢，目之所及，至少有六处，家长带着孩子。多为相似情景：一个五六岁的孩子加一个襁褓中的婴儿。就在我前排的一侧，一个年轻妈妈抱着一个比我身边的婴儿还小的孩子，她婆婆（或是妈妈）则搂着一个五六岁的小女孩儿。我们的座位位于车厢中部，前后排的孩子们的声音此起彼伏，或许"童语"只有同类识得，只要有一声婴儿啼叫，全车厢的孩子立即警觉地转向那个位置，所谓"一呼百应"。

我身边的婴儿，目测一岁左右，尚且不能辨别性别。母亲告诉我是女孩儿。女婴勉强发出模糊的"爸爸"，却显然是在冲着妈妈，也时而对着她五六岁的哥哥。母亲告诉我，孩子刚学说话，见所有人都招呼说"爸爸"。坐在靠窗位，我得以零距离观测这个孩子的多动性：她很难在妈妈怀里安静一分钟，母亲刚把她放在她前面座椅的小隔板上，她的小腿便马上蹭到我身上，小手则伸到前排，不时抓住前排乘客的头发拉扯。那个女乘客总是宽厚地回头笑笑。

接下来，声音的"闹剧"没完没了——

母亲躲闪着喂奶，孩子嘴里吸吮着，两只小腿无规则地在空中乱踢。一不留神，踢到小桌板上，哇地爆出哭声。

兄妹俩隔着母亲捉迷藏，妹妹突然"哇"一声，高分贝的童音在全车厢震荡。

哥哥在手机上看少儿节目，声音放得震天，与满车厢的咿呀混成一团。

隔着过道，突然，前排婴儿大哭，我身边的"姑娘"听到后，尽力挣脱妈妈，非要迈开蹒跚的步子，推开哥哥的双腿，扬着一只小胳膊，冲着她那个同类而去。那边正在"哇哇"的那一个却立即止住了哭声，睁着一双泪眼，盯着向他（她）冲过来的"同类"……

坐在角落里的我，心想，这样一路下去也不错，"幼儿园"的世界生机勃勃啊！

车过郑州，有了"状况"。母亲要上洗手间，把婴儿托给哥哥，哥哥立即放下手机，试图哄妹妹玩。谁知妹妹不领情，哇哇大哭着向妈妈离去的方向挣脱，于是，哥哥抱起妹妹去寻妈妈。哭声响彻整个车厢，而妈妈暂时出不来。哥哥的身量显然还不足以抱着妹妹太久，不一会儿，他趔趄着回到座位，把妹妹"咚"地放在座位上。这可不得了，那婴儿撼天动地号啕起来。

无奈"中彩"，情势升级，我想都没想，抱起孩子，使尽浑身解数地哄。再翻遍自己包里可能让孩子感兴趣的所有"玩具"。可是那孩子哭得更痛、更响，眼泪鼻涕流满小脸儿，还用小手使劲推我……

全车厢的目光纷纷转向我们。我窘极，成为"焦点"不可怕，怕的是那孩子没半点儿缓和，"天下"大乱。我只能抱着她走向卫生间，而妈妈仍没出来，我只得在车厢连接处的门口对她又颠又哄。

孩子高分贝的哭叫催促着妈妈。她终于出来了，抱怨着"连手都没洗"，便接过孩子，回到座位。孩子尚在抽泣，妈妈塞给她那个一直在玩的小汽车（其实几分钟前，我给她小汽车时，她却啪啪地推开），她在妈妈怀里破涕为笑地玩起来。

刚刚经历一场"战斗"，列车广播里忽然播放起专给带孩乘车家长的"禁忌事项"公告，其中有"打闹奔跑，攀爬座椅，触摸电茶炉，手扶门缝……"。

这广播内容还是头一次听到。这些年来，列车广播除了播报站点、提醒补票等信息，往往"沉默寡言"。而眼下，差不多半小时就会重新播放"带孩家长注意事项"。显然，相较那些禁烟、安全、补票等内容，这个专门针对儿童车厢行为的广播，是接应二孩时代的一道独特风景。

我起身去打水，走过半个车厢时，将那粉嘟嘟的一团团风景，整体领略，不免觉得孩子们着实惹人怜爱，而可以闭目养神的车厢风景，大概也终究要因为这些小家伙们的加入，而变得常常像在过儿童节。

奔跑的身影

小区附近新开一家餐馆甚合我的口味，几乎成为我家的餐厅。有一次，我刚点完餐，服务台喊叫一个人，一位头发花白的男服务员从我身边跑过去；片刻，又一路小跑回来，手脚麻利地推起服务车，向残羹冷炙的一桌跑去。给我的印象，这家餐馆的服务员是"跑"着服务的。仔细打量，我才发现他们与其他餐馆的区别——有相当部分的中老年服务员。

那位头发花白的男服务员，看上去已过花甲，穿一身服务生常穿的黑底暗红花制服。那件制服穿在年轻服务员身上无甚特别，可在满脸褶皱两鬓斑白的他身上，感觉怪怪的。可是他多么敬业！他的一举一动都是谨慎谦恭的。只见他手脚不停，目光频繁扫向各个餐桌……市井中这个年龄的人，大多数已回归家庭，开始一份悠闲的夕阳生活，显然他并不满足"回家"。当这家餐馆为他提供了这个岗位，他视若珍宝，"跑"着的姿态，很是动人。

那个奔跑的身影，不再年轻，时刻流露一种谦卑，折射的是他对眼下这份"奔跑"的珍惜与在意。我也说不清，这样的奔跑与那些推着婴儿车、蹲守麻将桌、徘徊菜市场的退休大叔有何异同，是否这种奔跑里，对年龄的强行赐予，含有隐隐的不甘？就是这个身影，竟使我下意识地放弃"换口味"的其他饭店，一次次迈向这家餐馆。

我明白，这奔跑的目标绝非仅仅物质意义的职务与薪水，更有着对生命不断的升华与修持。前几年去香港旅游，在饭店就餐时，忽然感觉与内地饭店有点儿不同，一下子又说不出，直到几天后，才发现饭店里来往穿梭服务的，极少青春靓丽的少男少女，几乎清一色大叔大妈甚至公婆级老人。简单交谈后得知，他们对这种年老再就业早已习以为常，薪水不是首选，哪怕只是象征性地慰劳一下，他们也毫无怨言……记得同行的一位长者说，这若在内地，他们的儿女那一关就不好过——让人笑话啊，这不成心让儿女难堪嘛！难道儿女连退休的父母都养不起？再回头打量那些老年服务生，那气定神闲的模样，绝不像为生计所迫，倒让我惊讶于这个年龄的另一种生命状态。

记得渡边淳一写过一部《孤舟》，跳出他擅长的男女情爱主题，直指退休后的晚景。书中也表达出类似的观点。我读后，不自觉地想起在世间行走了九十一年的英国作家毛姆，他在五十多岁写作《寻欢作乐》时，遇到中学同学——同学抱着孙子、推着单车——他看着同学的背影，感慨："他的一生已经过去了。而我不禁想到自己还有那么多计划，写书、写剧本，我对未来充满着希望，我觉得我今后的生涯中，还有那么多有趣的活动和乐事……"我饶有兴味地仰望着这个族群，思索着人类的差异性。

终于明白，使我下意识地放弃"换口味"的原因，就是这家餐厅里跑动着的那个老年身影……看着眼前这个已过知天命之年的服务员，我突然领悟：凡常的生命虽卑微，只要有所期冀，"奔跑"着穿越尘世的薄凉，拥有一份常人不曾领略的丰满意趣，也是极有可能的。

看上去在笑的人

读过几篇关于几位明星患抑郁症的文章。这些文章让我对自己最近的失眠疑神疑鬼，因为文章中有一个观点，抑郁症不分高低贵贱，一样发生在那些我们觉得不可能的人身上，那些不论经济状况，还是呈现给公众的状况都毫无问题的人身上。

何谓失眠？办公室久坐，血液流通不畅，大脑眩晕，腿脚麻木，入夜应该清理干净的东西依旧纠缠在意识深处，世界越静它们却越活跃，白天没能了断的，晚上继续，于是失眠正式上演，久之，神经衰弱。

"神经衰弱"大概还与性格、性情密切相关，心胸开阔、性情旷达之人很少失眠。心思深邃、思虑过甚之人则时常失眠。热恋、失恋大抵都能导致失眠，职业特点也是失眠的主要因素，教师、记者、作家大多失眠，皆因他们伏案居多，大脑时刻处于一种高速运转状态。

按此标准，我应算神经衰弱一族，神经衰弱最长时可以彻夜，第二天头脑尚且清醒，但是要找一个大段时间把失的眠补回方可，否则头痛就会随之而来。最恼人的是第二天有重要事情需要满面春风神采奕奕，可一夜辗转的结果却让自己成为霜打的茄子，好不懊恼。

由于失眠，想起日本那位离浮躁最远的作家夏目漱石，他在《我是猫》中的一段关于失眠的话把我吓了一跳：现在不得神经衰弱的人，大多数是有钱的鲁钝之徒和没教养的无良心之辈。

听这话，竟有瞬间的窃喜，自己离那"鲁钝"和"无良心"似乎隔了银河的距离！荒唐的是，又因这话，潜意识里竟想让自己衰弱再衰弱些，沾沾自喜的时候生怕自己一不留神就会鲁钝起来。可当衰弱继续进行，就想了，倘若全世界都远离鲁钝，该是哪种情形？套用前些年大学里的一句话：毕业，我们一起失恋。那么，入夜，我们一起失眠，世界会乱套吗？

当初夏目漱石说这话时，日本经济刚刚恢复，国内一派蒸腾，国民的神经时刻箭在弦上，自杀率居世界第一，平均十二个小时自杀一个人。日本人追求经济成功丢失了自我，越到节日反而越是惶恐，因为他们已经除了工作不知还会做什么，整个人就成了一架高速运转的机器，一旦减速或者停下来故障也随之而来，美国人嘲笑日本人"赢得了世界，丢失了自己"。这位冷静的——也许是全日本唯一一位懂得"停"下来的作家大声疾呼：经营之余，抬头看看天外。

无疑，夏目漱石属极度衰弱一族。包括《我是猫》里那只猫的神出鬼没、神经兮兮，应为夏目漱石在打破失眠纪录之后的自我描摹。众人皆睡他独醒，他与那个俗不可耐的社会格格不入。人们疯狂地追逐金钱，他追逐的是那么一丁点儿可怜的睡眠，还在追逐失败后，咬牙切齿说出了前面那番话。

严歌苓在失眠最严重的时候，她的外交官丈夫只看她早晨的脸就知她的失眠程度。她还说，没有在半夜失眠过的人何谈人生？前世，今生，来世，可以翻来覆去想个够；爱情，婚姻，家庭，可以揉成一团乱麻个够；家事、国事、天下事可以颠来倒去猜测个够；光明的，黑暗的，高尚的，卑贱的，辉煌的，无耻的，可以意淫个够……

夏目漱石眼中，鲁钝之徒无疑卑微，神经衰弱反衬得高尚、担当。可是，失眠那是什么滋味呢——当我在床上辗转得意欲捣碎地球的时候，却恨不得立即卑微起来，卑微到梦的深处。有人提议，所有的抑郁者中，最先应该关注的，大概就是那些看起来在笑的人——他们将自己看得清楚透亮，但却依然无能为力。

毛姆说过，善于创作的艺术家能够从创作中获得珍贵无比的特权——释放生之苦痛。那些看上去在笑的人，如何创作，如何释放，又怎么去鲁钝呢？

所谓"神人"

央视有档节目《挑战不可能》，把金发碧眼的国际友人也吸引来了。汉密尔顿医生要挑战"五秒内让婴儿停止啼哭"。看着那个超高"海拔"的大男人怀抱一个个粉嘟嘟、软乎乎的婴儿，不禁替他把心提起来。这样的活儿，历来都是留给爱心满溢、柔情似水的小女人的，上帝专门派她们来世间侍弄婴儿。而大男人的双手则用来移山填海、扭转乾坤、救死扶伤……怎能让一双大手哄小婴儿呢！可奇迹还真的挡不住：前一秒尚在响亮啼哭的婴儿，经他双手揽在怀里轻摇几下，很快便安静下来——工作人员在一旁计时，均在五秒之内。

惊呼的人们普遍疑问：他是如何做到的？汉密尔顿医生并不介意"泄密"：将婴儿翻转过来，双手交叉放在胸口，以此还原婴儿在母腹的感觉，宝宝们瞬间获得安全感……

这幅柔情画面，让人不禁思量。汉密尔顿医生固然是儿科专家，可儿科专家多着呢！——"挑战不可能"的背后，有着怎样一种对职业的热爱与历练？最后，日久弥坚，炉火纯青。百川入海，殊途同归；三百六十行，每行都有做得神乎其神的高手。在这些高手身上，体现的是除拙通灵的艺术天分。这样的人，我们称其为"神人"。在其身上，我们能感到天人合一、万物生长的生命感念——前不久，我在一位司机的双手上有所目睹。

暑期，我随丈夫去四川稻城亚丁游玩。当地司机小林曾是一位老汽车兵。从成都到亚丁要穿越川藏路，没有高速，山路崎岖陡峭。每遇险境，让人肝颤尖叫甚至蒙住双眼。可是小林始终稳坐驾驶位，全程下来，他简直把车开到出神入化。

小林开车基本不用导航，这或许与他是四川人有关（去稻城亚丁却是第一次）。他说这得益于在部队时动辄几千公里的残酷训练。我却从中看到一种神奇的直觉：在一个岔路口，没有路标，小林径直开过十米，立即刹住并掉头拐向另一条路，众人问他凭什么做此判断，他说"直觉"……全车人怀疑，直至看到前方一个醒目标牌，大家一片惊呼，赞小林为"神人"。

从亚丁回成都快到新都桥镇时，有段路"凌驾"于一条深深峡谷之上——时而往左，忽又向右，犹如一条高高的螺旋曲线被斜拉着盘旋而上，一直攀到峰顶。那深谷的惊险往往在驶过回头时，让人倒吸一口凉气——一架架虹桥就像一根根游丝，飘在我们刚刚驶过的脚下。对付这样的山路，小林也突然噤声。一直到了平坦处，他才告诉我们他也心有余悸。我这才想起一路上他总将右手放在空调出风口，起初以为他太热——他告诉我们，那些地段，他不敢丝毫懈怠，如临深渊、如履薄冰，高度紧张得手心出汗；空调风口就在方向盘边，成为他吹汗的佳处。

小林还有更多"直觉"：准确预测前方的加油站；提前断定前方居民楼口有车探出，当机立断把车拐进牦牛肉卖场；穿越秦岭时，前方有辆车车速超慢造成压车，小林精准识别，及时操控；万全区境内道路狭窄，路上堵得密不透风且多大车，我们的车在小林的驾驭下，就像一只小松鼠，探头探脑，钻来钻去——哪怕实在插翅难飞，他也会沉着地静待时机；时机一来，他稳准狠地一脚油门"飞"过去，既精准又神速，全车人情不自禁为其鼓掌。我则沉浸在小林创造的神性的驾驶美学中——他已人车合一，若有神力加持。

"昔有佳人公孙氏，一舞剑器动四方。"唐人张旭从公孙大娘的剑术中悟道，让草书日益精进。由匠而艺，更是技之所精，情之所寄。那些不为人知的安静到枯燥的日子，像老僧禅定一样控制欲望，收缩兴趣，聚焦发力；所谓"神人"，就是在此期间，将一件事情做到极致——光阴的回报就是这么神奇。

薛 蟠 哭 了

中年之后重读《红楼梦》，竟有个意外收获：大观园简直就是一座哭园！林妹妹哭，宝姐姐哭，宝哥哥哭，凤辣子哭，金钏哭，紫鹃哭……到了第三十五回，连薛蟠这样的混世魔王，竟也哭了起来。

薛蟠也会哭？这倒新鲜。这个呆霸王终日唯有"斗鸡走马"，吃酒耍钱，哭？他有那心肝吗？在我们眼里，他那样的人，也配有泪腺？哭，这一再正常不过的生理现象，代表的是极端悲恸或激动的震荡，是灵长类动物生理情绪的自然流露，像他这样劣迹斑斑、心如铁石的败家子，动辄草菅人命，他是怎么分泌眼泪的呢？

第三十五回，我们就真的领教了呆霸王坚硬中的"柔软"。宝玉被父亲暴打，众人一致认为是薛蟠"告密"，薛家母女更是一口咬定。面对这样的冤枉，加上喝了一些酒，薛蟠"眼似铜铃""急的乱跳，赌身发誓的分辩"，更在情急中拿宝钗与宝玉"金玉良缘"的"歪话"气哭妹妹。面对妹妹的梨花带雨，薛蟠又是发誓又是自咒地顿显愧怍之态，指天誓日地忏悔："何苦来，为我一个人，娘儿两个天天操心！妈为我生气还有可恕，若只管叫妹妹为我操心，我更不是人了。如今父亲没了，我不能多孝顺妈多疼妹妹，反教娘生气妹妹烦恼，真连个畜生也不如了。"谁能说呆霸王没心肝呢？寥寥几句，何等悲悯、体恤！也就在这时，戏剧性的一幕出现了，"口里说着，眼睛里禁不起也滚下泪来"。

薛蟠在整部《红楼梦》"溜达"一圈，流泪，这却是头一回。这样的泪水无法不触动我们内心的某根神经：人性的确复杂，但呆霸王竟也潜藏着我们并不愿意承认的悯恤。哭，使他顿显立体和真实。

薛蟠与柳湘莲的交往也算全书的一个看点。看上去粗俗野蛮的薛蟠，见到风流倜傥的柳湘莲一见倾心，多次调戏，遭一顿狂揍。然二人却不计前嫌，义结金兰，薛蟠还为柳湘莲和尤三姐的婚事倾力筹办。就在这时，迎来了薛蟠的第二次哭。

尤三姐自刎，柳湘莲出家，薛蟠带小厮遍寻不见回到家中，"眼中尚有泪痕"。曹公又安排意味深长的一幕：薛宝钗的反应非常冷淡，"俗话说的好，'天有不测风云，人有旦夕祸福'，这也是他们前生命定……倒是自从哥哥打江南回来了一二十日，贩了来的货物，想来也该发完了，那同伴去的伙计们辛辛苦苦的，妈妈和哥哥商议商议，也该请一请，酬谢酬谢才是，别叫人家看着无理似的。"人命关天的大事，她轻描淡写，一语带过，只想着赶紧请客，做足自家面子。倒是这个当初挨了柳湘莲打，喝了脏水的呆霸王，"城里城外，哪里没有找到？不怕你们笑话，我找不着他，还哭了一场呢"，并且，"长吁短叹，不像往日高兴，饭也吃得无味"。薛蟠之"哭"，衬出宝钗之"冷"。薛蟠，一个性情中人，时机一到，生命中的真性情想掩藏都难。

这个背负着两条命案的坏人，没有一无是处。有血有肉，潺然丰满，并非我们传统中一贯的非此即彼的单一化、脸谱化。电影《东方快车谋杀案》，大侦探波洛面对"集体的正义"得出"人性并不能单纯以对错来判断"。这个复仇群体让他见识了人性的破碎，也看见人性的悲情。每个人都有罪，每个人又无辜。于是，波洛先生最后对已开动的车厢说，"这里没人犯罪，有的只是人性的重生"。

人性沧桑。薛蟠给我最大的启示——接受这个世界的不完美，接受自己的不完美。

十 指 空 空

一位著名作家来我们这边举行新书分享会。会场选在一个概念型书店，书店一角用作分享场地：观众席位于地面一层，嘉宾和主持人则沿阶梯"拾级而上"。作家本人、四个对谈嘉宾坐在阶梯的最前排，十几位重要观众分坐在主持人和嘉宾的后面几排，这就形成阶梯相对于地面观众席的"高高在上"。我等观众一览无余地仰视着前排，连他们手掌的黑痣都被"放大"。忽然，一道亮光划过——我发现，台上的四位嘉宾，左手无名指上都有一枚钻戒，他们的手正好处于同一水平线。于是，某个瞬间，戒指、作家、书籍，这三个名词在新落成的书店布景中显得神异、诡奇，盛大而荒诞。

看一眼自己的空空十指，想起那段别样的戒指人生。

出身贫家，对首饰毫无概念，结婚时更别提"无金不婚"。那时丈夫在部队，所思所想与取悦女人相去甚远，倒是善良细心的大姑姐，或许见我手上和颈上一片空白，婚后不到一周就把全套首饰送到我面前：项链、戒指、耳环、吊坠，一律黄澄澄的金色。大姑姐一边往我脖子上比试，一边对她弟弟说："知道你也不懂这些，我就替你买了，哪能就这样把人家娶进来……"我和丈夫一下子呆愣，沐浴着浓浓的亲情，丈夫嗫嚅着说出来的话竟是：她不喜欢这些东西……彼时年轻，不懂得这样会伤害大姑姐的好心和善意。

丈夫不久就回部队了，"首饰事件"很快就过去了。之后，我和丈夫谁也没想过把首饰戴在它们应有的位置，因此，被闲置，成为那套首饰的命运。可能被我随手放在一个抽屉里，直到孩子出生并长到需要玩具的年龄，那套首饰才见天日。

首饰被孩子翻出来的细节早已模糊。只记得她经常拿着项链、耳环等在手里把玩，有时把项链"精心"地套在布娃娃头上。如果没有那次有惊无险的"吞金"事故，我仍没想过"严厉"处置这套首饰：那时丈夫尚在部队不能回家，我一个人带着孩子工作生活，显得手忙脚乱。一次晚饭前，我去厨房盛饭，回来时见孩子正把那枚戒指塞到嘴里，小舌头上下翻卷着，我顿时大惊失色，手中的饭碗摔落一地，上前一把卡住她的嘴，把戒指掏出来……惊魂未定之际，女儿的小脸憋得通红，一脸惊恐地哇哇大哭。

"吞金"夺命，还是我从《红楼梦》读来的，那时对金子的负面认识或许仅仅止于那个苦命的尤二姐。谁能想到珍贵的金子也会威胁孩子的生命！我对自己的粗心大意懊悔不迭，立即把首饰找全，竟发现家里居然没有一个可以上锁的抽屉。我只好将其放在孩子拿不到的地方。

然而，当女儿的年龄足以"珠光宝气"，我们数度搬家，那套首饰竟然不知隐到岁月的哪一角，无影无踪了！至今我与大姑姐亲如姐妹，却不敢告诉她真相——如此辜负了一份金子一样的亲情。那时，她在一家幼儿园工作，并非钱多得花不完。多年来，她对弟媳的爱重，抵御着我生活中的太多不堪。风刀霜剑面前，那金灿灿的暖意，让我挺胸前行。

当然，这并未改变我十指空空的习性。首饰之于我，似乎完全分属两个不同的世界，如同钢琴奏鸣曲里一丝极不谐调的和弦。如果西装革履养眼，西装凉鞋会如何？在我的意识里，首饰与我就这样纠结着，不断收到亲友送来的各式首饰礼物，却没有一样戴在身上。我一直好奇戒指与男人女人的关系：戴戒指的他们究竟有着怎样的内心风景？就像阶梯前排的那四位先生，他们都是著名作家、出版人，但是否那闪烁着珠光宝气的钻戒，才是他们生命高度的标志？

人生过午的时候，我依然十指空空。然而，不羡，不惧。

寻 蛇 的 人

晚饭后，丈夫正看一档电视节目，他不情愿地向正在厨房忙碌的我招呼一声：唉，你这个人，怕蛇怕得要死，却又总想看——过来吧，正播"寻蛇记"呢！

丈夫所言不虚，我生性怕蛇，却又对蛇欲罢不能，这种古怪的心理几十年了，总也厘不清。

那是《世界地理》的一档节目。四五个人，欧美面孔，有男有女，整日游荡在非洲荒原或沼泽，只做一件事：寻找蟒蛇。许多惊悚画面，只需一眼就令人晕厥。他们赤手空拳，驾一叶小舟，在阔大的湖面，像一片衰叶，在暴风雨侵袭时，在阴森黑夜的密林里，在杳无人迹的暗洞旁，寻找他们的目标——巨蟒。凶猛的巨蟒有着上百公斤重的身躯，具有人类难以想象的攻击性。可是这些人每当嗅出些微的线索和迹象，顿时兴奋如芝麻开门，仿佛一个巨大的珠宝洞库正被启开，几个疯子一样的男女欢呼雀跃着对付凶猛的庞然大物，竟如获至宝。我敢肯定，那种成就和满足感，即使一座金山赠予他们，也被嗤之以鼻。

镜头切换了，仍在非洲，莫桑比克的原始森林。一个青年男子，徒手攀爬一座藤蔓横斜的山峰，边爬山边解说，气喘吁吁，乐此不疲。他不用任何防护措施，将自己空空荡荡地裸露在毒蛇面前，蛇的毒液几乎喷到脸上，尖利的毒牙眼见着就碰到了他的鼻子，观看电视的我头皮一阵阵发麻，似有冰凉的液体沿着脊柱上蹿，我情不自禁地发出一声声尖叫，最惊险的画面必须捂住眼睛，人也险些晕倒，丈夫不屑地训斥：你这何苦！别看哪。

可是，我却不肯挪动脚步。

那个小伙子仿佛要跟蛇结亲，那情态像要亲吻心爱的姑娘。一条细长的翠绿色非洲树蛇，箭一样蹿出来，他像遇到爱人……天哪，他竟将光溜溜的蛇绕在手臂上，向镜头比画着如何不被蛇咬到，用特种工具小心翼翼地穿刺毒蛇的身体，提取他所要的血样，再将蛇放归山林。那条毒蛇，在他手里真的成为绕指柔，蛇尾在他的腕处来回扫动着，他那么自若，一如我们使用筷子。

面对镜头的这个白人小伙子，谈不上英俊，却身材魁梧，但他面对镜头的笑容那么灿烂、从容，毫无表演和作态。我暗暗想，他面对的危险非同寻常，生命的陨落就在分分秒秒，我想不好他为何热衷于这样一个剧毒的爬行动物，他不怕吗？我恶俗地想到了钱——他是为钱吗？否则，一个精干的小伙子，可以做 IT、做房产、做网店，为何专与蛇较劲？

荧屏里这些寻蛇的人，令我顿生敬畏。那里远离被我们视为生命的安全与踏实，也无须套着俗世的枷锁亦步亦趋，整个人处于一种极度 open（开放）的状态。有人说金字塔的建造者绝不会是奴隶，只能是一群欢快的"疯子"，我相信他们绝非为了某个职衔、嘉奖才与蛇共舞。如果我不远万里去非洲丛林寻蛇，莫说我的体魄和精神能否冲破诸多的定式与拘囿，我在亲朋面前将变成怎样的"怪物"呢？

当许多人的早晨被房贷车贷"叫醒"的时候，这些寻蛇人则为梦想惊叫着。我的心"突突"地狂跳着打量这些痴迷的寻蛇人，那些奇险而生动的瞬间都成为人生的沸点。真带劲儿！我多么希望，生命中的每一个早晨都是在梦想中醒来……

生　活　课

　　一位讲党课的教师朋友在群里做了一个调查：近些年哪些事件影响了你的生活？人们纷纷跟帖：智能手机、支付宝、微信、共享单车、汽车……一位南方微友立即补充：喂，还有垃圾分类！

　　我猛醒：是啊，垃圾分类现在多么热闹！然而，"热闹"是"他们"的，我所在的这座北方小城，虽为省会，在社会发展和公众生活的各个方面都比东南沿海地区晚五至十年：杭州的"车让人"十年后才来到我们这里，共享单车、共享汽车比杭州整整晚了七年，支付宝晚了三年左右……就说如今人们每天躲不开的这堂"新课"——垃圾分类，我所在城市的媒体虽有提及，但效果尚不明显。只因暂时它不影响我的正常生活，"得过且过"至今仍是我与身边这个城市的普遍心理。

　　今夏，当我住到杭州那个家，分分钟就"躲"不过了。从机场回家的路上，地铁里、道路旁、街道矮墙，到处可见垃圾分类的宣传标语。"垃圾分类"，已与这座城市的"旧城拆迁""交通限号"等一同走进了百姓的日常生活。及至走进小区，门口通道的最显眼处，并排摆放着干净整洁的垃圾分类箱；箱子上密密麻麻的小字，说明这些箱子的用法以及垃圾如何科学分类。在楼栋门口，以前放在固定位置的那个大垃圾箱空空如也，而在楼前草地的空白处，有两个与单元门口相同的垃圾箱，一旁摆着一张桌子，桌前坐着一个中年大嫂，她手里有一个本子，一支笔，记着什么。我的那些陌生邻居则分别往两个大箱里放着分好类的垃圾。

　　环视小区，最大的变化就是垃圾分类，到处都是垃圾分类的提示，一项真正的"群众运动"。我立即感知：新的一课，来了。

开始几天出奇地忙碌，没顾上研究"如何分"，却有了扔垃圾的顾虑，第一天犹豫着扔到门口那个空置的垃圾箱，但第二天、第三天，那里仍然只有前几天自己扔掉的那包垃圾，作为此地居民，倘若再置若罔闻显然有悖公德。我立即咨询物业和垃圾箱前的工作人员，他们一一指点，我懂得了什么是"厨房垃圾"和"可回收垃圾"。此后的日子，我准备了两个垃圾筐，每天严格按照工作人员的指导分别盛装垃圾。再也不敢贸然一扔，而是根据时间和地点引导，按两个垃圾箱上的标签扔掉。

这样做的时候，就想，对付此时的垃圾，怎么比那些珍贵的正品、食材还要用心费神呢？垃圾是什么？除了英国垃圾工罢工造成城市瘫痪的新闻，垃圾何曾被我们正眼瞧过？是否正因为这样的忽略才招来报复——此前我们倒是简单了，可是地球却麻烦了，岂止麻烦，应是灾难：漫天飞舞的塑料袋，海洋宣传片中那些漂到海岸的鱼类的肚腹被各种塑料垃圾塞满，其惨状，触目惊心。

看过一部法国纪录片《人类》，法国制片团队耗时一年半，遍历整个地球，来自五十多个国家的影像给人类带来了这样一个信息：因为人类对地球的残酷掠夺，消费模式是改变的时候了。经过四十亿年的漫长演变，地球变成一个物种繁多、资源丰富、奇特美丽的蓝色星球；然而，自人类出现，只用了二十万年的时间，便将地球的宝贵资源消耗殆尽。森林被蚕食，冰川融化，海洋无鱼，珍稀物种灭绝，原始资源奇缺，污染日益严重，人类以及地球的明天何去何从？"垃圾分类"，就这样被"逼"出来了。

我在这里要提到一个与垃圾关系不大也不小的名词——习惯。一个月后，我回到北方的省会，一个月认真培养的垃圾分类习惯竟让我深深地"不适应"：下意识地摊开两个垃圾袋，这才想起，这里的垃圾还是大一统。既是惯性，刹车是需要时间的，当我提着两个袋子扔进的却是同一个垃圾箱，渐渐地就被迫改回来了。

当然，我坚信，全国垃圾分类的大趋势不可违拗。因为，地球需要更长久地"续航"，垃圾分类也必将成为地球人必须面对的生活课。

定　食

两年前,我随一个旅行团到日本。导游是个台湾小伙子,操着标准的普通话。我们每到一地,一日三餐,都由服务员一道道配好送上来——别以为是大盘大量,每个人固定的一小碟,菜、肉、海鲜、主食、饮品都少而精地搭配好,够不够吃就不管了——就我个人的体验,多一口都不给你。

几天下来,我首先感觉胃部被奇异地解放,除了再也没有先前那种"多一口"的饱胀,还有一丝"草色遥看"的饥饿感。吃到第三天的时候,我忍不住咨询导游,才知道这就是日本的"定食"。不知日本是否出于资源原因设计了这样的"定食"。

也奇怪,开始时看着服务员走马灯似的上菜,我们都嫌烦琐,担心吃不饱,然而几天之后却有一种新奇的胃部体验——他们仿佛专门计算了每个人的胃部体积,每顿饭都让胃"刚刚好",肯定不再饥饿,但也绝没有像在国内单纯为了"光盘"而饱胀难耐。几位带着减肥任务的女士尤其"受益",纷纷感觉身轻如燕。我们也感叹:难怪那些服务员一个个苗条瘦削——单是这样上菜,腿都跑细了。

关于定食,导游为我们提供了信息:中国是世界上肥胖率最高的国家之一;而日本是全世界肥胖率最低的发达国家。难怪,日本的大街上,很难看到肥胖的人。也因此,其"定食"被纳入世界非物质文化遗产。在日本一周,一日三餐没有一口浪费。我至今不解——他们并不了解外国人的胃啊!

　　直到回国前一天晚上，导游告诉我们不再吃定食，把我们带到一个中餐馆。一对中国夫妻接待了我们。当大家团团围坐在大圆桌前（吃定食则多是细窄的条形桌），立即似曾相识——又见到满满当当的大盘大餐，它们让我一下子联想到"大快朵颐""狼吞虎咽"等与饥饿有关的词。而这些吃了几天定食的人不约而同地长吁短叹，显然大家再面对这种"大餐"时心情颇为复杂，再也没了以前的心态。

　　回国后，我久久回味着吃了一周的定食。除了健康角度，那种微微的饥饿感，令我想到世间另一个道理：那些因爱生恨的亲人、恋人、爱人，皆因这"爱"被"灌"得太饱，失去了"爱"本身的美好意义。微信圈儿里时常出现那些被母爱宠溺成"残废"的孩子，当生活要求他们必须独自面对社会人生时，他们立即遭到严酷惩罚；但更为残酷的其实是那些母亲——这时，爱已成为一种灾难。爱人之间也如此，一方施与另一方过于"饱胀"的爱，把对方捆绑得几乎窒息，于是悲剧难免。

　　相互陪伴、关爱，却又不剥夺对方的习惯，保持彼此独立的空间。你不能不承认，夫妻这样做，是相当聪明的。我采访过一对老夫妻，在对待子女生活上，他们采取"尽职而不越位，帮忙而不添乱"的原则——可以帮忙，但以子女为主，不让儿女形成依赖，因此他们不仅与儿女形成良好互动，还和谐地度过了第三代的襁褓期。

　　当然，定食的一个重要前提是"适度"。中国人眼下的胀饱也与此前的长期饥饿有关。饥饿不能过度，吃苦不能太多，有时候，人仰马翻显示了人生的过于潦草，那会影响一个人的心智和心态的；而且，人们为此付出的代价，不只在健康方面。

　　许多人都想将欲望填满——不管是食欲、爱欲、物欲，还是收藏占有欲、功利名利欲——但是一周的日本定食，让我在"适度饥饿"中感受到一种举重若轻、恬淡如水的轻畅。

　　据专家称，日本已进入"低欲望社会"，那些"吃得太饱"的年轻人开始自动"拉低"自己的欲望，同时也让全社会的胃口"清空"一下，让曾经饱胀的肌体畅快地吐故纳新。这是否就是"定食"之于世界的意义呢？

高墙深处的那双眼睛

7月底，我们完成在唐山的公务，顺路到某监狱看望大家共同的朋友。注意——朋友在监狱工作！由于监狱这个词的"小众"性，出发前人们听说我们要去"监狱"，悄悄颜色大变，这让我们猛然间意识到，"监狱"在大众面前是多么"双重"，强调"工作"而非"犯罪"是多么必要！何况，更多时候人们往往偏向其"劳改"意象，你要解释半天才能确定朋友的管教身份，这也决定了此行的非同寻常。

微微的兴奋，复杂的好奇，隐隐的忧虑，朋友作为管教人员，在那个常人鲜有光顾的地方，他是如何工作的？平时他在人们眼中一副书生模样，儒雅君子，真正走近他主政的这个特殊群体，是否一反寻常的文气、自持，忽而变成瞋目裂眦的黑脸李逵？

双脚踏上南堡开发区的地面，已知大海近在咫尺，却没有海滨沙滩的浪漫旖旎。烈日下一望无垠的盐场，空气中浮游着海风与盐分杂糅的淡淡的腥咸，一路上积存的隐隐的恐惧感莫可名状。放眼这座特殊的城池，仿佛每一个角落每一片树叶下，都漫不经心地隐匿着异样的诡谲和罪恶。直到朋友出现在我们面前，悠然自若，云淡风轻，才在心里狠狠讥笑自己的井蛙之态。

朋友仍是先前那副温文尔雅的持重模样，不过，他先是呵呵笑着点透我们的那点儿"小心思"：理解作家的好奇和敏感！随之发现，带我们参观盐场和监狱的车子已在楼前待命，几位干警全副武装，一位制盐女工程师一袭长裙，就这样带我们出发了。

盐场的概念陌生而遥远。此刻，人类须臾不离的食盐以及工业用盐，就这样活生生地展现在面前。空气中"盐"的气息渐浓，阳光也格外白晃晃，那几天是河北的暴雨季，女工程师告诉我们，南堡也经历了一场豪雨，一些塘坝被冲，但因技术成熟，总体影响不大。

一条道路直伸向前，看样子通向大海，道路两侧分据一条细细的小河，河岸边排列着长方形的盐池，大多被一种黑塑料布覆盖，有的则是一汪清水"素面朝天"，叫不上名字的器械和工具各自劳作着，只有一种工具一目了然：几十艘小船连接起来的船队，空船而来，载盐而出。

女工程师不断讲解着各种术语，并不难懂，但我们都在思考一个问题：罪犯呢？

虽不至于战战兢兢，却警惕地环视四周，想象着很快就要与那个特殊人群劈面相遇。所谓"强制改造"，肯定要劳动啊！并且绝不能等同于普通意义的劳动，我所能想到的高强度、高烈度、高极限、高时长……如此，才能鞭及肉体，触动灵魂。更突出的，还应体现为"强制"——自由的丧失。那么，他们的劳动，应该在一群荷枪实弹的干警持枪监视之下，甚至，我的脑海里还不时闪出镣铐、枷锁……

可是那些枷锁中人呢？

放眼望去，空空荡荡的太阳底下，寥寥的一些人，在不同区位工作着，显然不是犯人。听到我们的疑问，干警们哈哈大笑：你说的那种情景，几年前了！现在的犯人早就改变了劳动方式，在室内呢，"别急，很快就到了。现在这一段，主要是她的领地。"他们一指女工程师。

这才端详这位 20 世纪 80 年代的化工专业高才生。大学毕业分配到南堡盐场，这里承载了她的盛年。在这个超级"男性"群体，她的一件花式连衣裙有着一种特别的意味。宽边凉帽下，她有着女性极为嫉妒的"瓷"样肤质。可以想象，若在都市里，应该"瓷"得发腻，吹弹得破，但此时却红里透黑。几位干警解开这个其实无解的"死结"——她的事业是盐，而盐的事业是太阳，那种暴烈的骄阳。

终于来到高墙门外。我想我的呼吸是屏住的。脚步迟滞着，不敢挪动，甚至我的眼睛也不敢像刚才在盐田时那般地自由放纵，我下意识地回避着一些有别于平常的触碰，仿佛那一堵堵高墙之上贴满了难言的伤疤。墙外曾经的"凶神恶煞"，此时竟然激起一种引人呵护的柔软，作为一个自由人，哪怕看一眼，都会带来重重的刺痛。

武警、警察的装束交替出现，检查并交出随身所有物品，包括手机。先前还幻想用手机拍照，当一派森严之气袭来，烦琐的进门程序，"铁窗""铁门"的字眼终于从昔日的纸上落到实处，只是外形增加了一些现代社会的时尚元素。

从辽阔的盐田进到这方高墙，我们身边多出两位真正"荷枪实弹"的人。他们身穿防弹背心，尤为惹眼的是他们手中那根警棍，更令人心里提紧的是他们手握警棍的姿势和神情，一种下一秒就要战斗的状态。这让我们明白，在这个特殊环境中我们被特殊保护着，同时也无声地强调着这个环境独一无二的进攻性和危险性。这时，一队身穿条格囚服的犯人两人一排走出一座高楼，干警告诉我们，他们收工要回监舍了，他们走出的那座楼就是他们劳动的厂房。我们从管教人员专用楼梯上到四层，穿过监控室，来到大学宿舍一样的房间，却发现先前对监狱的神秘想象太过离谱：如果没有监狱标识和字样，这里简直就是一座军营！被子叠得如方块，连脸盆、香皂、拖鞋的摆放都刀裁般严整，一尘不染。干警们指着楼下的一些建筑，一一介绍犯人的饮食以及业余文化生活，阅览室、洗衣机、太阳能，其人性化程度甚至让我想到一个极不合时宜的字眼——温馨。

这哪像监狱！如果不是亲眼所见，实难想象，这样的舒适之所，居住的竟然是对社会犯下暴行的人。

干警们本想让我们参观监控室，又考虑到犯人刚刚回到监舍就要洗澡，于是取消。我们立即反问：难道犯人洗澡你们也要监控？"当然。卫生间也一样。"

就在这一刻，"自由"二字跳了出来，这二字的千钧之重也随之落在心上。这里什么都不缺，除了——自由。

市井生活中的人们，谁会闲得无聊去想什么是"自由"呢？只有在此地才郑重其事地掂量其内涵。当我们将要走出监狱，偶一抬头，东侧厂房顶层的一扇窗口上，紧贴着一张脸孔，固执地扭向我们，就那样，久久地，看着……那双眼睛，涨满了多少自由和梦想？该如何羡慕我们这些自由身！远离了美和爱，铁窗外的那一角天空再干净湛蓝，也只好望天兴叹，无权拥抱、享用、欣赏它们。他多么渴望像天空的小鸟一样自由飞翔，渴望像我们一样自由地走动，身穿流行的时装，留着自由挑选的发型，做着自己喜欢的事情……

先前，我对监狱的所有想象大多来自文学和影视作品，电影《肖申克的救赎》曾给心灵猛烈撞击，我曾一度抛却"励志"二字看待这部影片。从此，"监狱"给我最为直接的身体反应就是心脏猛地一抖，陌生，神秘，恐怖，血腥，绝望，罪恶，罪大恶极，十恶不赦，这些世界上最为恶劣的词语，必须恶到登峰造极，才能与"监狱"产生联系。一个数罪并罚的犯人已经"N次进宫"，对社会极不适应，"不知有汉，无论魏晋"，也不知"菜鸟""阿里巴巴""给力"，更不知"奥运"、G20为何物，庄子所预言的"夏虫不可以语于冰"应验到他身上……在一次对越狱犯人的教育中，他喃喃地说："为什么要越狱呢……"是啊，当初他锒铛入狱，如今年事已高，再也不敢想象出狱后的"壶浆箪食"，哪能意识到"自由"对年轻人的意义！获得自由，才是犯人们最大的心愿。

为了高墙深处这一双双渴盼的眼睛，管教人员则必须接受一些必要的自由丧失，成为那些眼睛的"荷光"者。那位制盐女工程师，同时又是管教人员，她必须随干警定期值班，其中一项内容就是看监控录像，无缝隙监控，连洗浴、如厕这样的生活细节也是不能放过的。可那是男犯人啊，但她此时必须抛却性别，我们也因此领教了特殊管教面前"自由"的另一种深意。而我们这位朋友，家在省城，平时住在招待所。当我们像住进全国所有酒店一样，呼喊着招待所的服务员先连接网络，不料，我们被告知：不仅房间没有网线，整个院区更无Wi-Fi。就这样，我在南堡的一天一夜，充分体验了通信时断时续的痛苦经历，连移动信号都格外吝啬，偏偏那一天接到几个重要电话，又需要发送几个重要邮件，短信和微信须臾不离，就在那"令人发指"的网络状态下，我们纷纷抱怨着处理了几件关键公务，此间的哭笑不得和被电话那一端的误会，只好以特殊环境的特殊领地聊以安慰，我们这才想起：这就是朋友在这里的生活常态啊！直到将要离开南堡，他走出会议室，我们一起回石家庄，汽车开上高速，他开始回复一个个电话，反复解释着"我们这里信号不好……"。

这时，那双眼睛，固执地来到我面前，像一面镜子，照出俗世生活的温婉模样。方才明白，先前我所有的抱怨是多么软塌塌、轻飘飘，我那些曾经"控诉"自己"苦难"的文字又有多么矫情和华而不实——那双眼睛，想用怎样的代价，换取哪怕一夕的自由？美国一位学者有一段关于"安全环境"的论述，我想把它略作改动：自由，就像空气一样，平时你呼吸着它，却感觉不到它的存在，但是一旦失去，就会感到它有多么重要！

那座花园式的监狱大院，我曾在心内低呼"与疗养院、福利院何异"？可是，那双眼睛又让我明白，监狱是暂时没收自由的地方！上帝造人时孽根未除，所以他让人走"窄门"，过"节制"的生活。高墙深处的那一双双眼睛，一度忘记了节制与收束，致使最原始的品性袒露，那只罪恶的小兽肆无忌惮地跑出来，吞噬了自由的天空。现在，这座高墙就是他的"窄门"，这个社会帮他"节制"，使他洗心革面，重塑灵魂，重拾梦想，终有一天，他会自由地飞出那扇铁窗……

特立独行的人

小区旁边有一个夜市，有一天我径自走到一位大爷的菜摊前，随手翻看一堆菠菜，不料，竟引来大爷喝止：我的菜不许翻动，你可以不买。这倒新鲜：所谓自由市场，就是让自由挑选嘛！况且，一个菜摊，哪来这么多"规矩"？但这老爷子还真跟我"杠"上了：随你怎么说——他把手向四周一指：你可以随便去哪家，但我的菜就是不让翻搅，宁可不卖。

那天，我也"中邪"，果真在相邻的菜摊买了菜。那大爷若无其事地招呼着别的顾客，根本没理我这茬儿。事后，我默默地想，这位大爷一直在这个夜市上，以前我也不曾注意到他——没想到这个年龄，这种处境，他竟这般"硬气"。第二天晚上，怀着好奇，我在那个菜摊附近游逛，这才注意到，他的菜摊果真与众不同——他很注意"形象"：菜车整洁，各种菜品码放得整齐，菜的底下铺的一块深色的毡布几近纤尘不染。别的菜摊上的微信和支付宝码乱放乱挂，甚至压在菜下要找半天，而他的两个码固定挂在菜摊一角的一根小竹竿上。闲时，他一刻不停地整理擦拭着菜摊的角角落落。

他本人呢，年龄有六十多岁，穿着一身20世纪八九十年代的旧衣服，还算干净，双手粗黑，面孔黝黑，周身却散发着一种"身在陋室、胸怀天下"的淡然、从容，不紧不慢，不媚不俗，对啦——敢于坚守自己。

我想：一个毫无"形象"可言的夜市菜摊的卖菜老头儿，也有必要"坚守"？他就不怕轰走本来不多的客人吗？他就不怕他的菜品卖不出去烂掉吗？难道他不希望多卖些菜，多赚些钱吗？我瞄他一眼，发现他淡然的脸上还有那么一丝——凛然。这样的"凛然"，让我思量许久。

之后不久，我出差去广东，从佛山到中山，一位美籍华人作家为我推荐了长途汽车。买票后上车，乘客稀稀落落。我的票号是"1"，正好坐在驾驶位后面。当车子开动，我蓦然发现驾驶座的一道别样风景——靠近过道一侧的边框上，"生长"着三根青翠的水竹！水竹插在一根手臂粗细的竹筒里。竹筒上部一侧拧着一颗小螺栓，一根塑料绳绕紧螺栓，另一端固定在座椅边框上，竹筒底部则用一个塑料袋紧紧兜住并与边框连接固定。虽不能直接看到筒内，但内里的水意已被水竹的青翠"出卖"，所谓"踏花归去马蹄香"了。

难道遇上一个女司机？但驾驶位上坐着的，分明是一个三四十岁的男子。事实上，自我上车就在内心抱怨这车的陈旧了，但又不得不承认其洁净。眼前，一枝水竹苍翠横斜，满车绿意。两个小时的车程，因这一抹绿意，我与司机攀谈起来。他讲述了自己目前为止不那么平顺的经历，但我只记住一句话：我只想送给乘客一段不一样的旅程。

想起电视剧《今生是第一次》中的一个情节：妻子想要一个属于自己的私人空间，丈夫也同意了——但这个房间没有坚守下去，很快就有家人甚至客人自由出入。失落的妻子瞒着丈夫在一家偏僻的宾馆租下一个房间——19号房间。她每个月都会在那里住一段，哪怕只是发呆也觉得格外幸福。因为在那里，她始终属于自己。

最后，丈夫发现了19号房间。不可思议的是，面对丈夫的盘问，妻子情愿撒谎，宁可承认"出轨"，也不肯说出实情。

我经常饶有兴味地打量这些特立独行的人。一位心理学家说过：一个人的心灵就像一座夜间的园林，亮着灯的房子是意识，而房子外黑暗的树林、池塘和假山是潜意识，藏着我们看不见的情感和意念……看上去，那个司机不是有点儿"女人样"吗？那个妻子不是太"个性"吗？特别是那个老大爷，多么"不善"！可是，我真的担心，这个世界到处都是"善"的堆砌，独缺了"美"的踪影。在这里，善趋向于社会道德层面的统一却模糊的面具；而美则代表了面具后面鲜明独特的面孔与灵魂。我欣赏这些特立独行的人。

等待一只奶牛猫

自从两年前养了橘猫咪咪，我满眼皆猫，包括流浪猫。一年前的春天，我在小区里发现了那只奶牛猫。当时，它与三四只流浪猫混在一起，我一眼就看到隐在树篱下有少量残余猫粮的空餐盒，从此我也往那里添加猫粮。

猫们仿佛摸准了我放置猫粮的规律，一到时间就从四面八方聚过来，只是它们等我离开才小心翼翼凑近去吃，只有一只精瘦的奶牛猫例外。它上半身全黑，肚皮和两只后腿纯白，像草原上的一只黑白花奶牛。它的眼珠也与别的猫不同，完全的黄，加上纯黑脸庞上的几根白胡须，这样的特征极其鲜明。

奶牛猫很快熟悉了我，殷切期盼我的到来。然而，我添好猫粮后，它不像同类一样一拥而上，反而一步步紧跟我……"快去吃！"明知它听不懂，但引导它还是有效的。它只低头吃着，好像不安心，时而抬头看我，唯恐我离开。看到我挪动脚步，它立即停止进食，跟我一路小跑……

邻居告诉我，这是一只母猫，已有两只白花幼崽，所以它总是竭力觅食，并想让人类收留它和孩子们……

一天晚上，添完猫粮，陪着它吃完。回家时，它寸步不离要跟我进单元门，一番"劝说"，它后半身立在原地，眼巴巴地看着我走进去。这样的情形重复几次，每天晚上回家竟成为一种仪式，要颇费周折才能让它止步。

又一天晚上，单元门口的路灯下，奶牛猫从一片冬青树篱中走出来，仿佛专门等我。平时，我在报箱里放一点儿猫粮和猫条。那天喂它猫条，它吃完后不肯离去，恋恋不舍地跟着我到单元门，抬头望着我。外面细雨蒙蒙，我恨自己的局限——家里已住了一只橘猫，我与家人多次争吵，才留下它的——看着奶牛猫渴望的眼神，我对丈夫说："要不，咱把它带回一起养吧？"

丈夫一听立即暴跳如雷："你若养它，我把家中那只一起赶走！"同时，他嘲笑我"小女人"，瞎心软："这只小猫够幸运了，你每天照顾它。它多自由哇！或许春天会遇到一只多情的异性，恋爱生子。可是如果跟你到家里，你能不为它绝育吗？不瞒你说，每当看到咱家咪咪丧失了恋爱生子的权利，我才真正同情怜悯它。所以你要让你的爱心有边界才是！"

奶牛猫被关在门外的一刻，我的心剧痛，晚上辗转难眠。之后的许多天，不但餐盒不翼而飞，猫们也不见了踪影。邻居告诉我，物业早就痛恨我们这些养猫人了，暗暗清理并赶走了猫。我心一紧，四处寻找那只奶牛猫，一遍遍呼唤着。终于有一天，刚进小区，发现它在路边的草丛中，对着一包鼓鼓的垃圾觅食。我激动地喊它一声，它"喵喵"着跟上我。我去单元门报箱前给它取猫粮。谁知，这样的跟随，却被不停经过的路人打断，它一下躲进了绿化带。我本以为它一直默默跟着，一回头，却不见它了。我忽然意识到，它消失的这段时间，因为被驱赶，所以如此怕人。

欣慰的是，它还在这个小区。有一天，我忽然想起一排大树后的隐秘角落，那里曾是流浪猫聚集地。我绕进去。密集树丛的空地上，四五个猫舍一字排开，地上放着猫粮和水。四五只猫见到我一哄而散，却没有奶牛猫。

它仿佛消失一般，几个月后才在单元门口不远处见到。我立即引它到猫舍，告诉它：这就是你的家。它竟如此聪慧，仿佛听懂我的话：乖乖地钻进去，探出头望着我，再出来用头拱我的手和腿……从此，我总能在这里找到它。尽管有时它还跟我出来，但我用话语引导它，它果真停住了脚步。

2023年冬天的第一场雪，铺天盖地。我踩着深深的雪走近猫舍，平时的七八只猫，只剩了两只，没有奶牛猫。

整个冬天，再也没见到它。

保洁人员告诉我：天太冷时，猫们就去楼里或地下车库了。我默默为奶牛猫祈祷着。

春雪飘飘的一天，邻居追喂一只怀孕的黄猫，告诉我：能出现的，说明挺过了冬天；不见的，应该去了天国……

我立刻想到奶牛猫，泪水直涌：奶牛猫，春天来了，你一定活下来，我在等你！

带着一个虚无缥缈的约定，每天走进那个猫舍角落，期待一个奇迹。

小区的绿化带，蜡梅、玉兰、连翘先后热闹起来，仍不见奶牛猫。

难道……

这天，气温升到了二十二摄氏度，我换上春装走近猫舍——啊，奶牛猫安静地卧在一张蓝格棉垫上！两三只猫见我进来四散逃走，它先是一愣，接着走向我。我把猫粮放下，转身跑回报箱取了猫条，它狼吞虎咽。

那一刻，心花怒放：我和奶牛猫，一起迎来了春天。

须臾猫生

"临终的时候，我会一直蹭你，记住你的气味，下辈子再遇到你，请不要推开我。"一位猫友发来这段喵语，让我瞬间泪目。她告诉我，当猫预感到自己大限将至，它会首先想到保护主人，担心自己的尸体可能给主人带来危险，它会悄悄远离。

人生苦短，猫生须臾。也是我养猫三年的结论。

成为猫奴的我，整个人也多出一根猫神经，专门感知这个世界各个角落里的猫。

草丛中，露台下，饭店门口，公园绿植里，眼中皆猫。然而，三年间的常态却是：有的猫，喂着喂着，就不见了，随之传来附近发现猫尸体的消息。特别是那些幼猫，前一天还跟着妈妈，之后再未出现，仿佛从未出生……

一天晚上九点左右，我告别朋友步行回家，穿过地道桥时，辅道路边一排绿植，紧连一片小树林，远远地，好像看到一只猫。我快步走近，原是一只小黑花猫，不到一岁的身量，昏黄的路灯下，每一根毛发仿佛都在激发人的保护欲。它正沿着相反方向的一条坡道走下地道。

我在栏杆边站住，它感知到了我的注视，也停下脚步，仰头看着我，圆圆的眼睛在路灯映照下亮晶晶，闪着橙色的光。它不再往前走，就那么盯着我，我看出那眼神里的渴望，多么希望我能给它一点儿食物，甚至一个家……然而，此时的我，却两手空空，不能给它提供任何吃食和安身之所。我焦急地在原地转圈：能否把它带回小区呢？

它与我平时喂养的那只奶牛猫仿佛孪生。我无奈地迈动了沉重的脚步，招呼它，希望它能跟我走回去。倘若它能走过这两公里，加入小区里的流浪猫群体，有人喂养管理，或许会迎来另一种猫生。

开始时，它随我走了几步，可是当它看我不可能停下，复又站在了原地，远远地观望，它显然在揣摩我的用意，如果我此时手里有食物，它或许会跟上……再回头，它仍不肯前来。我只好迈动脚步，一遍遍回忆小川未明的《在什么地方活着》，再不忍回头看它——孤零零地，它被留在了那个艰难谋生的世界。

几天后，我特意绕道那个地道桥，期待能与它再次相遇。咫尺之内，汽车、摩托车和行人，各自行色匆匆，一只猫的生死与人类状似风马牛，我装作漫不经心地四处寻觅。最终，在小树林的角落里，杂乱枝叶掩遮下，一个黑花猫的尸体隐现……我瞬间崩溃，瘫在台阶上。一个真实的生命，哪怕它是猫，理应如此飘零吗？

猫生，仿如人生，须臾，如梦。

有猫友告诉我，猫的寿命只有十至十八年，猫的一岁可以换算为人的七岁。养了三年猫，读过那么多关于猫的文字，我才真正理解人类对猫的特殊情感。我也惊奇地发现，小区上空那些叫不出名字的鸟，看到小区里没被吃完的猫粮，很快就叽喳着俯冲下来，瞬间将之风卷残云……哦，人与动物，如此亲近。

作为人类一员，我养育了一个属于这个族群的孩子，她已长大成人，这让我产生了似乎完成某种任务的放松。当我在家养了一只橘猫，忽似又养育另一个孩子，并经常下意识地比较这"两小只"，有时宁愿相信二者仅仅区别于——猫咪不会说话。

而猫咪何其通灵！人类对它的好，它悉数记于心间，并竭力保护主人。比如，在主人如厕时忠实地守护在身前；夜晚软软地依偎于主人的脚边或枕旁，不时地嗅闻，以确认你的正常呼吸。特别是当它用头蹭主人的腿，标记气味，宣示领地，那是它的情话：我是多么爱你！

猫咪细腻的心思，也堪比人类，而猫的嫉妒心也毫不逊色。有一次，我在外喂了流浪猫，要命的是，这只流浪猫在我身上留了许多标记……尽管我回家前反复洗手，家猫分明捕捉到我手上残留的同类气味。令人惊奇的一幕出现了：它并不急于吃饭，而是抬起头，深深地、若有所思地盯了我一眼。那一眼，意味深长，盯得我内心狂跳；我分明也心虚了，它那复杂的超越物种的眼波，刺痛我心。我想起《小王子》中狐狸与玫瑰的相互"训养"，这才读懂猫咪用眼神对我的警告：我是家里一员，你要给我足够的重视和尊重，不要感情溜号……

事实上，我对这个比人类温软得多的生灵，无法漠视。

那几天，我在淘宝下单买猫粮，包装上印有一只猫的卡通头像，旁边的一句话让我顷刻破防："我的寿命很短，你就是我的一生"……

一把抱起猫咪，泪流满面。

采桑子

美丽的兽性

这是一个加拿大微友发到朋友圈的故事。

2011 年，一只被海上泄漏的石油呛得奄奄一息的小企鹅，漂流到巴西里约热内卢附近的一处海岛渔村，被一位七十一岁的老渔民 Joao 花去一周时间清洗，活了下来。Joao 明白企鹅是离不开水的，在喂养数月并确定企鹅完全康复后，拿出几条鱼喂饱了它并放归大海。

然而，老人把企鹅放到海里，它却跟着老人又回到岸上。反复几次之后，老人认为水浅载不起企鹅，便借了一条船，划到深海区，将企鹅抱下船放到了海里。

"再见了，小企鹅……"回岸的路上，老人心里很是不舍，然而……这只企鹅早就先于老人游回了岸上，因为找不到老人正急得团团转。看到老人回来，它摇摆着尾巴尖叫着迎了上去。老人没再狠心赶它走，而企鹅也跟老人越来越亲密。

老人没有子女，自从有了企鹅，企鹅就成为家庭一员，老人为它取了名字 Dindim，Dindim 也像对待老朋友那样跟老人热络着。于是小小的渔村里出现了奇葩场景：别人遛狗，老人走在路上时，身后却跟着一只大摇大摆的企鹅……

这只憨笨的小企鹅，温柔地霸占了我的心。

这头小兽，不，按照科学归类企鹅应属"禽"，但"禽性""兽性"在我们人类面前还不是一样的？如果不是表达需要，我早已将"它"改为"他"。

这则消息是"看图说话"，一张张老人与小企鹅亲昵的照片令人心动：小企鹅仰着头，眼神纯粹、干净，满满的都是爱地看着老人。

当大西洋的季风吹来的时候，这两个老伙计已经共处了十一个月之久。其间，企鹅褪了毛，长出新的羽毛后，老人突然不见了企鹅。

老人以为这只可爱的企鹅永远离开了。岂料，失踪的企鹅继续为人类制造着泪点——第二年6月，它回来了。根据企鹅世界的生存定律，企鹅们本该聚在一起，前往共同的目的地繁衍后代，但Dindim却选择放弃同伴，万里迢迢赶回来陪伴这位古稀老人。它准确无误地找到了老人的住所，用带着海腥味的嘴亲吻老人。黏着老人，蹭鱼吃。

此后五年，企鹅每年6月来，次年2月离开，到阿根廷、智利附近海域繁殖，周而复始。生物学家做过精确计算：麦哲伦企鹅的聚居地位于南美洲南端，从距离上估算，它每次为了见到老人，要游至少五千英里。一路上，要克服疲惫和疾病，躲过海豹、鲸鱼等天敌。它就这样远涉重洋，年复一年，只为看一眼那个它生命中的恩人。在小企鹅的世界观里，老人值得它跋山涉水去致谢。

老人对采访者说："我爱企鹅，它就像我自己的孩子一样。我相信它也爱我。""小企鹅不允许其他人抚摸它，否则会用嘴啄对方。而它却睡在我膝盖上，让我给它洗澡，喂沙丁鱼，也让我抱它。"老人每天给小企鹅喂鱼，为的是让它增强体质抵御大海的种种艰难险阻平安归来。

一遍遍翻看老人与企鹅的图片，一次次泪水盈眶……

老人的双手布满大片的白癜风，青筋暴起，企鹅那黑白相间的小身体娇娇地依偎在老人胸前，安详，静好。他们的身后是一间破旧的屋子，没有院子，屋前的地面泥泞不堪，挂满渔网，但我相信，这里却是企鹅最温馨的伊甸园。在一张老人与企鹅亲吻的照片上，老人穿着脏旧的条格衣衫，头发花白，赤脚，人字拖鞋，海风和阳光把他晒得黝黑，他已经微微驼背了……可是怎能否认这些在企鹅眼里的健美无比呢！这是一种比亲情还美的情感。在人类看来，我们有柔软香醇的嘴唇，那才是接吻的最佳器具，企鹅尖硬的长嘴与人类的双唇绞在一起，是什么体验？那笨拙的，憨憨的，胖胖的，摇摆着的小兽的内心世界，我们人类知之多少？

可是，有情，有爱，人与兽，就上演着一幕幕人类穷尽想象也难以编排的一吻。

年逾古稀的 Joao 为了等到小企鹅，顽强地跟岁月作斗争。人们希望这个故事不要有结局，希望企鹅每一次离开，都能更好地回来。

我从电脑前抬头，一眼看到世界地图的右下角，那是南美洲南端，犹如长颈鹿长脖子那一段，航海线勾画出麦哲伦海峡与老人所在的巴西渔村的距离，那深深的海洋，隔不断一只企鹅与一位叫作 Joao 的人类的"范张鸡黍"。以前我经常怀疑童话，今天这只企鹅让我看到了真实的童话……企鹅如此，人何以堪？

关于这只企鹅，关于企鹅家族，关于整个动物世界，关于这个世界的奥秘，还有哪些？这只企鹅眼里看到的，是否远远超出了人类的视线？那些我们常常称道的美德：悲悯，报恩，在践行这回事上，人类是否该反思了？滴水之恩，企鹅以生命相报。

生命如此短暂。人类有时伤心、争吵，斤斤计较，而老人与企鹅，他们比谁都明白抓紧时间去爱。这只憨笨的小兽，给人类上了怎样的一课？

时光荏苒，人们担心着两件事：老人等啊等，企鹅却再也没出现；企鹅来到老人所在的渔村，找啊找，却再也找不到老人……我再难抑久蓄的泪水。我们难道不应该为这美好的一幕而泪流满面吗？

但我又相信，一个人如果真心在等着什么，那么这个人一定不会随便从这个世界消失的。

写下这些文字，我一边在《行船的人》萨克斯伴奏曲里沉浸着，是那种消除人声的纯曲，"船螺声音催着咱分开，轻轻叫着心爱的名，希望保重你自己，我会永远爱你……"。

情深，意缱，还有一点儿离愁、感伤，当然更多的还有从悲悯中蜕来的爱的欣悦，它们跨越了远古洪荒，满满地涌来。

虎鲸的智慧

阳光下的大海，波澜不惊。海狮母亲拥着幼崽，懒洋洋地躺在海滩上晒着太阳，好一派静谧安详。

然而，千万别轻信假象。这不，总有一些贪玩的小家伙，吃饱喝足，游逛去了——去哪里呢？此刻的贪玩带有颇为心动的探秘性，海水成为第一诱惑，不自量力的海狮幼崽们，不知不觉爬到了海边，游戏着，打闹着，离海岸线越来越近……突然，一个庞然大兽，一跃出海，仿佛从天而降，可怜年幼的海狮，在母亲尚未反应时，被吞噬入海。

你道这大兽为何物？它就是令海狮闻风丧胆的——虎鲸。

名为虎鲸，绝非虚有其名。平时就以虎形、虎态、虎威示人，虽无老虎毛皮的土黄斑纹，但身体呈现黑白分明的视觉冲击，带给人强烈的震慑效果。何况，事实上的虎鲸，岂止震慑，在几乎所有海洋动物面前，扮演的都是货真价实的血腥霸主。

虎鲸称霸海洋的秘诀，离不开它们惊人的智慧。

鲸如其名，其凶猛和速度绝不逊于猛虎，表现为对猎物精准的距离判断、迅猛的捕捉以及惊人的爆发力。虎鲸在长期的进化中，积累了一些类似人类团结协作力克强敌的捕猎技巧，每当发现猎物，鲸群首领就会组织家族成员发动鲸海战术，"驱赶"猎物下海：一群虎鲸聚集在一起冲向浮冰或海滩，利用强大的速度制造海浪，将猎物迷惑、打晕，那些本来位于浮冰或海滩的海豹和海狮，被巨大的海浪从冰上或海滩扫入水中，惊慌失措间，本来毫无戒备的悠闲的它们，瞬间被突如其来的海浪冲离，特别是那些年轻的幼崽，不知不觉地落入了鲸口。

虎鲸制造海浪这一招儿，还专门用于分离猎物母亲与幼崽。在动物界，幼年和青春期的猎物往往成为一个物种中最脆弱也最易攻击的对象，而动物的护犊在一定程度上增加了狩猎难度，有时，成功分离母子，甚至让幼崽离开族群，就成为狩猎的关键。聪明的虎鲸深谙其道，于是成为各种不同物种幼崽的头号杀手。这种捕猎方法最常见于海豹和海狮，在海中，一旦虎鲸成功地将幼崽与母亲分开，虎鲸基本就锁定了胜局；在海滩上，虎鲸一旦发现有幼崽出没，往往群起制造海浪（有时则是利用海浪的余波），把自己"送"上海滩，将猎物瞬间制服。

制造海浪捕获猎物，让虎鲸练就了非凡的速度，首先要在波浪涌起的过程中有效利用海浪的波流，迅疾捕捉，否则就会延误战机；为了弥补海浪的时间差，虎鲸竟生出一种独特的"心机"——故意搁浅，为猎物制造更多的陷阱。

虎鲸的护犊，为动物界所共知，这是因为它们的传宗接代比人类艰难很多：雌性虎鲸每三至十年才生育一次，并且要怀孕十七个月才能分娩，因此它们对幼崽超乎寻常地珍视，表现出强烈的保护能力。虎鲸母亲哺育幼鲸长达两年，而青春期的雌性虎鲸通常会帮助照顾鲸群中的幼年虎鲸。幼鲸的成长比成年虎鲸需要更多的食物，它们也无法像成年虎鲸那样潜入深海或长时间深潜，因此在捕猎更大的猎物时，虎鲸母亲往往会在猎物尸体下沉时潜入尸体内，撕下大块肉带到水面喂给孩子。

为了让青春期的虎鲸迅速成长，虎鲸母亲甚至将捕捉到的鱼类含在嘴里，让幼崽咀嚼，为的是让孩子们判断和掌握特定区域群体中的猎物属性。大自然的残酷就在于，虎鲸的这种护犊，必须建立在吃掉其他动物幼崽的基础上。

而幼鲸的捕猎技巧也多为母亲传授。比如为了练习捕猎海滩上的猎物，母亲们会专门让幼崽进行搁浅练习。

大多数情况下的虎鲸，很幸运，就像本文开头那样轻松得手。但也有的时候，虎鲸会因自身的局限和短板而陷入险境，特别是对于青少年虎鲸。由于幼鲸往往不具备父辈们丰富的经验，不能准确掌握海潮的规律，而它们又体形巨大，当它乘着海浪偷袭海狮海豹时，只顾了忘情追逐，却忽视了海水正在退潮，等到发现自己被困的时候，已经来不及抽身，这时就会遇到极端险情——搁浅在海滩。虎鲸一旦搁浅，只能等待海水涨潮时再游回大海，而这就成为听天由命的事件。倘若幸运，在它脱水之前潮水如期到来；如果潮水遥遥无期，等待它的只能是死亡的命运。

为了规避这种致命的软肋，虎鲸母亲往往严格训练自己的幼崽，加强孩子的搁浅训练，从海滩上抓走海狮海豹，然后再把幼崽拉回水中，反复教授演练。虽然这种办法很危险，但在弱肉强食的海洋生物界，虎鲸的生存，必须向险中求。

这样危险的觅食较量中，渐渐地，虎鲸的尾巴进化成了不可多得的杀器。这根看上去平淡无奇却肌肉发达的尾巴，一旦启用狩猎功能，立即显示其凶悍的一面：当它锁定了猎物，就会用尾巴抛出一个食物诱饵，把猎物吸引到海面便于捕捉的位置，然后甩动尾巴击晕猎物，往往直击要害。

正因为虎鲸这些超然的狩猎本领，那些移动速度较慢的猎物，比如海豹、海狮和鲨鱼等，往往成为虎鲸的囊中之物。甚至能与虎鲸比肩的大白鲨、抹香鲸等都可能成为虎鲸的尾下鬼。有趣的是，虎鲸的这种"空手道"技巧代代相传，青少年虎鲸在尝试练习这一动作之前，会多年观察家族群体中的成熟成员，在实践中渐入佳境。

物竞天择，不能适应竞争进化的物种无疑将遭到无情的淘汰，要想生存下来，必须学会适应周围的环境，找到适合自己的生存妙诀。虎鲸的智慧、体力、熟练的狩猎方法和群体行为，使它们成为当之无愧的海洋霸主，牢牢雄踞在苍茫大海的食物链顶端。

书 衣

记不得最初在哪里读到"书衣"这个词了，只记得当时便绽放满眼的
旖旎。后来在毛姆《人生的枷锁》中读到一个成语：披卷破帙。帙，即为
书衣，顿感口角噙香。给书做件衣裳！云想衣裳，书也想容，一本"容
貌"姣好的书，看到了便让人如沐春风呢。

数一数自己那些书衣的故事吧。

幼时的书衣，颜色主打一个——黄。自记事起，脑海中就储存了一幅
画面：读过私塾的父亲，捧着一本黄旧的"老书"，一副老花镜，读得津
津有味。那本旧书，竖排，繁体，封面残破，但被父亲用一张不知从何处
寻来的粗纸包裹，经常脱落，缺了一角，粘了泥土，甚至落上一粒高粱米
……后来，将要散架的时候，父亲索性找来一块破布，保护着那本"行将
就木"的书。它也成为我最早的"书衣"记忆。

是的，尽管残陋，"书衣"仍是美丽的。但那些书，对于尚未识字的
我，却等于天书。有时转到父亲身后，看他用钢笔在字间画着，手指间尚
存刚从田间劳作时带回的土屑……他手中的书并不固定，当我认字之后，
可以辨出有时是《资治通鉴》，有时是《隋书》，还有别的，我记不起来
了。仍难忘的，是他那个捧读的姿势。那时物资匮乏，全家人三餐无继，
父亲的阅读似乎告诉我：书页上的文字比吃食金贵。

十八岁时的高中暑假，父亲为我借来一本繁体的程乙本《红楼梦》。
那本书更羞谈书衣了，索性没了封面，封底也不翼而飞，所幸保留了一个
完整的故事内核。我有点儿"饥不择食"，虽似懂非懂，有一点可以肯定，

从这本书开始，开启了我的读书生涯。

后来升学到省城，工作、成家后，父亲有时跟来居住，每次仍带着一两本用破布包裹的书。此时那些书已经像他的人一样悄然老去，黄旧残破，仿佛分分钟便会风蚀成尘。他经常倚在床头或沙发上，仍是那个捧读的姿势，陪伴了我初为人妻人母时的焦头烂额。

当父亲携他的那些书衣一起故去，我也真正拥有了属于自己的书衣记忆。

我的书衣也与时代同俯仰，经历了由简到奢的时代变迁。记忆最深刻的是我淘毛姆的二十年中相应的书衣变化。自从有了网购，我淘到许多几近绝版的珍品，那些泛黄的、劣质的、软脆的纸页，但在我眼里价值连城。记得网购初期，我问一个网店书贩有没有毛姆的《寻欢作乐》，他告诉我此书为"影印本"，当时不知"影印"为何物，在书贩"不影响阅读"的承诺下，义无反顾地淘了过来。到手才知，它与正常印刷版的区别，好在真的并不影响阅读，只是无原书封面。这让我迅速恶补了"影印"知识，至今收藏的毛姆影印本除《寻欢作乐》，还有《盛誉下的孤独者》《毛姆戏剧选》等。这样的过程，书衣，暂且隐退了。

约十年前吧，书衣在出版时就堂皇登场了，且渐成书界的"公主""贵妇"。常见的就是全彩包装，封面是硬挺的铜版纸，折叠后将整书箍住，揭下这层"衣裳"，才到硬壳的第二封面。随着出版业的发展，书衣的奢华越发令人"不堪重负"：材质越来越奢靡，封面越来越厚重，腰封越来越花哨……若想迅速打开整本书一读为快，实属不易，一层层像剥蒜头。于是，阅读前只好把封面套皮一一摘掉，让人想起马三立的单口相声《祖传秘方》，一层层小心翼翼揭开——揭到最后没了脾气。

想起旧时欧洲宫廷舞会上那些盛装的贵妇人，衣饰对她们来说早已喧宾夺主。她们才不管华丽的羽毛能否掩住苍白贫瘠的灵魂呢。

如今，我书架上依然积累了厚厚一摞高档书衣，留之无用却又不忍丢弃，如鸡肋般，令人纠结不已。

其实，一件简洁的"书衣"，足以慰藉满纸的文字，以及阅读它的人。

"斜杠"时代

身边有一位女士，其职业是公务员无疑，她在税务部门顶着一个不大不小的乌纱，可是剩下的这些，皆为业余——考下一摞心理学证件，顶呱呱的周末讲师、心理咨询师，时常炮制一些鸡汤文，圈粉若干，令人感到不搭界的还有，她烹制的美食也是色香味一流，多次吵嚷着想找个山清水秀之地开一家时尚餐馆。最近读一个"90后"男孩儿的公众号，更是了得，且看他的名片：畅销书作家/青年导演/编剧/英语培训师/自媒体……

当"60后""70后"们还在互励"人生苦短，时间只允许我们关注一两件事"的时候，谁能想到，这个世界已经"斜杠"风行了呢！

时代变得越来越陌生的同时又似乎眼花缭乱。我们自幼被教育"又红又专"，专心做好一件事情才能达成人生的成功，最为经典的，数学家陈景润研究"1+1"过于痴迷，撞到树上以为撞到了人不停地道歉，因此师长们不断提点晚辈们，只有像陈景润这样格外专注才能事业成功，那些为人类做出卓越贡献的科学家、文学家、艺术家们，皆归结于他们"术业有专攻"，在各自的领域成为泰斗，他们的传记里也都显得他们整个人不食人间烟火，守得寂寞，一心一用，最后攀登事业的顶峰。电影《梅兰芳》里邱如白对孟小冬苦苦"恳求"：谁毁了梅兰芳的孤单，谁就毁了梅兰芳……如此相比，我们身边的"斜杠"们这般喧嚣，情何以堪？倘若也让梅兰芳来个"跨界"，去当个专栏作家，会如何？

不能说没这个可能，只能说梅大师没赶上如今的好时代。尼采在19世纪告诫人们"只关注一两件事"，他倒是想关注太多，可哪有那么多信息让他捕捉呢？再说，工具、渠道也捉襟见肘啊，他见过电脑吗？更别提网络微信了。哲学家康德连柯尼斯堡那个小镇都没迈出过一步，其忠诚度令那个小镇被世界情侣誉为最佳蜜月地，本身杜绝"斜杠"，时代环境也消灭了这个可能。再看英国大主教蒂乐生，他生活在 17 世纪，也只能说出下面的话："生活得更加虔诚一点儿，幽静一点儿，多沉思默想，会让人心无旁骛；全副心思情感都投入一件事情之中，所有的感情都向着一个方面奔流而去，整个人的所有思绪及精力都指向一个伟大目标，这样的人生才终归完整，与自身完全和谐统一。"

真是白云苍狗啊！看看眼下的"公号狗"们动辄月入百万，却不是天方夜谭！HR 高管，一边对手下耳提面命，这边鼠标一点，微商签单，那边的畅销书在机场高铁站一路风靡……而这一个个"斜杠"并非一张张"90 后""00 后"的娃娃脸，不乏"70 后""80 后"，一人身兼 N 职，做产品、做技术、做运营、做行政、做 HR，一个策划案可以赚到平常一份工作一年的薪资，整个一个"斜杠人生"啊。相比康德们，这算不算成功呢？

平时经常听"60 后""70 后"们说"等我退休了……"，他们的许多人生理想都寄予了"……"，可是真到了退休，家庭、健康、子女又让他们力不从心，他们的职业生命在朝九晚五和严密体制中只能抱残守缺，看着夕阳一寸寸落入西边的海平面。更何况，他们那些"……"纯属业余，靠谱儿的不多，是不能"变现"的，也就是"90 后"们常说的"价值体现"。面对生命中的每一秒，"斜杠"们小脸儿一扬：少来那些假大空，我们的每一"杠"，都要真金白银！

事实上，人家一路"斜杠"着，就挣脱了单一雇佣制的劳动模式，社会在现有组织运作方式、人才利用乃至社保体系只能亦步亦趋地跟进，"人力"最大限度地成为"资源"，出奇又出新，流动复流动，"斜杠"人生由此"可持续"起来。

窗外的军号

在一个晚报副刊读到一篇文章,一个刚刚毕业的小伙子在城市打拼,因各种原因频繁地更换着租房,最后那一处住房,本以为要结束奔波了,谁知第二天清晨早早地竟被一阵军号声吵醒,原来他的住处与一座军营仅一墙之隔!莫说军号声,连战士出操时的脚步声、喊号声都完好无损地送入他的耳鼓……一时间,他沮丧地大骂中介,下决心换房:越快越好!但苦于有一个刚接手的大项目难以分身,"任务完成一定要离开这鬼地方"!

奇妙的是,当一个月后他上交方案并被上司奖赏后,他竟对每天如约而来的军号声恋恋不舍了。其间他出差两三天,居然因为少了那曾让他咬牙切齿的军号声而极度不适。静下来,他竟不好意思地抱歉,不该骂中介不负责任。感谢那军号声,让他每天闻"号"起舞,一改在大学时睡懒觉的积习。多年后当他事业有成、人生还算圆满时,再回忆那段经历,军号声依然新鲜刺激地留存于记忆中,给他的青春注入一种亢奋的燃料,一种源源不断的核动力,从此让他走上雄劲、勤勉的人生模式。

我也有一种类似的军号情结。十几年前我每年都要到部队探亲,住处离营房不远,经常听到起床号。后来我想这大概就是为何在那个军人不那么时尚的年代,我却逆潮流而动非要做军嫂的原因——在我听来,无论起床号、出操号还是熄灯号,都是世间最美的声音。每次号声响起时,我浑身的血液都会奇异悸动,那一刻,我会情不自禁地停止手中正在做的所有事情,凝神,屏息,让自己完全沉浸进去。那个声音虽不为我熟悉,却总是冥冥中给我一种昭示,我会认为自己的人生将因这个声音而不同。

相对于琐碎而漫长的生活，我去部队探亲的时间毕竟少之又少，后来丈夫转业回到地方，渐渐地，几乎与军号绝缘。偶尔检视我的生活，发现极少看电视的我却对军事题材的电影和电视剧从不放过。渐渐才明白，某种情结固然已在生命中沉潜，而内心深处对于某一个声音固执地期待，才是连我自己都不甚了了的人生常态。

去年我去了一些地方，有两件事至今难忘。在武汉出差，第二天早晨尚在睡梦中，忽然一阵嘹亮的军号声破窗而入，蒙眬中以为回到丈夫的部队。立即起身探出窗口，寻找这声音的来处，这才发现隔壁就是一所军校。尚在冬日，我把窗户全部打开，让军号声一遍遍送到我的房间，瞬时热泪盈眶……去年夏天，我在河北唐山采访新农村建设，那是玉田县的一个全国标杆村，每天早晨六点，他们的村歌都会准时播放。已经住进高楼大厦的村民纷纷走出小区，在村歌中去食堂打饭，去上班去晨练。土地已经流转，农业已实现机械化，村民多在附近就业。几天后，当我习惯了村歌的定时响起，随着晨练的人群汇入城市公园式的广场以及周围开满鲜花的街道时，我竟像等待军号一样在村歌声中迎接崭新的一天。我也相信，村歌之于村民，就像村边的加油站一样，为他们的每一天输入奔跑的能量。

已过中年又如何！《父母爱情》的最后，江亚菲和王海洋悄悄放入一个光碟，随之，一声清脆的军号声破空而出，白发苍苍的江德福和安杰被这声音激灵一振，光阴摧弯了他们的腰背，但军号声又扳直了它们："是军号！""——起床号！——出操号！"……

生命中会有诸多标记，却不会所有都能非同寻常。有些东西，注定会存储于生命深处，成为一种精神符号，一种生命仪式，无关岁月，有关灵魂。它可能平时不会打扰你，但某个机缘到来，它会跳出来，给你的生命加注激情，助推你后面的人生路走得铿锵，走得从容，走得不那么乏味。

桥　恋

　　浩瀚的夜空，繁星点点。隔着长长的银河，牛郎和织女遥遥相对……直到七月初七，成千上万的喜鹊架起一座长长的鹊桥，有情人踏桥而来，欢欣团聚。

　　"纤云弄巧，飞星传恨，银汉迢迢暗度。"无论仙人还是凡类，桥，搭载了生灵，连通了世界。千年倏忽，沧海桑田，地球上的山川湖海，一桥飞架，天堑通途。天地与人，从此阅古通今，满目壮阔。

　　"从很小起，身边便常常只有母亲，只知有一个叫'中山'的地方，父亲在那里。后来，我转到了中山，还是很少见到父亲，只知有一种职业叫'工程师'，有一个工程，它叫'港珠澳大桥'。我只得在他难得回家时，看他脸上的皱纹，看发间生出的白发，看四处奔波磨旧的皮鞋……台灯下，我看见了我的未来。"

　　这位小作者，是广东省中山市初中生李鹿鸣。那个"很少见"的父亲，就是中铁山桥集团南方装备有限公司党委书记李华生，一个以造桥为业的人。

　　浩浩伶仃，隐隐飞桥。一年前的金秋十月，人类历史上最隆重的桥事——港珠澳大桥通车。全球刷屏的画面中，一对流光溢彩的中国结，两座橙色巨字号龙门吊，魔幻神秘的焊接机器人，焊花飞舞的车间等山桥元素，频频成为沸腾点。从此，中国梦，山桥梦，世纪桥——伶仃一桥，天心月圆。

　　金秋，交通运输部、国资委、中华全国总工会以及港珠澳大桥管理局联合表彰港珠澳大桥的百名建设标兵，李华生与山桥集团参与港珠澳大桥建设的那一长串名字赫然在列，他们与气势恢宏的港珠澳大桥一起，熠熠生辉。

时光回溯到1894年2月，中国人架设的第一座钢桥——滦河铁路大桥建成通车，修筑滦河大桥的三百多名技工面临就地遣散。时任北洋大臣的晚清重臣李鸿章，借"洋务运动"风潮，毅然留住这批钢桥制造人才，成立了"山海关造桥厂"。这是中国第一个铁路桥梁制造的民族工业企业，即今日中铁山桥集团有限公司的前身。

往事越百年。2012年春日，山桥集团力挫群雄，中标港珠澳大桥最大标段——青州航道桥。为了这份世纪订单，山桥在山海关和广东中山，为港珠澳大桥量身建造两处生产基地，分别用于板单元生产和钢箱梁总拼装。为了港珠澳大桥，山桥的雄心、情怀，可昭日月。

正因如此，在很多时候，比如，电视画面里流光溢彩的港珠澳大桥宣传片，以及影院里上映的《港珠澳大桥》纪录片，特别是手机里频频刷屏的港珠澳大桥的各种雄姿……我总是想起他们——山桥产业园里那些默默无闻的建设者。

除了极少数员工，山桥产业园里的几乎所有岗位，就连一些全国劳模，都没去过港珠澳大桥现场。"每当看到电视画面里的中国结，真想到现场去抚摸一下，哪怕站在远处看看……"正是他们，当国家和世界对桥的需求呈现爆发状时，每天除了造桥，还是造桥。后来我在中山基地遇到一个司机小魏，他竟对港珠澳大桥"视觉疲劳"，这不由得让我想起山桥产业园那焊花飞舞的车间——小魏何其幸运！他每天送员工到桥位工作，见识了港珠澳大桥的每一天，各个角度，每个雏形，"什么雄伟呀，壮丽的，矫情不？看那些人到桥上手舞足蹈的兴奋劲儿，至于吗？少见多怪"！

直到我告诉他，那些制造出他车轮下的钢箱梁、中国结的山桥同事们，只能在电视、手机里看到大桥，直到有一天他认真地盯了一眼每天开车驶过的大桥，恍然，自己何尝不是其中一员呢！那一刻，他心里涌起一股滚烫的热流，眼角濡湿。

　　春夏之交我到产业园时，车间里正在加紧生产孟加拉国帕德玛大桥和冬奥会五环桥所用杆件。在车间外，迎面撞上一种外形奇特的"车"——运梁车，驾驶室位于高大的装载平台之下，几乎隐匿，让人想到装甲车。司机张伟峰告诉我，这台车专门运送大型桥梁杆件，长十八米、载重二百五十吨……看着张师傅灵巧地"让"这个超级庞然大物前行、拐弯，不由得一下子产生某种崇拜——桥崇拜。再回身看向那些天车和满车装载的杆件，似乎读懂它们身上的桥容、桥语、桥魂、桥恋，这让我这个"桥盲"瞬间电光石火：在山桥，桥是有灵魂的。

　　无论老龙头路的山桥总部，还是山桥产业园和中山基地，无论办公楼，还是机器轰鸣的车间，随处可见墙上悬挂着的一幅幅形状各异的桥，它们皆出自山桥人之手，高阔，深邃，流畅，这些仪态万千的桥，使山桥的一株草、一朵花也被赋予桥的光晕、桥的情感——桥的情怀。百年山桥、大国工匠、世纪梦圆，这些字眼固然不错，但山桥更配得起另一顶桂冠——诗和远方。

　　不错，这些年，或许有的企业留给世人的背影沾满了"拜金""苟且""汲汲于利"。但假如你走过了山桥，随便请出一个人，都是工匠精神、文艺激情、文化情怀的集合体。工艺的严谨与梦想的诗性完美交融。这样的山桥人，组成的正是"陶朱事业，端木生涯"的山桥。

　　企业有了"企业"之外的格局和境界——民众能有金钱之上的选择，才是稳健的社会。事实上，奋战港珠澳大桥的同时，雪花一样的订单飞向山桥。中山基地确保了港珠澳大桥顺利建设，更实现了中铁工业板块在华南珠三角地区的重要战略布局。瞧，这副对联——

　　　　质量奖、国际奖、詹天佑奖，奖奖有我；
　　　　黄河桥、长江桥、港珠澳桥，桥桥带路。

　　千山万水，千丘万壑，过江，跨海，挟山……就在全球华人庆贺中华人民共和国七十华诞之际，华夏版图不断传来山桥金色的丰收：沪通长江大桥、平潭大桥、平塘特大桥等十余座大桥纷纷合龙、通车。"一带一路"更让山桥大踏步跨入世界舞台，美国、德国、瑞典、孟加拉国、安哥拉等国际桥梁市场，活跃着山桥人的身影。

山桥之桥，连通世界。

京娘湖畔走

　　京娘湖畔，迎客厅前，一座雕像，高头大马载着娇柔羞涩的赵京娘，马蹄高扬，赵匡胤手提浑铁齐眉棒，气宇轩昂地牵马向前……

　　一男，一女，一湖。一份深情缱绻的心意，一段荡气回肠的相送，一曲义礼相映的颂歌，氤氲于千年以来的武安大地。

　　若论柔媚清丽，江河湖海中，首推湖。江的恣肆，河的奔腾，海的惊澜，唯湖，波光粼粼，万种风情。然而眼前的京娘湖，则不仅仅限于大自然的明丽山水了，因了那个九曲回肠的千里相送，这片秀美的山水，兀然生出诸多人间要义：义、信、勇、智、情。

　　湖畔蹒跚，遐思翩跹。山环水绕间，川谷深幽，赤壁丹崖，倒人字形的湖面，拱卫着野趣盎然的贞义岛。这里不仅是京娘湖的核心景区，还是不可多得的天然氧吧，无论自然画图，还是人文美景，无论地质奇观，还是现代拓展，都让岛如其名，草木碑石间都写满了一个义字——千里相送的大义。昔时年轻气盛的赵匡胤正是那两个响马的年龄，并且具备成为响马的环境。即使在送京娘回乡之时，赵公子由于火烧官府特意避开官道、绕行武安，崎岖险峻的山间小道，哪怕有所放纵也会得到宽容和原谅，他却义薄云天，怀德自重，路见不平时义字为先。或许正因如此，一番沙场驰骋之后，才有了日后不久的黄袍加身。

　　从观光电梯上到八十米高的赤岩栈道，栈道沿着悬崖绝壁临水而建，环山绕行，使游人移步换景，心旷神怡。贞义岛的最高处——宋祖峰，雄峙中央，俨然尘上桃源。站在峰顶，整个贞义半岛尽收眼底，京娘祠、公子峰一线相牵。遥想千年之前，一对青葱男女途经于此，美景当前，公子何以春心不动？

这便是——信。面对情色之惑时的清醒自知。

《警世通言》中《赵太祖千里送京娘》开篇即是二儒与一隐士关于汉、唐、宋三朝功过的对话，三人高谈阔论之后，隐士特别评点了各朝利弊，关于宋朝，"他事虽不及汉、唐，惟不贪女色最胜"。

对于一代帝王赵匡胤，这个评价的"理论支撑"正来源于"千里送京娘"。二人伴行千里，途中不乏如京娘湖之类的绝佳山水。民间素有酒后乱性之说，其实置身于柔山媚水，也极易生情，何况一对妙龄男女？今人看来，或许那呆木的赵公子实在不解风情，实则不然，公子虽一介武夫，却非"胶柱鼓瑟"，只是坦言"今日若就私情，与那两个响马何异"？人无信不立，可贵的是，赵公子在美色面前，一诺千金，足见其端持本心，意志超拔。信，支撑起赵太祖的人格基础以及日后的帝王大业。

京娘湖底的岩壁上，赵公子曾以《咏日》言志："欲出未出光辣达，千山万山如火发；须臾走向天上来，逐却残星赶却月。"其中的故事，被湖边搭衣岩村的村民口口相传：古时的行人经过湖底的那块题诗壁时，都要去看看这首诗，哪怕骑马坐轿的人，也要专程下马下轿走到石壁前观看。每当京娘湖水位下降，题诗壁就会露出来。《咏日》诗和题诗壁形成了今天的"云崖寄志"景点。"须臾走向天上来"的豪情，已具帝王之气。

"面如喋血，目若曙星"的赵公子，看似拼命三郎，却是骁勇善战，力敌万人。特别是在送京娘这件事上，千里相送，路远还只是困难之一，因赵公子救出京娘，他那在清油观出家的叔叔战战兢兢，担心侄子的"多事"连累了道观，但赵公子安慰叔叔："大胆天下去得，小心寸步难行。"担心两个强盗为难清油观，故意讲明去向，让响马知道，这就为相送路上的安全造成了极大隐患。两个响马果然沿路追来，公子一人直面两场生死厮杀，最终辨别奸良，履险如夷，除掉了作恶多端的二响马张广和周进——此谓勇也。为京娘报仇，为百姓除害，人们千恩万谢，奔走相告，赵匡胤"不恋私情不畏强，独行千里送京娘"的故事，从此传遍河北武安和山西南部的广大地区，既为美谈，千古不息。

乍看，一介武夫赵匡胤只懂耍刀弄枪，其实，除了路见不平、拔刀而起，年轻公子还胆大心细，智谋过人。赵公子送京娘的这一路，山高路远，危机四伏，如果只有公子一人，任凭打打杀杀总归一人抵挡，无涉他人。然而，身旁有一个娇弱女子，无疑平添了负担，稍有不慎不但葬送自身，也枉费了千里相送的初衷。事实证明，赵公子是有这份自信的，每当他要外出，都把京娘找当地女主人精心安置，不让她受一点儿惊吓。当他杀死了第二个响马，不但公平合理地把响马抢掠的赃物分配给当地百姓，遣散了他们的追随者，而且未忘自己砸毁清油观魔鬼殿的损失，差人捎信已踏平祸患的同时，对魔鬼殿进行了足够的补偿。这些过人的智谋也为他日后登基打下了基础。

男儿英武，仅仅义、信、勇、智在身，有义无情，终有所憾。京娘湖有情湖爱岛之称，赵匡胤千里相送的主题是义和信，但必须承认，其中必有一份情——人间至情。某种意义上，这份情超越了男女私情，直抵情字的金字塔顶。

古往今来，红尘男女多为情所惑，彼时，将成为一代帝王的赵公子却不为情所动，与一绝色佳人日夜同宿同眠却守身如玉，难怪京娘惊其为柳下惠、鲁南子。历史各代的多种传奇书上说，赵公子千里送京娘一路走了二十多天，这在古代的交通条件下是正常的。然而他们的这二十多天却与常人不同，他们既要躲避官府的通缉，又要与凶悍的响马作生死搏斗，还要克服相送路上千山万水的艰难。更重要的是，二十多天在路上的共同生活，二人还必须要互相照顾。一路上公子悉心保护京娘的人身安全，经常夜里自己不睡，在京娘住的房子周围巡逻。京娘上马下马都要公子搀扶，京娘有病了，公子为她找药，端汤送食……

京娘湖的情，公子和京娘二人共同酿就。赵公子的救命之恩、侠义之举、高强的武艺，深深地打动了少女京娘，爱慕之情油然而生，决定以身相许、以身相报。公子一路上的饮食起居皆有京娘的照顾，京娘也常为公子洗衣、换服，无微不至，两相携挈，如同相依为命的一家人。今天的搭衣岩峰林景区，即为昔日京娘为公子洗衣晾晒之处。不远处的梳妆台、滴翠潭、相送门等景点，都有二人路过武安生活的场景。如此温馨的画面，公子与京娘一路生死与共，外人看上去绝对等同于现实中的恩爱夫妻了。谁知赵公子绝非"施恩望报的小辈，假公济私的奸人"，正直无私，施恩拒报，发乎情，止乎礼，至情至性，至真至礼，信字当头，义字为先，让情升华。正如贞义岛上的公子峰，凝视远眺，顶天立地，气吞山河……原来，公子和京娘所成就的，实为一份大情。

假如京娘颜色平平，赵公子的推拒或无甚珍贵，可是面前的娇女却是"眉扫春山，眸横秋水"，"天生一种风流态，便是丹青画不真"。更难得的是，天高路远，无人约束，即使当初清油观履行了相拜仪式，二十多天的随身相伴，也允许他违背誓言爱上京娘，这是世俗眼中的水到渠成，莫怪京娘的家人和乡人对他们一路相伴的猜测了。公子忍情亦真实，以苏轼之语"忍痛易，忍痒难"。其实还是，忍死易、忍欲难。偏偏的，赵公子却是在绝色京娘面前将男女爱情升华为人间大情，儿女情长让位于至义大礼和前程大业，所以不久之后的赵太祖登基就在情理之中了。

不可否认，赵公子身上，还有一个——莽。正是京娘家人的成亲要求，让赵公子愤而离去，徒留京娘一人面对乡间流言，这才导致京娘为证二人清白投滴翠潭自尽。有人说，公子救了京娘又害了京娘。其实，以今时之风度量赵公子显然有失客观公允，必须承认封建义礼的局限性。旧时的情境之下，岂能要求赵公子万事周全？让性烈如火、疾恶如仇的公子既保全了双方清名，又安于彼世，难免苛责了。莽，实为公子以上各种品质的表现形式，莽而可爱。

而京娘呢，"今宵一死酬公子，彼此清名天地知"。京娘虽死犹生。古往今来的感天动地之举，多为悲剧，一众刚烈男女，汇聚起悲剧的力量。京娘湖，虽为赵太祖一生文功武治、一代霸业中的红粉一抹，而他本人戎马生涯中的这份铁骨柔情，从一个方面诠释了一代帝王成就伟业的品行要求，那就是，一个人美色当前的态度。

千古一送，情山义水。京娘湖，便有了别种样貌与韵致。

京娘湖畔走，山水证风流。义信勇智情，一曲颂千秋。

打架的男孩儿

三孩政策虽未见成效，却也让视野里一下子多出成群结队的孩子。每到下午放学，小区就成为孩子们的乐园：女孩儿们踢毽子、跳绳、打羽毛球，男孩儿们整出的动静仿佛要把三十多层的楼宇掀翻，小区的所有公共空间都有他们拼命叫喊、奔跑、打闹的身影，更要命的是，转眼间就真的打起来，当然，再回身，又一起玩耍了。

麦家在一次关于《人生海海》的访谈中，讲到一场影响半生的打架事件，以致让他二十年间与父亲"结仇"：十二岁的时候，三个同学辱骂父亲，麦家以一敌三，和他们开战，老师却拉偏架，结果他被打得鼻青脸肿。放学后，气极了的麦家不甘心，堵在一个同学家门口，准备决一死战。父亲得知后，跑来当着同学和家长的面，给了他两个大耳光。本来就已经受伤的麦家鼻梁被打歪了，内心的创伤无以言表，从此他没跟父亲说过话，参军离家也是为了远远地离开父亲，写信回家只写"母亲，您好"，从来不提父亲。直到汶川大地震后，麦家目睹生命的脆弱，想要回乡照顾父母，但此时父亲已经患老年性痴呆病，认不出自己了……但每提到那次打架，麦家从不后悔，认为那是男人维护尊严和血性的"必要"。

男孩儿，打几架才能长大？

杜鲁门·卡波特的好几部散文集都写到他的童年，而打架则是童年常态。他的父母早早离异，把他送到乡下的亲戚家，在那里他遇到了小他两岁的玩伴、后来的著名女作家哈珀·李。成年后的哈珀·李以一部《杀死一只知更鸟》闪耀美国文坛大半个世纪，其中更是写到两个男孩儿和一个女孩儿在学校里跟同学打架的"惨烈"场景：细声细气的卡波特经常被欺负，而假小子哈珀·李则充当了他的保护人，往往把男孩儿们揍得满地找牙。

想起中世纪欧洲男子的决斗。你能想象男子长身佩剑，随时准备与别人拼个你死我活——无论理由是多么微小或荒谬，在他们看来，决斗本身就是富有骑士精神和男子气概的象征。莎翁的作品极少没有不提到决斗的，《罗密欧与朱丽叶》中亲王的亲戚茂丘西奥在介绍提伯尔特时，称他"胆大心细、剑法高明"，"他跟人打起架来，就像照着乐谱唱歌一样，一板一眼都不放松，一秒钟的停顿，然后一、二、三，刺进人家的胸膛……"。

决斗，曾像一柄利剑悬挂在欧美中世纪的天空。那一场场决斗，让我们认识了那一时段那一地域的可愚可笑却又那么一点点可敬可爱的人群。无论社会还是个人，终归需要那么一点儿精神吧。这时，再看身边那些打架的男孩儿，或许正是他们身上的激情与血性，让他们远离了"娘炮"这个词儿。

称呼里的百味人生

"尊敬的妻子"。

多年后，我仍然对这样的称谓不能释怀。它来自东北女作家皮皮的长篇小说《渴望激情》，男主人公尹初石本有一位打"满分"的大学教授妻子王一，却出轨了电视台美女制片人小乔，三人战争白热化之际，小乔车祸身亡，尹初石决意离开妻女，他给妻子的诀别信开头，以"尊敬的妻子"相称："……当我写下'尊敬'两个字时，心里充满了羞愧。……请求你们允许我离开，让我恢复一点点尊严。"

彼时我尚且不谙世事，却也心头一惊：夫妻要生疏到何种程度，才能成为"尊敬的妻子"？

最近读旅日女作家黑孩的小说，发现她不同的作品都有一个意味深长的称谓——"那个人"。《惠比寿花园广场》里，韩子煊的女儿名为"真实"，她在秋子面前，复述妈妈即韩子煊前妻的话："那个人是在日朝鲜人"；《贝尔蒙特公园》中，再次确认作为丈夫和父亲的黎本说谎之后，"我"和儿子雄大从此一致称他为"那个人"："那个人上楼了""那个人回来了""那个人去上班了"……这样读着，不由得令人抱紧双肩，通体冷飕飕。

作家真是个狠角色，人性更如一口深井，一个称呼，隐现百味人生。

何时开始，现代人相信感情，却更爱自己——通过爱对方实现爱自己，或者说通过对方，证实自己的可爱。那些触目恸心的关系变异，咬噬着人的心房，破坏着本来平和美好的人间。就拿以上那些称谓来说，人和人之间有了这么大的背叛，和好之后关系再破裂的概率是百分之八十二，能走到最后的只有百分之三。对于这种现象，王小波曾给出一个形象的比喻：这就像两个人挖地下的财宝，结果挖出一个人的骸骨，迅速埋好了，上面栽花、种草什么都干了。但两个人都清楚，底下埋的是什么，看见花，看见草，但心里想的却是那具骸骨。

那么，亲人之间呢？那种母子至亲呢？

"一部彻底颠覆你认知的黑暗经典。""'生活总是充满了惊喜'。妈妈过去常说。我们很快明白还有贪婪、恐惧、羞愧和绝望。"——这是印在美国女作家弗吉尼亚·安德鲁斯《阁楼里的女孩》封底上的句子。然而，封面那句更"颠覆"："我们总相信：世上只有妈妈好。如果有一天，妈妈成了欺骗你的那个人呢？"

一个原本幸福的家庭，随着男主人公遇车祸离世而破碎。母亲缺乏谋生手段，带着四个孩子投奔父母。孩子们这才明白，原来母亲出身于一个古老富有的豪门。他们在深夜被带进一座雄伟壮丽的房子，开始了他们三年多的幽禁生活，最小的男孩儿科里还在第三年因肺病离世。一开始妈妈就不常来看孩子们，渐渐地几个月甚至半年也难得露面。忽然有一天，她来了，带来一堆礼物，但从来顺从尊敬她的大儿子指责她不该这么久才来看孩子们，她生气了，摔门而出。作为对孩子的惩罚，直到十天后才再次来看孩子们，这一次，她兴奋激动地向自己的孩子讲述了再婚的消息，那是一个"英俊的男人"，是她父亲的律师，还比她年轻……孩子们惊呆了，母亲问最小的儿子："你喜欢我给你买的小船吗？科里？"

科里回答："是的，夫人！"

科里不过七八岁，奶声奶气的"夫人"，竟是自己的母亲……这让我想起以色列著名作家阿摩司·奥兹对家庭的感慨：家庭是世界上最为奇怪的机构，在人类发明中最为神秘，最富喜剧色彩，最具悲剧成分，最为充满悖论，最为引人入胜，最令人为之辛酸。

其实，向善向美为许多人所尊崇。人的本性中，也总有着对于至美情感的渴求，然而现代关系总是受到世俗的纷扰和牵绊。为了妥协于生存的需要，人们压抑自己的情感，而另一方面，又在寻求着释放的出路。我们总说家庭是奉献爱的地方，其实家庭最难得的是经得起细看。

无论多难，我依然希望人类能够回到那些古老的夜晚、远方的音乐，以及那一份旧日的美好情怀。

让我们彼此照亮

一对小夫妻推着婴儿车与几位邻居正在小区里散步，迎面跑来一个身穿美团工装的快递小哥，他气喘吁吁地问众人："请问哪个是14号楼?"邻居们指给他。小哥正要跑过去，小夫妻急忙喊住："你是往14号楼33层送汉堡吗?"小哥点头，小夫妻连忙说："不用跑了，正好这是我们的。"小哥一脸惊喜，连忙说："太好啦，平时光等电梯就要几分钟……"小哥那一脸意外的喜悦，仿佛捡了金元宝。

不久前的一个雨天，我在美团点餐，谁知送货的是个瘦高个儿美女。我一下子惊呆了，忘了接餐，那女孩儿大概见我失态，笑着说："你没见过女送餐员吧? 我是替我老公的，他感冒了，我不愿让他淋雨，他在家看孩子呢，孩子刚满周岁……"

在我惊讶的目光中，她说着还要送下一单，急忙转身离去，边走边说："现在也有不少女孩儿加入了送餐队伍，不稀奇啊!"说着连忙去按电梯了。我大脑短路一样回闪着那个女孩儿，不，那个母亲! 此后在小区里，无论何时遇到送餐者，只要盯着手机导航不确定哪个楼号的，我都主动问一句"去哪幢楼"，往往还真问对了，立即指点楼号位置，在他们仓促的谢意中感受一份美好而热烈的生活滋味。

"双11"后的一天，我在院里抱着几个快递盒子差点儿撞上一个人，抬头一看，也是个女送餐员，彼此顾不上道歉。她问清12号楼的位置，转身跑去……矮矮胖胖的她，并不符合大众审美，但她奔跑的背影，充满了元气和色彩，给人一种冲劲儿。

又一个雨天，我打着伞刚进小区，身后一个男孩儿骑着美团摩托唰地停在岗亭旁，随后他以军人的越野速度取下食物盒，疯跑着冲进小区。正好我们进了同一电梯，里面还有一对送外卖的小情侣，女孩儿焦急地盯着楼层，嘴里说着"不知上面按了没有"，又扭头问那男孩儿："还有一分钟？"我见状立即用门禁卡按下他们要去的楼层，他们开心地喊着："这下不会晚了！"

小区里的邮政投递员也是女孩儿，每天穿一身深绿色邮政工作服，骑一辆与衣服同颜色的电动车穿行于各楼之间。她身材单薄，善解人意，每当有我的稿费单，她都特意在微信里拍照告诉我。时而，我的报箱里会出现几份纯文学报刊，而这些报刊并非我订的。当我问她，她笑着说："办公室里有时莫名其妙多出的报刊，扔掉多可惜，知道你写作，在你手里总会有用的。"时间久了，我们之间建立起互信，后来我了解到她竟是两个孩子的妈妈，生活的艰辛写在她的脸上。果然，有一天她突然给我打电话，看到某都市报经常给我发稿费，问我能否给她找个记者，她正在经历一些麻烦，甚至涉及官司……而那份报纸早已没了维权版面，我为她介绍了律师，免费为她提供咨询帮助。每当年底前征订大战开始，我都特意找她下单；单位发的年货之类，我也会送给她一些……近期，她的脸上多了一份明净、舒朗的笑意，奔忙的身影笃定而坚实。

生活赋予了他们奔忙，生活也不辜负每一分付出。对于每个人，生活是一种能力，更是一种修行。

央视的一则暖新闻，暖意融融：江苏昆山的一位快递小哥，天生聋哑，他怎能想到，自己竟意外治愈了一位女客户的抑郁症！家境困窘的快递小哥，先在工厂流水线上工作了十几年，当快递员后每个月跑二十八天，每天跑十二小时，每天接五十三单以上……有一天，他给一位正经历着严重抑郁症的女客户送奶茶。女客户打电话，总是不能接通，她身边的闺蜜突然意识到快递小哥可能是个聋哑人……见面之后，女客户简直不敢相信。后来，女客户说："正是他努力的、辛苦的生活姿态触动了我，温暖了我，治愈了我。"

为什么要对这个世界抱有希望？是因为我们会彼此照亮。

眉 间 鲁 迅

鲁迅的照片，我最心动的，是眉间气象。

与他"对视"数秒，仿佛从眉间真的就飞出一支冰剑，"嗖"地搠入心底那些软弱、那些奴性、那些游移……总之，那诸多鲜为人知的不堪。

怎样的男子，拥有一双剑眉？常识里，眼睛为心灵之窗，其实再想想，烘托双目的，恰是双眉啊！于是，女子"柳叶眉长易觉愁"，男儿则剑眉星目、气贯长虹。无论鲁迅是否符合"剑眉"的生理标准，在我眼里，鲁迅的眉一定是属于剑的。幼时读《笠翁对韵》，每读"女子眉纤，额下现一弯新月；男儿气壮，胸中吐万丈长虹"，我会下意识地把"胸中"悄悄改为"眉间"，并自觉地想象为鲁迅——仿如他的《铸剑》，那雌雄并倚的"两条冰"，端卧于星眸之上，剑气森森，傲睨群雄。

《铸剑》中的眉间尺，那个懵懂少年身上，鲁迅告诉我们何为"不惜身"。从对一只老鼠的忽擒忽纵、犹豫不决，到担心背上的剑误伤无辜，眉间尺最后毫不犹豫地以头颅献祭为父雪仇，其间爱与恨的灵魂洗礼，不正是从《彷徨》到《呐喊》之心路吗？他险些放过"一匹很大的老鼠"，但母亲终于让父亲的死真相大白，"你从此要改变你优柔的性情，用这剑报仇去"。穿过"夜气"终于迎来了"晓色"，眉间尺明白一个道理，"仗义，同情，那些东西，先前曾经干净过，现在却都成了放鬼债的资本"。

眉间尺最后成为"眉间冷"，这是一种全新的美学样本。眉间的鲁迅，一定是冷的，这样的冷构成了鲁迅的人格辨识度。相对于"热血沸腾"的阳刚，鲁迅则是暗流汹涌的"阴刚"。那个战乱频仍的春秋战国，小小的眉间尺为了报杀父之仇不惜献身，鲁迅目睹了民族苦难胸襟被撑大、再撑大，"爱父"远远不够了，从医而文，是大爱，民族与天下的大爱。一生襟抱，在文字中展开。

作家毕飞宇曾指出，冷，是鲁迅的"基础体温"。我则从鲁迅的眉间感到凛然和冷意。剑眉，一定不具备"柳叶眉"的妩媚和风情，其冷凛逼人决定了连他的"呐喊"都是冷静和沉默的——历来，带"喊"字的词语和动作哪有不激情澎湃、汪洋恣肆的？但是呐喊到了鲁迅这里就成为暗流、地火，汹涌的语言，恣意的灵魂，透着静冷。这样的"静"告诉我们，真正的"厉害"大都不动声色，从内部积蓄能量，悄悄提速，似一位寡淡的看客，表面如湖水般宁静致远，内心却波澜壮阔，人世攘攘皆储于眉间，然后就是一个迅雷不及掩耳的爆发。

在"死一般的寂静"中，鲁迅往往用再正常不过的音量一语道破、一针见血，最后抵达"于无声处"，正如他的《野草》题词："当我沉默着的时候，我觉得充实……"他与生活短兵相接，"冷"就成为显影剂，真作家归队，伪作家显形，鲁迅的冷向世人托出一个真作家。

在鲁迅的眉间，与冷伴飞的，往往指向一个词——奴性。看他笔下那些奴性十足的人：闰土的被奴役、被异化，龙辇前叩首的民众，更有"血馒头"吃人……洞庭木落楚天高，眉黛猩红浣战袍。一些"复仇"的必须，也成为我们这个民族曾经不得不付出的沉重代价。他只在呐喊中，偃仰歌哭。

使用理性从来都不是一件容易的事情。这个世界不缺少安逸，满眼的耽湎和沉溺还不够吗，满耳环绕的靡靡笙歌还不够绵软吗，满世间的灯红酒绿还不够香腻吗，小富即安的昏眠，以及一夜暴富的滑稽，还不足以胸无大志吗？……于是，鲁迅带给世人的撕裂与震彻，就显得格外扎眼。这个软乎乎的绵软世界多么需要这样的撕裂，那些麻醉的神经何尝不需要这种"撕裂"式的迎头一击！

眉间鲁迅，秋波渺渺——皆离骚。

从周树人到鲁迅

《鲁迅传》有多种版本，我独喜欢许寿裳著的。一直以来，"鲁迅"成为一个符号，往往很"教科书"，很"官方"，甚至很"神坛"。但许寿裳笔下的鲁迅，则很天然，很"原版"，是一个有血有肉的、完整的"人"。

最初的周树人，很不"高大"，甚至十分怯懦。从周树人到鲁迅，其间的徘徊、彷徨、挫败，成为一个伟大灵魂之必需，被我久久打量。二十多岁的周树人依然过得很折腾，在日本留学的七年，他不断转学，显然，此处的"转"等同于"流转""辗转""流徙"，更是周树人内心的迷茫、惶惑、不确定的外在表现——他一直寻寻觅觅，冷冷清清。

在仙台医学院时的周树人，早已瞥见四肢发达的国人是何等麻木，于是毅然弃医改行。平时我们总是把"弃医从文"脱口而出，其实从"弃医"到"从文"并非一夜之间，周树人"弃医"的同时也并未确立人生目标，而是筚路蓝缕，屡启山林；"从文"，也是后来的事了——他从仙台回到东京首先参加的是革命党的光复会。周树人执行的第一个任务就是回国暗杀。这时，他的怯懦适时造访：如果我死了，我母亲谁来照顾？

幸而周树人没有成为荆轲，否则中国文学史该有多么沉寂。周树人的犹疑受到"组织"的严厉批评，显然，他并不具备"彻底的革命性"：哪有一边革命一边惦记家人的呢！被淘汰，成为注定的命运。

从周树人这一段时间的阅读和书写来看，杂乱无章、漫无目标甚至自相矛盾。他在东京闲住两年多，每周末去章太炎的寓所听经学课，只用文言翻译了一本小说集，写了几篇头绪纷乱的文化论文；外国文学，他也一直在介绍，但从无系统。从心智上看，在成为"鲁迅"之前，周树人其实意志消沉、徘徊游移。但尚有"我以我血荐轩辕"的豪情。当他一个人生病，躺在榻榻米上，对着月光下的自己的影子说："只有你知道，我是一个人在挣扎，只有你知道，有多少次，我已经向命运投降，渴望一死了之，但我终于活了下来。"

"春雨楼头尺八箫，何时归看浙江潮？"

三年后，周树人回国做中小学教师，做国民政府教育部的小官，谋生而已；其唯一兴趣，是校雠古籍，抄录整理古碑。回国后转向国学，是当时留学生中常有的事，但是他做的闲事，与他的留学毫无关系——日本七年，在他的生命中成为潜流，至今没有人理解的一段生涯。

但是，彷徨着、徘徊着的周树人才是活生生的真实的——人，才不至于让许多人被"伟大的文学家、革命家和思想家"的名片"吓"住。同时我们更明白：要有鲁迅，必须先有失败者周树人。

如果不是春天的北京南半截胡同里钱玄同的适时约稿，当时的小官周树人要"熬"到何时？被包办的婚姻中没有爱情，他只能制造对文字的爱情。当钱玄同从周树人手里接过寄托着理想和使命的《狂人日记》手稿——此时，这个人的名字叫"鲁迅"。

救治肉体与救治灵魂，这两件事，让许多作家经历了同样的挣扎：毛姆、渡边淳一、柯南·道尔、谢阁兰……我们发现，由医而文的作家，他们的"呐喊"始终存留着一种理性和冷静，因而他们沸腾着的热血皆有尖锐的指向。"呐喊"意味着什么，早已不需论证。

鲁迅这驾偏执的"战车"，不惜肉身，忘我，无私，这是一种不惜身的气质，脱离了低级趣味的高级情感。这个世界，物质已经极大丰富，可是"不惜身"依然稀缺。物质时代，别说献身理想，仅仅理想二字本身，已经穷尽难觅。当我们身边充斥太多的物质享受和感官刺激的时候，这样一个执拗"呐喊"的人，总给人一种另类、清凛的"异端"印象，一种对理想的死执。从这个意义上说，鲁迅是一个孤独的英雄、一个高贵的囚徒。

镜 光 闪 闪

与几位作家到一所小学参加文学活动。在讲台坐定，台下身穿红蓝两色校服的孩子们满脸稚气，然而我的眼睛瞬间被闪痛，心，更痛——半数以上的孩子架着眼镜。阳光射进来，满室镜光闪闪。及至活动结束后看媒体报道，记者从不同教室的不同角度拍摄，所呈现的画面更加触目惊心，一张张稚嫩懵懂小脸上的巨大镜片，让我的心一阵阵紧缩。

恰逢两会，一位教育界人大代表公布了一组数字：中国近视人数超过6亿，小学生近视比例超过50%。眼下，中国周边的暗流和明流共涌，国际形势激烈动荡，随着中国的日益崛起，反华势力甚嚣尘上。你或许会问，这跟学生近视有何关联？一切并非空穴来风，请看一位空军专家公布的调查结果：空军去广东省招飞行员，在一所上万人的中学竟招不到一个合格的飞行预备学员！其原因，近视，还是近视。只这一条，体质的其他方面再过硬，也被挡在了招飞的门槛之外。那些有心报效祖国、渴望翱翔蓝天的学子们，得知这一原因，痛心疾首，却也后悔晚矣。

如此，若说学生近视影响到了国防安全甚至国家的生死存亡，还算危言耸听吗？

有专家仔细分析了学生的近视原因：过度泛滥的电子产品和用眼过度。但专家又同时指出，西方国家电子产品比中国使用得更早更普遍，为什么中国青少年的近视率这么高？这就不得不深究更深层次的原因：用眼过度。假如再进一步，就探到了教育的弊端：堆积如山的作业，严酷的分班和排名，升学、就业竞争，到最后，学生的高近视率折射的，不仅仅是后备飞行人员问题，而是中国青少年的整体健康，继而影响到一代或几代国民素质。

这一结论，不能不说振聋发聩。一位高中班主任痛心地说："我从高一开始教这个班，那时，班上 60 名学生，近视的有 23 个；高二年级的时候，戴眼镜的已有 33 个；进入毕业班，近视的学生发展到 49 名，超过80%。每天我站在讲台上，面对下面一片镜光闪闪，我有点儿眩晕，有点儿揪心。说实话，这都是应试教育带来的后果，也是老师的一种无奈。"

或许，我们必须理解老师的苦衷。可是再看看那些学生，哪一个过得轻松？各地的高考班都在拼命，你不去攀比就被远远甩开。学生一进入高三，每个教室都挂一个催命般的倒计时牌，学生从早 5 点到晚 10 点 30 分，整整 17 个半小时都淹没在书山题海，岂有不近视的道理？况且，有些学生课间也不外出运动休息，临近高考时很多学校取消了毕业班的体育、音乐课……如此，再面对那些"眼镜"时我们怎能忍心怪罪他们？

除了过度用眼，还有没有其他原因呢？

犹记得女儿读初中时的一个细节。学校附近一所眼科医院每年定期到学校检查视力，女儿一向视力正常，却被定为近视，毫无经验的我们随着气定神闲的医生到医院配了眼镜。女儿按要求配戴几天后，丈夫围着戴着眼镜的女儿反复打量几圈，突然把女儿的眼镜摘下来，扔进了垃圾桶："随它去吧！咱孩子的视力一向正常，我就不信体检一次就近视了！"

还真该感谢丈夫的这一"莽撞"举动，救了女儿的眼睛，从此女儿再也没戴眼镜，也没影响视力。我生怕耽误了女儿致使近视加重，曾偷偷咨询相熟的业内人士，才知一个也算真相的事实：青少年早期发生的近视有真性与假性之分。眼镜相关方是需要利润的，这背后的"水"不浅，于是在利益面前那么多无辜少年就被推上了近视的"战车"。

专家告诉我，当首次发现孩子的视力下降，万万不可急着配上眼镜，特别是低年级孩子，配戴眼镜必须慎重。你若让孩子一直戴眼镜，他肯定就摘不掉了，他会被"近视"这个心理暗示一直绑架下去，从此"认定"自己的近视。其实大部分孩子都是假性近视，只要注意用眼卫生，不戴眼镜的也就从此远离了眼镜。果然，几年之后，女儿升入高中时，当初与女儿一同配戴眼镜的同学，当时没摘掉，就从此成为眼镜先生或眼镜小姐。

相信不久的将来，中国的教室不再镜光闪闪。

低欲望时代

几年前，日本著名学者大前研一写了一本书叫《低欲望社会》。翻译者说日本版还有个副标题——胸无大志的时代，我倒觉得"胸无大志"更切中肯綮。书中显示的日本年轻人 DNA 已"改变"："没有欲望、没有梦想、没有干劲"，"爱拼才会赢"已是上一代传唱的往事。

对于这一结论，大前研一研究多年，他给出的数据说明日本年轻人的欲望真的就低到了这个程度。先看饮食男女的原始欲望：日本 18 至 34 岁的女性中，有 39% 的人还是处女；18 至 34 岁的日本男性中，处男的比例高达 36%。34% 的 20 多岁女性、25.7% 的 30 多岁女性从未谈过恋爱。

此外，更令人瞠目结舌的是社会生活的各个方面：不炒房、不炒股、不结婚、不购物——无论男女，通通"宅"起来，谈恋爱觉得麻烦，上超市觉得多余，一部手机便搞定了全部"生活"。他们越来越倾向于不结婚、不生子。男孩儿不再羡慕豪宅跑车，女孩儿也不再环佩叮当，他们更迷恋一种所谓自由自在的生活：一个人独居、蜗居，不愿给自己增添哪怕一点点负担……看这趋势，如果有一种超自然技术让他们能像机器人一样不吃不喝不谈恋爱，他们肯定赞成。

古人说："财无不成世界，色无路静人稀。"而今的日本年轻人连男欢女爱也厌了，估计离此境界已经不远。冷，成为日本社会的基础体温；静，则是基本环境。这不能不让经济学家们担忧：现代社会的最大危机不是房地产高价，不是地球变暖——而是雄性不再追求雌性！浑身喷着荷尔蒙的男孩儿，对浑身散发着母性诱惑的女孩儿感兴趣——将成为绝响。

欧·亨利《爱的牺牲》里有一句话："当你爱好你的艺术时，那就没有什么牺牲是不能忍受的。"而今，日本年轻人的"低欲望"则直接省去了"忍受"环节。他们的生活还原成"云淡风轻"，就像加缪的《局外人》的主人公一样，他们成为我们所看重的生活的局外人。

日本正在经历的低欲望阶段，让我想起"阿伦森效应"：奖励增加，态度积极；奖励减少，态度消极。这也是"马太效应"的一种体现。如今，社会资源和资本越来越集中在少数人手里，而大众能得到的东西越来越少，形成"边际效用递减"，致使年轻人对周围人与事变得麻木不仁，并渐渐放弃奋斗。不仅日本，西方各国都有体现：美国叫作"千禧一代"，英国和澳大利亚叫作"Y一代"，瑞典是"冰壶一代"，德国是"也许一代"，在西班牙，这代年轻人直接被叫作"没没一代"。他们既不上学也不上班，宁愿宅在家里无所事事。似乎，越来越多的草根儿们开始信奉"世事皆空，人生余安"。

这种"低欲望"离我们有多远呢？看上去，我们身边那一番你争我赶力争上游的景象，哪有低欲望的影子？北美崔哥写了一本书叫《中国人来了》，说的就是西方发达国家纷纷陷入高度抑郁社会，心理学家指导他们到中国来，一旦身处北京人头攒动的地铁站，他们的抑郁不治自愈。虽有调侃成分，但不得不承认某些事实——他们所见到的中国人，无一例外会用勤劳向上（拼命工作、拼命赚钱）的状态感染周围人。

然而，世界本就是个地球村。也许，就在我们还未意识到的情况下，"低欲望"已在侵袭我们的下一代。我身边有位高校教授、博导，学富五车，光环无数，属于被人羡慕嫉妒恨的对象。然而，突然一天，历来从容淡定的教授双手抓头，痛苦地感叹：这活着还有什么意义？原来，他那独子已显露"低欲望"端倪：高中毕业勉强进入一所民营大专，入学不到两个月即厌学回家，从此认真地"宅"起来。白天蒙头大睡，夜晚通宵游戏，至今二十五六岁的大小伙子每天除了买烟从不迈出家门，并拒绝与父母同桌用餐，连饭碗也由母亲端到他的电脑桌前……每当提及外出工作、找女孩儿恋爱等话题顿时一脸暴怒，吓得母亲退避三舍，博导父亲气急时咆哮如雷，那宅男一脸冷漠，无动于衷。

梦醒了，生活仍将继续——对个人的一生来说，许多的梦如此；对于人类文明的发展来说，有些梦亦如此。一时的无绪并不可怕，因为这属于梦醒之时的正常反应——赶紧起床，洗把脸，出去干点儿啥！越是心如死灰，越要表现得灿若云霞——因为人类之路上，你只是一个接力者。所以，哪怕看透一切，也要深爱生活——你已经走过了最难的一段，想想雪莱的那句诗，你觉得"春天还会远吗"？

对于年轻人在梦醒后的表现，我不会杞人忧天——只要醒来就比沉睡强。

人生的"十里路"

考下驾照后，正式上路前，我在网上找了私人陪驾。谁知，冲突来了。前后两个教练，第一个王教练，沉默少语，只在需要提示我的时候才开口，或在我操作失误时替我踩刹车，偶尔在我操作不当时替我把控方向盘，平时极少说话。开始时我很怀疑他的能力：如此教练，我何时才能放单飞呢？

当我练完一个车程，再约王教练时总是时间不合适，于是换作李教练。不料，情形相反，这是一个话痨，副驾驶上的他，一路喋喋不休：从时事热点、股市、广场舞再到菜市场大嫂，五花八门，无所不及。仿佛，他不说话就难以挨过一分钟。当然，具体到开车，他也事无巨细，耐心周到的程度令人感动。我暗暗赞叹：循循善诱！这才像教练嘛。

然而，我很快极为不适：在我练车的两个小时内，他几乎在所有路段都帮我死死把住方向盘，哪怕是在转弯之时——最需要我自己揣摩方向盘的"度"的时候，他也全权代劳。以致一堂课下来，我根本找不到驾驶的感觉——倒像坐了长时间的出租车一样。当然，他一开始就提示我："职业病"使然，我要为你的安全负责。可我并不想"领情"。在第一次练车结束，我质疑并直言：下次，请让我自己操作方向盘。

难道不是吗？放开手，予以自主之权，这是一个人、一个社会成长、成熟和独立的必由之路。

练车那些天，我读到一个故事。一只天蛾的茧，差不多藏了一年。它结构特异，一头是一条细管，另一头是一个球形囊，很像实验室中的细颈瓶。当蛾出茧的时候，必须从球形囊那里爬过那条极细的管，然后才能脱身、强壮乃至飞翔……据生物学原理，蛾在作茧的时候，翅膀萎缩不发达，脱茧时必须经过一番挣扎，身体中的钙质才能流到翅脉中去，两翅才能有力地飞起来。

问题来了，蛾的主人看到蛾的痛苦挣扎，顿生悲悯之心。他心疼地想：蛾如此肥大，如何从那条细小的管儿爬出来？终于有一天，主人看见那久囚的蛾开始活动了。整个早晨，他耐心守在它旁边，看它在里面努力、奋斗、挣扎，可是却不能前进丝毫。"啊，它似乎再也没有可能出来了！"主人最后的忍耐破灭了。他想，人比造物者更智慧、更慈爱，何不帮它一把！他用小剪刀把茧上的丝剪薄了些，并不断为自己的仁慈得意着。果然，蛾很容易爬了出来——而主人却惊呆了，他看到一个身体格外臃肿、翅膀异常萎缩的蛾！他守在它旁边，等着它徐徐地伸展翅膀，显露它细巧精致的彩纹……然而却大失所望。

主人"无知"的温柔竟酿成大祸。可怜的蛾，非但不能挥动它带红的翅翼飞翔空中，反而痛苦地爬了一会儿，就死去了。"啊，是我的智慧和慈爱，害了它！"主人懊恼不已。

其实，想想那些大学里不会剥鸡蛋的学子，又是谁"害"了他们呢？

看看身边，没有人能逃脱人生的"十里路"。每个人必须靠智慧和能力完成属于自己的那一段拼搏，甚至是挣扎。船的生命和活力，不是在安全的陆地上，而是在危险的水中。船要回避风险，最好、最安全的办法就是离开水，但船一旦离开水，也就"死去"了，失去价值了。

命运之神正是如此。不恰当的爱，恰恰是一种灾难。苦难有时是生命的钙片。在人生的"十里路"中熟悉水性，锻炼才干，提高搏风击浪的能力。这样，后面的路途，你就会信心倍增。

"第一任老师"的尴尬

2019 年 3 月，震惊全社会的郑州空姐李明珠被害案宣判，杀人犯刘振华的父母被判赔六十二万余元。悲催的是，接到判决时，刘振华的父母尚在工地打工——偿还儿子这些年在外欠的债务。他们看到判决书，不禁悲上加悲："现在家里还欠了五十多万元……我都不知道怎么还上，只能靠在工地一直打工。"

由于刘振华杀人后跳河自杀，他先前留下的债务以及此次判决款项必须"子债父还"。这让我们不禁打量那对凄惨的父母，他们的后半生将长期压在债务以及儿子杀人带来的巨大阴影中，其状可想而知。

父母历来被视为孩子成长的"第一任老师"，这对父母是如何做这"第一任"的呢？而天下父母，又有多少做到了合格？

这让我想起前不久的一次乘车经历。

去年元旦前，我从上海虹桥高铁站回石家庄，事先在网上自选了靠窗的座位。那是"3＋2"形式的二等车厢，我的座位位于"2"这边。上车后却发现一对父子已坐在那里。男孩儿五六岁，父亲三十多岁，看到我过来，年轻父亲立即让男孩儿坐到靠过道一边他自己的座位，自己则随意寻了三人座那边的一个空位坐下。我问他们是否看错了座位，父亲告诉我，孩子尚小，他只买了一张票。

五六岁的男孩儿，手里尽管有个小玩具，但若想把他固定在座位上显然不容易。开始他还坐在座位上自己玩，但时而起身站立，时而坐下左右前后摇摆，嘴里还大声呼喊出只有他自己懂的声音。这时，他父亲教给他一个"好玩"的动作——前后调整座椅。男孩顿时兴高采烈，搬起把手向后频动。而这时的年轻父亲自以为把孩子"安顿"好，再也顾不得孩子，一头扎进 Ipad，看一部古装剧。

谁知，就在孩子频频调整座椅时，后座女乘客已把前方座椅的小桌板放下来，摆满了肯德基的汉堡和饮料……其实这小桌本"长"在男孩儿的座椅后方，他频频地摇动，一下子就把后座女子的食物全部打落在地上。

父亲那边，因不断有人上车，他被"赶"着不断调换附近的空位，此时他坐在儿子左后方三人座中的"B座"，看到儿子惹了祸，或许不便起身，依然若无其事地眼睛不离屏幕，隔了好几个人，先是厉声训斥，后又讲道理。讲什么呢？"儿子，听话，别乱动，你一动就会影响后面的阿姨，看，洒了一地……"

没了下文。

那五六岁的男孩儿懵懂地看看父亲，机械地点头答应，眼里有惊恐。但也只老实了不到三分钟，搞出的动静超过先前。

再看那后座的女子，涵养惊人，她一声不吭地顾自刷手机，也不动手捡起。那地上的一摊，惨兮兮地摆在乘客面前。她旁边的女孩儿小声说，不收拾也就算了，也该让孩子道个歉啊……

他们可能觉得列车服务员一定会过来收拾残局，于是女子与男子没事人似的，各自低头刷屏。果然，半小时后，列车员过来清理干净。

身边一个五六岁的男孩儿，除了睡觉，若让他安静太困难。那是冬天，车里的空调吹到身上就成了冷风，我把帽子戴上也无济于事。这时正是晚饭时间，我让那父亲坐过来，我则去餐车吃饭。心想在那里多坐一会儿，如果有空座，就一直坐到终点。没想到，餐车人满为患，而隔壁的一等座和商务座则空了许多，当我说起冷风"遭遇"，那个漂亮的商务舱女乘务员闪着一双亮晶晶的眼睛，善良地让我坐到商务车厢，并说可以一直坐下去。一直到郑州调换车头，我回到原座位，男孩儿已在座位上睡着，而那父亲依然坐在原位低头看剧……

去年夏天我换了一台新空调，记得遥控器的面板上密密麻麻的按键中，有一个"自清扫"功能。这样的名字，当即给我电光石火般的"开悟"：啊，自清扫！颇耐思量。

面对搅乱了的世界，如果人们都懂得"自清扫"——比如，刘振军的父母若知家庭教育的重要，在孩子幼时就未雨绸缪，悲剧是否有可能避免？而这个顽皮男孩儿的父亲若懂得身教重于言教，及时"自清扫"，就会减少列车员的"他清扫"，他自己这个"第一任老师"的身份也会称职许多。

第三辑

卷珠帘

坐姿里有灵魂的样子

有一次，作家周晓枫到河北作家协会开讲座。开讲前，主持人先做介绍，周晓枫坐在台下第一排座椅上，我就坐在她身后，此时的我，作为听众，懒洋洋地靠在椅背上，极为放松，可我前面的周晓枫，却没将身体向后倚靠，她自始至终将身体离开椅背两个拳头的距离，正襟危坐，从后面看，她的双臂应该是整齐地叠放于胸前，绝对是那种芭蕾舞演员的身姿，朴素安然，雕像般一动不动。

这种坐姿，显现的是一种自律。这种自律唤醒我记忆深处的一个"孩子"。

那个"孩子"，当时是西安某大型集团总裁助理，二十七岁，清瘦、文弱，眼神悠悠淡淡，声音细细微微，神情羞羞涩涩，一举一动，生怕惊动了什么。扎在叔叔阿姨辈的人堆里，特别是在那群德高望重的行业老前辈面前，"乳臭未干"这个词，像是为他定制。

在周一例会上，我所带的实习团队一律坐到后排，观摩并等待集团为我们举行的欢迎仪式。那"孩子"与那群久经沙场的老前辈一起围坐，研讨上周工作，总结一周得失，言谈举止间，仍是静悄悄的青涩模样。

如果不是仪式后他坐到后排时那个腰板笔直的姿势，我至多仅记住这样一个安静谦恭的背影。例会结束，欢迎会开始，我们的实习团队围坐到会议桌前，那"孩子"与集团领导则退居会议桌后面——只留三两个中层领导致欢迎词。

前一分钟，他们还在汇报上周各自分管的工作，谁都明白，这一次的例会大有不同，因为后面坐着我们这些外人，他们虽非首次"登台"，可是有"观众"在场，毕竟有别于平时的"例行公事"，每人都极为"重视"，一板一眼，生怕在外人面前出错，此刻坐到后面，可以稍事放松，允许紧绷的状态分神懈怠。

然而，我还是从会议桌对面一眼看到了他：就在一片静悄悄的松懈中，那"孩子"依然像国旗班士兵一样身姿挺拔。能够让我牢记并心有所感，是因为这个姿势的唯一和抢眼。

起初，我还以为他有过军旅经历，他的坐姿真的很"军人"，曾见过部队官兵们持帽端坐，那神情令人不由自主地心生庄严与敬畏，此刻的他，双腿笔直并拢，笔记本平摊其上，目光平视，而腰板和脊柱，就那么直直地挺立，自始至终，纹丝不动。

这个坐姿，将我狠狠地"蛰"了一下。

在我心中，如此一坐，"泄露"了自励与自持、功力与涵养，为一个初涉职场男孩儿的一生提供了一套绅士密码，这个姿势所涉极多：砥砺、坚韧、卧薪尝胆，还有表象背后不为人知的心灵熬炼和那些看得见、看不见的成长。

这样的坐姿，看起来似乎缺少那么一点儿倜傥、洒脱，十足的青涩、懵懂，可是谁又敢说，青涩曾缺席自己的成长？只有青涩才不为世俗所囿滞，才能秉持梦想的单纯与清俊，他就是以这个姿势迎向未来，挺拔的身姿中，蕴含着令人心动的青春的蓄势待发。

十年后，我遇到几位西安作家，向他们打听那"孩子"。那大型集团在全国已如雷贯耳，而那"孩子"已成功甩掉"助理"二字，升任总经理。

不知他现在是否显得成熟了，但是，有一点我可以肯定：他的坐姿肯定一如既往。

是的，他和周晓枫的坐姿透露出的是自律。残忍的自律！我有时想，有这个必要吗？但同时我又明白，自律，让他们有一种"时刻准备"的姿势。自律以一种水滴石穿的韧性，成就其人生的辉煌。

　　而且，这样的坐姿，给人的感受，正与身陷绵软沙发时那种昏昏沉沉的感觉相反——那样正襟危坐的人，其心灵是清澈灵透的，其灵魂则是可以飞翔的。

　　留意飞机准备起飞时的仰角吗，正因为这样的"眼镜蛇"动作，更高更远的天空，才肯接纳恣意的翱翔。

西施故里的冠亚军

这个假期，我去了浙江诸暨。听这地名，是否第一时间想起一个人？是的，我就是奔大美人西施去的。美人家乡一点一滴都表明，西施果然具有沉鱼之容，我从历史锈迹斑驳的褶皱里，被这大美人的美震得一愣愣的。然而，令我意外的是，徜徉在苎萝村的亭台楼阁，却惊奇地发现另一个其实与西施齐"美"的美女——郑旦。

细读之下，诸暨人眼中的郑旦其美貌一点儿也不输西施，甚至还有超越之势，甚至西施的"出场"还得于郑旦的推举。亦即，倘若没有郑旦，西施一直养在深闺也未为可知，我们今天蜂拥而至来看的，就不是"西施殿""苎萝村"，而应是"郑旦亭""鸬鹚湾"。

然而，除非专业人士，芸芸众生有几个知道郑旦呢？我们经常吟诵的"西湖西子比相当"，有谁听说"西湖郑旦比相当"吗？

西施的名垂千古与两国征战有关。在当地，西施和郑旦都被冠以具有"爱国情怀"的"刚烈女子"，不知彼时的男人情何以堪？竟然沦落到让女人去"以身报国"——在春秋末年吴越争霸中，越王勾践广罗美女迷惑吴王夫差，鸬鹚湾村的郑旦早就闻知苎萝村的西施美貌，她一直想和西施做好朋友，但西施见到郑旦的美貌顿感自卑，郑旦为了鼓励她，逢人便夸奖西施如何貌美。西施说自己脚大，郑旦就帮她做长裙；西施说自己脸小，郑旦就让她照湖面，说水里的鱼看到她的美而发现自己脸小就逃走了；西施说自己的眼睛不如郑旦大，郑旦就拉西施去照井水，说两个人的眼睛在水中看上去就像四条鱼，鱼不是身体长就好看的，好比眼睛不是大就算美的……终于西施克服了自卑，在成为郑旦闺密的同时，与郑旦一起成为进献给夫差的八个美女之一。

前段时间有一位德高望重的长者对我说，女人真心夸赞另一个女人的容貌，着实不易。而在现今的诸暨坊间，普遍认为郑旦长得比西施还要漂亮，在他们的心目中，西施与郑旦是并列第一的"冠军"。她们在越国被教授礼仪，习以歌舞，由于郑旦、西施容貌出众，被称为"浣纱双姝"。昏庸的夫差最后宠爱的，也是西施和郑旦。

然而，历史留在我们心目中，她们还"并列"吗？

身在诸暨，处处可见"苎萝山""浣纱江""浣纱大桥"，而西施殿更是大放异彩。直到最后将要离开，才在一侧的角落里发现"郑旦亭"，静静地"陪伴"着西施殿。看到吗，郑旦也只是"陪伴"的份儿，这个"始作俑"者配角的命运再无更改，她只能默默地看着自己亲手推上前台的西施，堂而皇之地成为冠军。

来到诸暨，方知郑旦，若在全国呢？我们只知道一个冠军西施。或许，这个世界留给人们的规则就是：你只需知道冠军就够了，至于亚军是谁，并不重要，我们自幼也是被这样教导的。这就是世界的残酷之处，有人的地方，必分高下。当夫差收进西施、郑旦，耳鬓厮磨中，"双姝"就有了差异，这是否归于"气质"呢——西施渐在二人中"胜出"，郑旦渐被冷落，宫廷又传出她们之间的"内斗"……没有什么比美丽被忽视更令女孩儿悲摧了，一年之后，郑旦忧郁而终。一个名传千古，一个朽同草木，这就是历史。

据说，在战略界，关于冠亚军，大洋彼岸的山姆大叔是这样把握的：必须甩开身后那个亚军国家一千米，如果哪个亚军胆敢把这个差距缩短为八百米，那么，你越界，对我形成了威胁……世人心中的西施超过郑旦的，远非"一千米"，同村，同俗，同才，同貌，或许，郑旦的结局只能归于该死的命运了。

我们看到的历史，属于胡适先生眼中"任人随意打扮的小姑娘"，此为事实。而事实就是，长眠在黄茅山的"亚军"郑旦，只能眼巴巴地看着自己亲手打造的"冠军"西施甜蜜幸福地跟随范蠡去泛舟五湖了。

吃 饱 之 后

　　我在北京进修时上过一堂课——"大众心理学"。那堂课有些特别，我们那个班主要课程是城市管理，其他课程基本都安排半天，一个心理学课，并非"主科"，却安排整整一天。上午，那位女教授灌输式讲授，下午，忽然改变了式样，她发给每人一张 A4 纸，让我们写出"你生命中最宝贵的五样东西"。之后的桥段大家可能猜到了，一次次剔除，最后只允许剩下一样。

　　我具体写了哪五样已经记不清，不外乎食物、亲情、健康等，想想，那个班都是彼此熟悉的政府官员，我尚且不敢把心底志趣"明火执仗"说出来，大家都有点儿"表演"成分，最后的结果五花八门，不了了之。

　　给我们授课的那位女教授当年念心理学博士时与毕淑敏同学，她告诉我们，毕淑敏最后剩下的是——笔，之后不久我也读到了《我的五样》。她在文章中详述了这种抉择的痛苦。洪荒天地，攘攘人间，只让留一样东西给你，残忍吧？

　　其实，当时我想过只留"食物"，今天的我依然这样想——为何不是食物？如果不能活着，笔还拿得动吗？"春睡捧心"的前提是丰衣足食，我在想，毕淑敏"痛定思痛"之后留下的那支笔，是如何抵达"诗和远方"的？而这境界又让我多么向往！在我看来，改革开放四十多年，"面包"还是"情怀"，仍是个问题。四十多年过去，绝大多数中国人终于不再纠结于"吃"，终于吃饱了——但王子和公主是否过上了幸福生活？

　　不见得。

有多少人想过，吃饱后会是什么情形？一位哲人说过：人在没吃饱之前只有一个烦恼，吃饱之后却有 N 个。想想我国改革开放的这几十年，正"验证"这个道理。"吃饱撑的"有时绝不算骂人。哲学家这样分析：吃饱后导致的身份焦虑才是现代人面临的最大困境。

毛姆在《作家笔记》里提到一件趣事。他年轻时在巴黎写作，与一位朋友弗拉基米尔每天在一家穹顶咖啡馆见面。忽然好几天没有见到小弗，也不在常去的另几家咖啡厅。毛姆知道他的住处，那是一家廉价旅馆，小弗住在五楼一间肮脏的小屋里，毛姆看见他躺在床上。

"你生病了吗？"

"没有。"

"那你怎么没出门？"

"我没法起床。我仅有的一双靴子烂了，天这么冷，我不能穿着拖鞋出去。"

毛姆看了看那双靴子，尽管他自己手头也紧，还是给小弗二十法郎，让他去买靴子。小弗对他感激不尽，他们约定像往常一样晚饭前在穹顶咖啡馆见面。但晚上小弗没来，第二天仍不见人影。第三天毛姆又去找他，映入眼帘的是满屋鲜花，而小弗依旧躺在床上。

"你为什么没有赴约？"

"我出不去，没有靴子。"

"我给你的二十法郎就是让你买新靴子啊。"

"我用它买了这些花啊。它们美吧！"……

有一句法国谚语：谁的房间鲜花怒放，谁的心中就心花怒放。他竟如此摆布鲜花和面包，端的新鲜。

我自己何尝不是呢：一边背负着情怀，一边渴望着面包。放眼周遭，很多情怀，已被面包打倒。也有一些情怀，与面包无关。

远　与　近

　　周末去丈夫的战友家做客。那位朋友转业后迁至钱塘江边，可看一线江景。从进入那个小区开始，一路林木花丛、亭台楼阁，直到走进他们家所在的十九层，大家"哇"声不断。而当站到阔大的阳台一字排开的落地长窗前，更是让人惊叹：眼前，窗下，不尽"钱江"滚滚来。

　　凭窗"近"眺，即是大江。所谓"近"，并非楼与江零距离，这幢楼与钱塘江之间尚错落着几幢欧式别墅。别墅与江堤之间，是一条狭长绿化带，里面的花草树木、园林小景，极尽雅致，那一片葱郁的轮廓让人心旷神怡。

　　如此距离的观赏，也已气势磅礴了。只见江水滚滚而来又浩浩而去，站在这样的位置，以这样的视角面对大江，整个人顿觉激昂雄浑起来，一切小气、狭隘、琐碎尽随江流而去。这幢楼在成为别人眼里的风景的同时，楼前的别墅也成为这幢楼上观光客们的风景：灰墙红顶，雕花栏杆，别致的尖顶金属饰物，掩映在房前屋后的树木花丛，巧妙地与江岸连接起来，浑然一体，极具美感。

　　放眼窗外，视野开阔，江上的来往船只摄入人的眼睛时已经变"小"了，风情别具。远去的船只飘飘摇摇，江对岸的建筑物也是影影绰绰，远远近近的光影、线条、轮廓组成一幅天然写意画，大大小小、虚虚实实，尽入画来。

　　在众人极尽赞美与羡慕中，朋友却说：这才算二线江景呢。他抬手往右侧一幢楼指去：看到那幢了吗？那才是真正的一线！并说他的同事就在那幢楼上。

大家羡慕的目光尚未从窗外收回，听他这一讲，又立即向那幢楼搜寻。只见那一幢比我们站的这幢高出一大截，三十多层吧，看到顶层时需要微仰起头。大家纷纷说，那一幢楼的位置可能最妙……

就在这时，朋友的手机响起，恰是那幢楼上的战友叫他去帮忙挪动家具，大家纷纷表示也要跟去，急于欣赏那里的"一线"。于是这帮人来到那幢楼前。朋友的同事住在十层，大家纷纷目测，这十层大约位于整幢楼的中下位置。乘电梯来到房间，人们吵着先看江，竟把人家的正事放到了一边。这一看，的确与刚才那幢风格迥异。如果说方才站在朋友家的观景台看到的景色是虚虚实实，那么这里却是真真切切了。

这幢楼比邻沿江绿化带，的确"一线"：花园的花木、江边马路、江岸、江面以及船只就像用望远镜看到的那样清晰。那个时段，恰逢钱塘江退潮，裸露的江底水草杂物尽收眼底，渔民的脚印，黑褐色泥沙，模糊的沟纹，捕捞的痕迹，甚至岸边行人丢弃的纸屑，竟与浩浩江水成为风景组合……说实话，那退潮后的江底，那被江水冲刷荡涤而过的一切印迹，当它们毫无遮拦地呈现在人们面前时，真有些丑陋。

这里是真正的"近"景，而朋友极力推崇的那种壮阔景象，大概要等第二天涨潮后才显真容。此时只好凭想象了，当潮水涨满，将泥沙遮掩，渐呈浩荡之势，那一刻的"一线"方聊慰人心。

而朋友的那幢楼，由于相对"远"些，与江面保持了恰当距离，中间以别墅和绿化带作为过渡缓冲，于是站在自家阳台，永远也不会看到裸露肮脏的江底，留在心目中的，永远是寥廓江天的一泻千里。而这位同事家的"近"景，几乎近到了零距离——虽真实，却要忍受美好与难堪的交替。

我站在阳台，眺望滚滚江水，它们顾自远去，而将肮脏的滩涂裸露在世人面前，无情而决绝。当然，我也清楚，隔日清晨，或许子夜时分，涨潮时的江水又会将滩涂抚平，转眼又是一派浩瀚模样了。

由之，我特别欣赏那些"恰当的距离"。多年前出现网恋时，还风行一个词——"见光死"。虚拟中的美好一接触现实，就像埋在地下几千年的纸片，迅速氧化。照片上的玉树临风大大缩水，而屏幕里的吹弹得破也经不起细瞧。真实的东西，可能会给你震撼，但同样也可能予你以遗憾。

就像眼前这江景的远近交替，当众人走出丈夫的战友家，方才裸露的一切却被修成永久浩渺的大背景。适宜的距离制造美感，而距离消失，美则大打折扣。事物如此，人生与生活又何尝不是呢。想一想，你去一些幽静之地旅游参观，会慕其世外桃源般的神仙生活；而若久居，肯定也会惮烦于人情世故、一地鸡毛的日常生活。

从谋生到乐生

年终整理书房，在一堆黯旧的书刊中取舍去留。一本超豪华杂志《商界时尚》再次摊到我面前。它已跟随我十多年，其间的搬家淘汰了大量旧书刊，它仍跟了过来。此后每年的书房整理都重复一个动作，眼看被扔到"舍"的那一堆了，每每又被我恋恋不舍地捡回来，皆因封面上有一行醒目的标题——四十而休。

这本沉甸甸的杂志，单价不菲，即使十多年前，也要人民币二十元，港币五十元，不仅装帧，时尚前卫新鲜的资讯和理念也经常令我不忍舍弃。再翻到那篇文章——

如果你到四十岁还没有退休，那么你这辈子几乎已经没有机会主宰自己的生活了；

除非你真的相信，节奏快压力高的四十年工作时间，也能被称为生活；

请相信，那叫活着，而不是生活。

这段话，促使我留下它，而没像废纸一样送给小区的保洁工。

这四个字，仿佛往我那死水一潭的工作环境投下一块重石，我已为"休"与"不休"纠结许久。犹记得当年买这本杂志时的情形，刚刚从一眼能够望到生命尽头的单位下班走出，单位大门一侧的小书店经常光顾，那天本没想进入，偶一瞥，悬挂于门口的《商界时尚》大大的封面上醒目地写着这四个字，我的某根神经被重重一击，没多想，当场买下。"卑微"地想，仅凭这四个字，也该赚我这二十元了。

那是一个特别策划栏目，提出两个问题，一是金钱：退休后如何使自己的生活水准不致降低；二是生活目标：这里的退休绝非传统意义上的"退"，而是一个全新人生的开始，关键是退者是否已选择好日后的生活目标。

比如，文章列出许多理财之道。当先前的一切刀枪入库，必然要开辟另一条借以生存的生财之路。这一条的实现并不难，光阴流转四十年，思考这个问题的人，大多已晋身某个领域的高端，物质生活当不在话下。相反，另一条，生活目标，却需细细思量。因人而异，人各有志，且这一选择更应美妙生趣才好，若果依然温吞寡淡，倒不如不退。杂志里提到一个案例：某精英三十五岁成为首席执行官，四十岁将自己的公司转手获利，并就此引退，来到某小岛的沙滩拥抱阳光海浪，享受人生……这就是新一代人的奋斗目标。

其实，以上两点终究难逃人生的两大主题：物欲与灵魂。

盲目退下却失去生活目标和动力，即使日进斗金依然乏味，这样的举动绝非明智之选，生活的历练断然不会使他们如此鲁莽而愚钝。而另一个极端，不计生活基本需求，捉襟见肘地追求所谓精神，也必将失去活着的依托。可见，如何既鲜活四射又有尊严地生活，这是四十而休的必要前提，二者平衡得好，即可达到人生理想，甚至终极梦想。

旋即将这本杂志又放入书架，不由得审视自己的当下。此刻我早已超过四十岁，我休了吗？不仅从法律意义上尚未退休，即使在时间分割上，我也在利用一切业余时间写作，同时我也觉得写作就是我最惬意的休息啊！

一个人有向往是一件很开心的事情，我希望老之将至时可以做一个没有忧愁的老顽童，就像文章里给出的关键词：安静、随性、放肆、放纵、悠闲、淡然、坦然，还有神经质……这是我向往的，我确定。

始终相信，这个世界应有着越来越美好的前景。恩格斯一百年前讲过的从"谋生"到"乐生"的观点仍然鲜活,人类从开始的谋生终究都要达到乐生,即从经济动物到文化灵物。前几年读香港女作家梁凤仪的财经小说,不少商界成功者,在这个地球最美丽的地方不止一处拥有美墅别院。当时,对其功能,狭隘地仅仅想到"藏娇",而今,这"四十而休"才吻合其深远韵意。那些美丽的远方,才是他们"休"后的全新生活。

面包是有灵性的

常去的面包店新来一个小哥，大概是个"95后"，精瘦，白皙，长身玉立；黑黑的眼眸，长长的睫毛，精致的双眼皮，皮肤细腻堪比他手中的奶油。令人关注的是他那工作时的仪表：一身深蓝色西装，打着精致的领结，头发和衣饰一丝不乱。他对每位顾客微笑，细长的手指在各款面包之间灵巧熟练地打结、翻飞，举手投足尽显专业和修为，一脸谦逊，无一丝油滑、浅薄和轻浮，细微举止间透着不错的家教和家风，仿佛对每款面包诉说着一份极真挚、亲密的情感。

明明可以拼颜值，却硬要拼技能和素养。这个亮晶晶的小帅哥，干净，明亮，低调，柔和，谦卑，恭敬，每为一位顾客包装完毕，都不忘记他的温情提示："我们的蛋糕，在当天内吃完，味道最佳；超过两天，不建议您食用……"声音不高不低，态度不卑不亢，诚恳、专注，顾客们大都报之以微笑或说声"谢谢"。

小哥对面包的"爱情"，令我想起几年前看的一部电影《歼十出击》。一场飞行事故后，师长岳天龙说："飞机是有灵性的，它就像你的兄弟，你的亲人。你对它好，它就会对你好。""要知道，离开我的战机是很难很难的，一切都在那几秒钟。我知道，跳出去我可以生存，可我的战机呢？"凭着对飞机的这份真挚的"爱情"，岳师长果真把受伤的战机安全带回地面。

那之后，我经常打量人与物之间那种闪烁着灵性之光的神奇关系——唯美，动人，敬畏，惹人怜惜，引人遐思。小哥之于面包，岳师长之于他的飞机，他们在面前的那个"死物"上必定倾注了非凡情感，以至于固体实物竟渐渐"通灵"，具有了人的灵动与生机。神话中的点金术也仅仅让石头成为金子，虽内质属性改变，外部形态仍然"死沉沉"——然而，他们却让它们活了！心意凝定，精诚所至，他们眼中和手中的"它们"，是有生命的；于是，"它们"便有了生命。

　　排队时，我观摩那小哥麻利快乐地为客人做着各种操作，晶莹油亮的各式蛋糕，香气熏人。门店的装潢以那种奶白色为主，明丽洒然，小哥在他的一众同事中分外显眼。他不疾不徐地忙碌着，黑亮的短发在前额微湿——在小哥手里，面包是有灵性的。面包在他手里像眼下这处处生发的春天，勃勃地就有了生命。

　　一时间，面包间的一切，竟有了艺术感——职场上本该冷峻、威严、机智、儒雅，而他们对工作的投入和热爱，却让普通的生活场景达成这样一种艺术的写意与诗性——当他旋转于店内，连店里的一款款蛋糕，都变得帅帅的。帅帅的男孩儿，帅帅的蛋糕，靓靓的女孩儿，这家店，一下子，灵动十足，意味无穷。欣赏这样的极品男孩儿女孩儿，生活中的灰色迅速退隐乃至消失。

　　几天后，一个朋友过生日，我订了蛋糕，可晚上去酒店时，却忘记去取。幸好酒店与面包店距离不远，我给店里打电话问能否送货——结果送货的正是那个小哥，看到他干净利落的装扮，真诚的微笑，仿佛那晚的雾霾也被风吹散……

那些被撑大的……

前不久，我穿着一双新鞋子出差，结果右脚被磨出一个大泡，奇疼难耐。回家后拿到修鞋店，修鞋师傅端详一番，说，没别的办法，只能撑撑。

我疑惑地看着他，真不知还有撑鞋这个行业。只见他进到内间，不一会儿出来了，手中拿着一只木质的鞋子形状的工具，这个工具后面用一根撑木悬空，前方是结实的实木。师傅有点儿费力地把它塞进我的鞋子，然后漫不经心地扔到一边，告诉我：半个月过来拿吧。

半个月后，"撑"后的鞋子果然增大了面积，舒适了许多。这让我浮想联翩：人的心胸，何尝不是这样被一点点"撑"大的？

那些天，我一直在读《雨果传》。之前，我笃定地以为雨果的人生别提多"开挂"，顺风顺水，无所不能，享尽人间的鲜花掌声。然而，读了他的传记后，我惊讶得目瞪口呆：他的戏剧《欧那尼》上演前，朋友圣佩韦因嫉妒他的成功，并觊觎雨果妻子阿黛尔的美貌，已经连续一年多给阿黛尔递纸条、抛媚眼，甚至当着雨果的面"进攻"。《欧那尼》排练期间，正是情敌圣佩韦向阿黛尔献殷勤最为频繁的时刻。

那时，雨果的文学事业正处于上升期。他目睹了巴黎文学界的不堪以及某些人为了成名而不择手段的龌龊。面对情敌的进攻，雨果仍一心扑在排练上，他给朋友写信说到重压之下的处境："我身负重债，劳累过度，被压垮了，喘不过气来。法兰西剧院、《欧那尼》、排演、幕后的竞争、男女演员的钩心斗角、报纸和警察的阴谋诡计，还有我那些总是一团乱麻的私事：我父亲尚未清理的遗产，继母在和我们争夺……因此，在一份巨大财产的残砖碎瓦中，根本没有或者保有很少的东西可以继承，如果不是官司和忧伤的话……瞧，这就是我的生活。"

而在《欧那尼》之前，雨果的另一部剧《阿密·罗布萨尔》一败涂地。他们夫妇吸取教训，竟也"学会了玩弄伎俩"。为了获得《欧那尼》的演出成功，他们充分利用已有的名声权威，召集了能联系到的社会名流，留了最好的位置；所有亲戚以及年轻的追随者也全部到位，雨果夫妇绞尽脑汁地给他们分配戏票座位，尽一切所能，让"正面"喝彩压倒那些"捣乱"的"倒彩"……朋友们都盛赞雨果"在所有才能中，特别具有化不幸为广告的本事"。

雨果，这位伟大的作家，享受成功的过程中，竟也坎坷不平，充满辛酸龃龉。世人看到的名流人物，永远只是其光鲜的外表。

人间不易。

近读麦家作品《人生海海》。面对记者，麦家心情复杂：他生长的那个小山村两千多人，终于出了一个耀眼的人物，村民但凡芝麻绿豆大的事儿，都要到杭州去找他托关系，比如超生罚款（彼时二胎未放开），比如轻微车祸——不管，就是忘恩负义……这让他感到，人类在这个地球上存活了几千年，无论哪里的人生，哪里的人间，无论人种、肤色、热带寒带、白人黑人，都充满了竞争、嫉妒、奸诈、权谋、算计和交易。但他又说："人生像大海一样变幻不定、起落浮沉，但总还是要好好地活下去。"沉淀八年写出《人生海海》，麦家再深掘一层："既然每个人都跑不掉逃不开，那不如去爱上生活。"

看似麦家的自我安慰，其实在安慰众生。当宇宙的重组来临之前，人类又不得不蚁行于世，我想起罗曼·罗兰的话："世界上只有一种英雄主义，就是在看清了生活的真相之后，依然热爱生活。"这与麦家的认识异曲同工。

成年人的心有几个是完整的？只是那些内心被撑大的人，懂得给内心一个向上的支点，来对抗向下的沉沦；由此，推动着世界向着神性的文明掘进，哪怕仅仅一微米。

农夫错在哪儿？

前不久读到一段二战轶事。一对英国夫妇，他们没有孩子，恰好一个德国男孩儿想学英语，英国夫妇高兴地答应了。他们很喜欢那个聪明好学的男孩儿。当然，德国家庭付费可观，双方都很满意，男孩儿每到暑假就会来英国学习。

然而，战争开始了。男孩儿十六岁，英国夫妇怀着沉痛的心情把男孩儿送到火车站，送他回德国。他们为男孩儿准备了领带、手帕等礼物，用一个小包袱包好，依依不舍地含泪吻了男孩儿。男孩儿也显得格外依恋。可是，火车刚开动，男孩儿就把包袱一把扔到车窗外男人身上，并探出车窗向女人的脸上吐了一口唾沫。

想起一则网络新闻：一个做生意赔本的男人，站在七楼顶要跳楼。楼下来了许多警察，同时聚拢了蚂蚁一样的人群。道路堵塞了，楼下的气垫铺好了，男人的妻子孩子也来到现场含泪相劝。男人似乎回心转意，眼见形势有所好转。突然，围观的人群中有人小声喊："胆小鬼，跳啊！跳啊！不敢跳！"然后，这种声音很快成为一群人的"诅咒"。几秒之间，男人突然纵身一跳，他落在没有铺气垫的水泥地上……

所以，雨果感叹："狼啊，千万别堕落成人。"某些时候，世界的真相是魔鬼统治天堂，人性里更多的是"相对的善"和"绝对的恶"。约翰·克利斯朵夫对犹太人莫克说："啊！多可惜！……你生为犹太人真是太不幸了！"莫克笑了笑，带着凄凉而嘲弄的神情，静静地回答："更不幸的是生而为人。"

那个被蛇咬死的农夫临死之前说，我竟然救了一条毒蛇，就应该受到这种报应啊。农夫和蛇的故事反复上演，迫使我们渴望真相：是农夫错了吗？他究竟错在哪里？世间总有些人，在认识一个朋友的开始，想到的总是给予，总想能为对方做点儿什么，之后也是竭尽全力、小心翼翼地维护那段友谊，生怕自己因一时疏忽破坏友情。他这样做，其实就是一种惯性，同时觉得对方把自己当作朋友，其概念里从没有"回报"二字。然而，对方却会冷不丁地回咬一口，咬得他目瞪口呆。

人性的冷暖就在人生这块幕布上交替上映着。最为典型的当如电影《三块广告牌》。此片由一件奸杀案切入，引发了人性的大碰撞。故事是有原型的，一个美国父亲由于女儿被奸杀警方迟迟没找到凶手，案发两年后，他在洛杉矶地区竖起一系列广告牌，指责警方办案不力。这个故事被移花接木，拍成《三块广告牌》。电影中的女主人公米尔德雷德，是一个倔强的却对任何事情有神速反应的女人。她不借车和钱给外出的女儿，结果女儿一句赌气的话"我希望我在外面被强奸致死"一语成谶。女儿出事时，米尔德雷德和丈夫的婚姻也走到尽头，她与独子相依为命。女儿遇害七个月，迟迟不能结案，凶手仍逍遥法外，警察毫无动静。这位母亲目睹了小镇上的警察的碌碌无为，借钱租用女儿被害地点的三块广告牌，向警方发起诘问，控诉警方不作为，并将矛头对准警察局局长威洛比。而威洛比身患癌症，命不久矣。这三块广告牌，在小镇掀起轩然大波。密苏里州民风彪悍，无数小人物被卷进来，冲突瞬间升级。最后，以暴制暴，成为影片无法回避的现实。

乍看，我一点儿也不喜欢那个一脸戾气的女主角。她头缠一块黑布，双手叉腰，像个斗士。她的一些做法，像投掷汽油弹烧警察局，与患癌症的威洛比据理力争……其行为是否文明合法有待商榷。男主角狄克森更像地痞流氓，为阻止米尔德雷德继续租用广告牌，他暗中"查封"了她与人合伙开的礼品店——为了阻断其经济来源。最后，他因渎职被开除公职，但威洛比的自杀遗言唤起了他作为警察的使命感。他最终自愿与米尔德雷德一起去寻找凶手了。其实，在警察表面的不作为与案件真相之间，正如威洛比的遗言：有的案件就是没有一点儿线索，几年过去也没有线索。在这样一种现实观照之下，观众也在一种复杂的心情中思索着人性。

影片很写实，也很琐碎，一点儿也不"波澜壮阔"。直到结尾，影片也没告诉我们谁是真凶。可是观众却不自觉地深陷其中。因为它让我们看到了真实的人性：人们恶着，又善着；毁坏着，又成全着；斥责着，又维系着，所有这些同时发生在人们身上。这在不经意间探尽了人性的幽微。而且，主人公无论"行善"还是"作恶"，导演并没带着一把道德标尺虚张声势，只是呈现，不作评判。尤其男女主角最后那点儿微弱的努力，绝望中的坚守，对抗之中流露的那一丝真情，让人感到一种带有野蛮意味的人性力量。

这世界，真让人感念丛生。幸好，当整个世界分崩离析时，还有人想一点点把它拼凑回来。此时，谁还会去追究农夫的对错呢？

请为爱松绑

　　亦舒被女孩儿们尊为"师太"，在很大程度上来自一句她的被说滥了的名言：我要很多很多的爱，如果没有，我就要很多很多的钱。

　　可是，可是，如果爱成为洪水，要将你淹没，你还敢要吗？

　　这不，好友从南边来，讲到她的同事，最近割腕，原因就来自她的母亲"太多太多的爱"。

　　爱能逼死人？

　　是的，某些时候，这正是事实。

　　一个在车祸中失去丈夫的母亲，从此把生命的全部押在了女儿身上。她为女儿设计了升学、恋爱、结婚、生子，甚至连买房、带娃这样极为个人的事情她都横加干涉。她对女儿从十几岁到三十岁的生活无缝隙地介入，比如，女儿女婿本来想多享受几年二人世界，晚几年要孩子，但因她无所事事，所以每天在微信和现实中对女儿女婿实施狂轰滥炸，也不管女儿女婿是否在忙工作，随心所欲地给他们发去大量婴儿照片，让女儿女婿不堪其扰。当女儿女婿终于不堪压力生下孩子，又因她过度参与女儿的生活，不仅与女儿，还与女婿和亲家龃龉不断，这样严重影响了女儿女婿的夫妻关系以及女儿的婆媳关系，甚至影响到女儿女婿各自单位的工作。当女儿在母亲所谓的"爱"中感到窒息的时候，她选择了割腕。

　　我尊重那些彼此尊重的亲情关系：给予各自恰当的空间，给彼此自由呼吸的空气。人际关系中，即使亲人，尊重意味着距离，距离意味着安全。《了不起的盖茨比》里的一段对话令我玩味许久。高尔夫球冠军乔丹·贝克开车载着"我"（尼克）参加别墅聚会，贝克从几个工人身旁开过去，由于挨得太近，结果挡泥板擦着一个工人上衣的纽扣。于是"我"提出强烈抗议："你是个粗心的驾驶员"，"你该再小心点儿，要不就干脆别开车"。

贝克反驳："我很小心。"

"不对，你不小心。"

"不要紧，反正别人很小心。"乔丹·贝克轻巧地说。

"这跟你开车有什么关系？"

"他们会躲开我的，"她固执地说，"要双方不小心才能造成一次车祸嘛。"

"假定你碰到一个像你一样不小心的人呢？"

"我希望永远不会碰到，"她答道，"我顶讨厌不小心的人。这也是我喜欢你的原因。"

作者菲茨杰拉德把这定性为"关于开车的奇怪的谈话"。这样的美式幽默可能令惯于循规蹈矩的我们极不适应，同时西方人很自得于他们自己的"自嘲"："每个人都以为他自己至少有一种主要的美德，而这就是我的：我所认识的诚实的人并不多，而我自己恰好就是其中的一个。"乔丹·贝克首先把别人设定成皆"小心"，即别人已经懂得与我保持距离，自己则"可以不小心"，而"我"坚持应该"双方都小心"……或许我们缺少的正是这种关于人际之间的探讨。这同样适用于亲情，在这一点上，人类可能永远没有学成毕业的一日，每天都似投身于沙石中，缓缓磨动，皮破血流之余所积得的宝贵经验便是一般人口中的圆滑。

人人都渴望被照顾、被爱，在这个关键点上，人人都很脆弱，甚至很孤独。这样一来，我们往往无限夸大自己在这个世界上的重要性。别人，特别是亲人，离开我们都不能活，或者活得极糟糕，于是总是"狠狠地"将自己的爱编织成一张密不透风的网，把我们的亲人（或爱人）罩得难以喘息，直到他们谋划逃离。其实，很少有人会想到，恰恰是这样的施与，证明我们太缺乏自我。

那个割腕故事的结尾，母亲悔悟，把外孙让与亲家照看，声称自己要去旅行，女儿也请了长假，要陪伴母亲一起去……可是，这个世界从未见过没有终点的旅程。旅行回来怎么办？显然，问题的关键在于母亲。她的晚年需要建立一个不用捆绑他人的自我，寻找一个安置自己的平台，一个疏通自己的渠道。因为，当这个渠道开在别人身上，哪怕这个人是自己的亲生女儿，也只能意味着灾难，更可能陷入恶性循环。

如此地与母爱唱反调，我不惧冒着挨骂的风险。因为凡事皆有度，母爱再美，一旦泛滥，就不那么妙了。特别是在丧失自我前提下施与的母爱，将自己的意志强加在子女身上，以"爱的名义"填充自己生命的空虚，再贴上"付出"的标签，那样难免歇斯底里，委实可悲。然而，许多人的一生，特别是离开工作岗位后的后半生，往往把自己的肉身与精神死死捆绑在子女们并不轻松的人生战车上，在对方云淡风轻的生活图画中添上生硬的一笔，破坏了原有的和谐与美好，进而成为对方的负担和羁绊。这，几乎成为当下某些国人的悲哀。

突然想起小区附近一家餐馆里，有一位奔跑着服务的老年服务员，他或许并不需要那份退休后的薪水，但他的生活态度是否应该让我们领悟：凡常的生命虽卑微，只要有所期冀，"奔跑"着穿越尘世的薄凉，拥有一份常人不曾领略的丰满意趣，重建自我，给爱喘息，还爱自由，让爱成长……如此这般，汝今能持否？

以 萌 为 业

猫作为企业一员，为人类打工，你相信吗？

那天去往一个大型写字楼，正要从八楼离开，忽然看到隔壁门口贴着一个小标牌——咖啡店。

写字楼高耸入云，一楼大厅里密密麻麻标注着一个个公司的名字。进到楼里才知，一间间公司的门大多紧闭，只有个别婚纱店或美甲店的大门敞开或半开，我看到的这间"咖啡店"却是闭门经营，全无街头咖啡店的人来人往——会是怎样的咖啡店呢？

开门的是一个女孩儿，口罩上方露出一双精致的双眼皮。她告诉我这里叫"猫咖"。

好一个猫咖！一扇小小的木栅隔开了经营区，里面四五位女士一边聊天一边与五六只猫玩耍，若隐若现的轻音乐满室流泻，一派"岁月静好，现世安稳"。

我怔怔地看着眼前的一切，恍然：猫才是这里的"员工"！表面上，顾客来此消费的是咖啡，实则猫成为主力员工——猫凭借其萌，成为生产力！

当然，猫不必刻意卖萌，它的存在，无论哪种形态，都会引起女客们的怜爱。女店主跟我讲着话，一只灰猫始终懒懒地腻在她怀里，其他猫一脸萌态地在女客们身边蹿来蹿去。女店主告诉我，顾客主要是学生，猫是解压"神器"，每到假期，特别是高考结束后，学生们在美团下单，小店里人满为患。这家店是"LOFT"，届时连二层也座无虚席。

微信朋友圈里有多个养猫的男士，经常晒一些萌猫图片。直到前几年看电视剧《今生是第一次》，才真正打量猫与男人的关系：男主人公南世熙是个 IT 男，因恋爱与父母冲突而租房独居，成为"左手猫咪，右手房贷"的猫奴。南世熙长着一张厌世脸，极力躲避人群，唯对那只纯白色暹罗猫百倍宠溺。他对猫有一段"怪论"："猫和人不同，没有新皮层，每天吃一样的饲料，住在一样的家，过着一样的生活，也不会觉得郁闷或厌烦，因为对它们来说，只有现在。"

一贯抠门儿的南世熙只有面对猫时才大方：为了猫破例打车，从来不减猫的开支……他声称"活到最后，不仅是对别人失望，更对自己失望"，然而猫却给人一种岁月静好的安适，维系着人类隐秘而又心照不宣的内心世界，平衡着人类的生命天平，给人虚无中的一种寄托。

麦家在《人生海海》中，让上校与两只猫的缘分贯串全书。上校有两个软肋：腹部文字和两只猫。"村里无人不知晓，太监家有两只猫，一只全黑，一只全白，都跟小豹子一样，腰身长长的，头圆圆的，走路一脚是一脚，慢腾腾，雅致得很……"那两只虎斑猫成为上校生命中独特的存在，是情感寄托，又是他与世界的一种联结，承载了他最深沉的爱。因为猫，上校错过投诚良机：国民党节节败退的关键时机，上校在夜里突然被请去给解放军首长取子弹。手术极成功，解放军高规格接待他，动员他弃暗投明，但上校提出一个条件：必须带上两只猫。结果可想而知：养猫只能回家了。因为猫，上校引起全村人的嫉妒，"……最气人的是，（上校）还专门给它们买上好的鲞吃！我父母从来没有对我这么好过，我吃过的鲞还没有他家猫多。我宁愿做他家的猫"。因为猫，上校甘愿掉进小瞎子的圈套，放弃逃离这片带给他痛苦的故土的机会……

上校的一生经历了算计、痛苦与背叛，而猫的出现，具有史诗般的意义。上校与猫相处的时刻，就是一片爱意满满的自由天地。在上校无眠的每一个深夜，猫都不离不弃地守在床头，给上校一份独特的安全感。无论现实中的麦家是否养过猫，他对上校这个人物饱含深情。正如伍尔芙所说"猫对人的好坏有着最棒的判断力，猫总是会跑到一个好人的身边"。

　　在文学史上，猫早就成为一个图腾。季羡林的猫，村上春树的猫，海明威的猫，钱锺书的猫……一个个形态各异的猫，构成了一幅有趣的文学图景。牛津大学教授哈里森曾说，文化人是活在这个世界上的最可怜的一种人。他的同乡，大才子阿兰·德波顿也认为："长期沉溺于艺术会产生一定的危险，会导致阳刚之气的丧失，会形成过于内向的性格和失败主义。"或许，猫恰恰冲淡了文人身上的这种阴气，以往的旖旎或淹蹇，让猫萌一下，瞬间云淡风轻。

来自童年的那双眼睛

　　前不久，我也偶然成为一名猫奴，每天面对那软糯的一团，很抚慰，很治愈。

　　后来，我接到一个陌生电话。平时我接这类电话慎之又慎，但这次来电显示天津。天津是我的文学福地，在我心中有着特殊的意味，于是我赶快接了起来——打电话的竟是我久未联系的小学同学茜。她寒暄了几句后，说："在《今晚报》看到你的名字，以为同名，就在百度里搜索，一下子看到你那么多文章，从此就以这种方式关注着你，你……终于成了作家。"

　　我需要回到四五十年前，搜索那个面孔了。

　　自幼，我家与茜家住前后院。我与她小学同班。她的父母都是下放教师，父亲一直教书到退休。她父母经常给我们这帮农村孩子讲《三国演义》《西游记》里的故事。这使得她家成为村民眼中的诗书之家。茜还有着区别于一般农村女孩儿的容貌：在一群又黑又糙的农村孩子中，她的皮肤白净光洁，举手投足有一种城里人的气息，绝对是那时的"白富美"。学校里演节目，她是主演，老师给她化好了妆，头上扎了蝴蝶结，简直就是花仙子。平时，我俩很要好，经常在一起学习、玩耍。但我知道自己又黑又瘦，且家境贫寒，衣衫破旧。那时，我像仰望仙女一样仰视她。

　　我对茜真正仰慕的，是她的学养。有那样的父母，茜成为语文尖子并不意外。我能与她比肩的，只有作文，我俩的作文经常一起被老师当范文宣读。对书的热爱也让我经常往她家跑，她的母亲一边给我们讲故事，一边鼓励我们长大后当作家。

呵，作家！那时对这个名词一知半解，由于经常在她家一起捧着《艳阳天》《青春之歌》等大部头的书来看，我们俩彼此约定：将来咱们也要写出这样的书！我们一起勾画着未来：考大学，读中文系，写书……那时，我们经常坐在房顶对着天空出神，希望哪一天能飞上去一探究竟。

后来的人生路径，就有了些许命运的迹象：除了作文，茜的其他科成绩一般，而且她小小年纪，身体竟状况百出。进入初中，我们分了班，学校按成绩分快慢班。我在快班，茜在慢班。这时，我的成绩经常让我全校闻名。中考时，我更是一骑绝尘，以全镇第二名考入地区重点高中，而茜则读了普通高中。后来，家人告诉我，茜患上胸膜炎，数度休学。高中期间，我在离家十公里的高中住校，很少见到茜。直到高考结束，我们再见面，岁月的阻隔，让我们陌生了许多。

茜高考失利，我则升学到省城。那时，她的惆怅是写在脸上的。送我离家前，她幽幽地说，你再回来，咱俩就像鲁迅和闰土……生活如一支神笔，让许多人的人生有了些魔幻的味道。白云苍狗，我和茜被时光隔开，生疏了，淡忘了。为了应对生活，命运把我们做了不同的流放。

后来，我并没读成中文系，但作为工科生的我，也曾零星写作。其间，我偶尔回老家听说了茜的消息：她曾在村里小学教书，后来又到了沧州。有一次，茜的母亲见到我，把她的手机号码交给我。我们也曾短暂联系，但仍被各自的生活淹没，渐渐疏远。

这次通话，与我们的童年隔开了四十多年。她人在沧州，女儿在天津工作并结婚生子，她到天津给女儿带小孩儿，经常读《今晚报》。儿时伙伴竟以这种方式"重逢"了。她自谦地说："你终于成为作家，虽然来得晚些，但毕竟圆梦，而我永远与作家无缘了……"

茜提到"作家"，蜇得我心痛。我内心对这一名号是多么惭愧——细想想，多年来我怠慢了写作，从不敢自称"作家"。只是，茜的那个电话让我总感到自己背后有一双眼睛若隐若现。我曾在冥冥的空茫中狠狠地屏蔽这束目光，故作洒脱地视而不见，然而这束目光却对我不依不饶固执地投来。至此，我知道，来自童年的那双眼睛，让我的写作有了特别的含义。它让我正视自己：那双眼睛里，有我写作的初衷——我一直不敢正视，其实是在给自己的不成器找借口；如今童年伙伴的来电如一面镜子，让我看到了当初的自己，让我逃无可逃。

张小娴曾在《远方的一双眼睛》中这样说："我们或许都经历过这种日子：你做一件事情，是因为你知道有一双眼睛在看。"——自从意识到这双眼睛的存在，当初那个懵懂的约定生出一种莫名的力量，让我的写作涂满梦想的光影，风帆更起……

但愿你没"凡尔赛"

东野圭吾在《恶意》中说过一段话：有些人的恨是没有原因的，他们平庸、没有天分、碌碌无为，于是你的优秀、你的天赋、你的善良和幸福都是原罪。然而，其实还有另一种可能：假如你刻意炫耀"你的优秀、你的天赋、你的善良和幸福"，真的离"原罪"不远呢！

前几天，我就遇到一顿抢白——当我抱怨自己的收入不高时，西部的一位文友问了具体数值，立即抛给我一个词——凡尔赛。他说我的行为很"凡尔赛"！那是我第一次听到有人用"凡尔赛"来评价一个人的行为。我上网一查，原来这个词已铺天盖地了。

对于"凡尔赛"，我的第一印象就是法国的凡尔赛宫，这座巴黎西南郊外凡尔赛镇的宏伟宫殿，曾在近二百年间作为法兰西宫廷，有着极为奢华靡丽的过往。到了大仲马的"发达"时代，有段时间，国王路易·菲利普正在凡尔赛宫度假。他对大仲马的炫富动静极为好奇，心想：我住在凡尔赛宫都没他那么快活，他是怎么做到的呢？大臣调查后发现，大仲马暴富后的大手笔"基督山庄园"挑战了凡尔赛宫的地位，并向国王建议："不到两个星期，大仲马就叫圣日耳曼着了魔，叫他来凡尔赛住两个星期吧！"

不久后，大仲马就倒了霉——他当然难以与凡尔赛宫抗衡。不过，今天人们拿来用作网络用语，却又挑战着我们的汉语：不直接说炫耀，让朋友圈里的一系列"嘚瑟"躺枪：买了什么包包、饰品，做了什么拿手菜，到哪儿旅游了，统统摆拍发圈；如果是文人，就晒刚发表或出版的作品，或者某幅字画，再配上文字塞进朋友圈——显示出自我陶醉、惬意和妥妥的自我满足。

"凡尔赛"用在这里，也算得上新鲜、贴切。但是，我觉得真正意义上的"凡尔赛"，则是自己的状态已很好，却生怕身边的人看不到，于是扭扭捏捏地以抱怨的形式表现出来，给那些尚在挣扎、奋斗的人以撩拨，以期达到自己的心理平衡。说白了，就是旁边有个要饭的，你却边吃饭边吧嗒嘴。

至此，我有些明白为何近年许多微友让朋友圈"三天可见"了，甚至有人索性关闭了朋友圈。他们终于明白：人生仅仅是自己的私事，实在与别人无关。而且，越来越多的人也意识到，用自己的生活琐事占用公共资源，给他人带去不必要的叨扰和点赞负担，真真显得矫情了。人生海海，没人愿意对你的所有行为理解、感同身受，甚至买单。

这些年，我一直远远地关注两个人：赵玫和毕飞宇。有一次，一位朋友告诉我，赵玫居然不用微信。我没见过赵玫，但曾读过她的一篇文章，那次她在青岛演讲，提到对时间和价值的珍视："避开那些行尸走肉者，那些肉体尽管活着灵魂却已经死掉的人，那些思想和谈话都琐屑不值的人，以及那些用陈词滥调代替思想的人……哪怕是伤害了那个可能本质不坏的人，那又何妨？标准只有一个，那就是时间和意义的等式。"我相信，这段话敲疼了包括我在内的许多人的神经，我也因此理解了她这个"微信盲"。

毕飞宇在散文《手机的语言》中声称自己是个"不用手机"的人。他在手机发明后的相当长时间内拒绝使用手机——"那种暧昧的、半真半假的、进退自如的、油腔滑调的手机语言，大部分是调情的"，但对于微博、微信这样的平台，毕飞宇觉得让人们找到了表达自己的方式，是有利于社会进步的，他不想因个人喜好去做出判断——"我不玩微博、微信，是因为我有小说这个表达方式……"后来他儿子去国外留学，他才配了手机。

赵玫、毕飞宇也太不"凡尔赛"了吧。在时下的视频时代，内心要强大到何种程度，才可以逆潮流而动，洒脱地活在自我的疆域？可是又必须承认他们自有道理：一个人的悲喜，只在自己心里，不在朋友圈。这是否成为越来越多的人渐离朋友圈的原因？

青春该很好　梦若尚在场

　　我正写的一篇文章需要查资料，从书架上抽出一本几年前读过的书，书里夹着的一张折叠的《燕赵都市报》掉到地上，捡起一看，是 2012 年 6 月 6 日第 13 版。看到标题，立即明白保存这张报纸的缘由——当时的一则消息——《北大保安出书　校长为其作序》，文章占了大半个版面，说的是湖北"80 后"保安甘相伟出版的一本书《站着上北大》。这则消息令我心潮翻涌，遂特意留下这一版，随手夹在其中。

　　时隔 5 年，2017 年 5 月 17 日，新华社披露一则消息，"北大保安 20 年 500 余人考学深造，有人已成为大学老师"。照片上是一群北京大学校门前举着文凭合影留念的学生，不是本科生、研究生或博士生，而是身着保安制服的保安——北大的学霸保安队！

　　五年前的那张报纸仍摊在书桌上，捏起报纸，再看网上的这则消息，我的心立即氤氲一片，美好的回忆盛开在这初夏夜……

　　十年前，我在清华大学全脱产进修一年。清华北大一路之隔，我们除了白天在清华上课，几乎所有晚上都交给了清华北大的各类讲座。我与班上两三个同学偏好人文学科，去北大听讲座就成为那一年的主题。也是在那时，我们班里的刘同学认识了一位北大保安。这是一位业余时间听讲座的保安！他对北大各学院晚上的各类讲座了如指掌，从此，北大的各种讲座信息从这位保安手里再经由刘同学源源输向我们。时间稍长，全班同学都知道有这么一位保安。

　　一直无缘与这位保安谋面，也不曾问起他的名字，所有关于这位保安的印象全部来自刘同学的叙述。有两点很清晰：他供职于经管学院；河南人。其他，诸如高矮、胖瘦、内向、外向，器宇轩昂相貌堂堂，还是貌不惊人沧海一粟，一切的一切，只好凭经验去想象了：大街上，单位门口，随处可见身着统一制服的保安们——那一群几分谨慎、几分谦恭、几分粗野，当然有时也流露几分呆板的年轻后生。

"那个保安经常听讲座！我掌握的许多讲座信息都是他提供的。"此话出口，刘同学是带了感情的。他虽然没有描述保安的外貌，我却捕捉到许多关于他们之间交往的一些具象信号：他们互留了手机号码，成了朋友，经常交流讲座心得，每当经管学院有高端讲座，那位保安就会通知刘同学，唐骏、江南春……当年这些财经才俊的讲座一票难求，但有保安在场，情况总是可以变通，不仅刘同学进入，且总能带进我们班里的几个同学。也因这位保安，我才得以听到于丹、蒙曼、庞中华等人文学者的讲座，默默感谢着那位站岗的"无名英雄"。

听讲座成为这个进修班的一道风景，而能够听到自己心仪的讲座尤为不易。刘同学说，在清华期间，如果待在宿舍里超过三个小时，他会油然而生一种罪恶感，十分自责地认为自己浪掷光阴，于是四处寻找讲座信息，他就是在骑上自行车转悠到北大时结交这位保安的，他们经常一起听某个讲座。这时，我忽然想到，保安也是有业余时间的，那么，他们的业余生活如何（彼时还没有微信）？看电视，喝酒，逛街，恋爱，聊天，打扑克……

这位保安选择了听讲座。

他是否准备一支笔，一个笔记本呢？我想会的。他与我们一同坐在某教室，除笔、笔记本，还应带了一件东西——梦想。

一个选择听讲座的保安，怎么可以没有梦想！也许他的梦还有几分缥缈，只是远方天际的一个模糊轮廓，一枚尖尖小角，一股毫无来由的冲动，但是这梦具有无限的发酵功力，他相信，某些达官显贵照样制造龌龊，寒门柴扉却也吞吐天地，只要梦在。

如果是下班时间，他应该换上便装吧。于是，我们听的某次讲座，身边的小伙子是否就是这位保安？下意识里把他当作了一名青涩稚嫩的大一新生，那又如何？来到教室的方式可能不同，听完讲座的归宿也差若天渊……北京大得渺茫，霓虹明灭间流淌着多少人间的艰辛与温暖，置身其间，时而会有一种忧伤梗塞，可是，清华北大附近的这粒包裹着一名保安的"胶囊"小屋，却是真实的，能呼吸的。那张摇摇晃晃的写字桌告诉人们这间小屋的卓尔不群，桌上的笔和笔记本更是忽闪着一层年轻的梦影，这梦是欢快的，激越的，充满诗和远方，断与忧伤无缘。简陋，又有什么关系？不能一同起跑，却可以一起造梦。

"卿虽乘车我戴笠……"身边几乎挤满了重量级人物，香车宝马，名号震天，他暗自抑下卑微，只留淡定与砥砺。

一年后，我们的进修结束了。刘同学与保安的告别场面不得而知，只是回到工作单位的刘同学，心仿佛丢在了北京。一次，他向全班同学宣布：要利用每年的年休假回清华北大听全天候的讲座！

只要想做，有什么不可呢！我却暗想，这是否与那位听讲座的保安有关？刘同学再回清华北大，那位保安安在？他将拥有怎样的"后来"？

无疑，我想知道这一切。今天，这500多位保安回答了这一切。

前几天听朋友反复播放一首张国荣的老歌，后来才知叫作《春夏秋冬》，生涩的粤语加上不成曲调的韵律，不悠扬也不明快，说实话，我一点儿也不喜欢。可是当我澄清那歌词时却被击得一塌糊涂，"秋天该很好，你若尚在场，秋风即使带凉，亦漂亮……冬天该很好，你若尚在场，冬天多灰，我们亦放亮……"不知怎的，在这迷醉里，我想到的竟是那位北大的保安，没了歌词里隐约的感伤，剩下的，已是一份嘹唳与轩昂。

遥想这位保安，我们理应对他说：青春该很好，梦若尚在场。

第四辑

声声慢

"治愈神器"花园鳗

电视片《大太平洋》中，有一个萌态十足的画面，水蛇似的生物体，一半陷在海底的沙子里，另一半棒状的身体露在水中，并随着海水的洋流做着优美的摇摆，在水层中啄食浮游生物。它们在水中晃动的样子既有蛇恐怖的蠕动又有纤美的体态，半神秘半优雅，令人欲罢不能。

难怪远远望去好比花园里的花草在随风摇摆，听解说，才知，这不叫蛇，它有一个美到极致的名字——花园鳗。

不是蛇科，而是一种鳗——跟"花园"捆绑的鳗，得美成什么样？

越往下看，还真让人美醉。

花园鳗喜欢群栖，体形细长，平常白天下半身埋在沙地，就像半截绳子随海水自由飘摇，成群的花园鳗聚集在一起，就形成格外壮观的画面。一大片花园鳗在海水中"群魔乱舞"，慵懒地随水流而动，看上去，似乎它们正在"密谋"什么集体大行动，给人的感觉，就是一个奇特的名词——密集恐惧症。是的，有这个症状的小伙伴，最好别去看花园鳗。

花园鳗的萌态还表现为极强的警戒心。只要稍微一点点的"风吹草动"，它们都会感知。倘若有生物靠近它们，或者有外来强烈的光线照射，它们就会让自己的整个身体倏地钻进沙子，直到周围没有任何响动之后，才会小心翼翼露出一个个小脑袋，观察周围情况，之后才会继续出来活动。

花园鳗具有蛇的体形，颜色艳丽，这赋予它神秘凶险的浪漫色彩。花园鳗种类繁多,而横带园鳗颜值最高、名气最响。广泛分布在西太平洋和印度洋的热带海域,日本见于琉球群岛,我国台湾靠近菲律宾的海域也能见到。

横带园鳗最大的特征就是身上分布着一圈圈橙白相间的条纹,看起来就好像圣诞节的拐杖糖;大斑园鳗则以"强壮"著称,身体呈灰色,两侧各有一排白色斑点,靠近头部有个大的白色斑块,整个儿看上去就好像被缀了珍珠一样。从体形上看,大斑园鳗个头最大,显得粗壮有力。还有一种俗称为"斑马花园鳗"的横带园鳗,看起来也十分可爱。

在日本,有一种"花园鳗崇拜",渗入了日常生活。平时到处可见到花园鳗的身影,以它们形象为原型的生活用品琳琅满目:T恤、玩偶、抱枕、袜子……它们的萌态吸引着来自四面八方的情侣,有的女孩儿起初并不认识花园鳗这个物种,只能对男朋友撒娇:这条蚯蚓(或黄鳝、小蛇、小丑鱼)好萌,快买给人家啦!

日本京都水族馆还把每年的"双十一"定为花园鳗节,集齐四只花园鳗,就是阿拉伯数字"1111"。日本人对于花园鳗的追捧,不亚于我们"双十一"时爽快的"剁手"。社交软件上还有以花园鳗为主题的表情包,一经推出,就在日本社交圈中拥有爆棚人气。

一群花园鳗探头探脑,不断地伸缩运动,这种奇怪的萌点瞬间让气氛变得很微妙……人类大多数时间见到的花园鳗,只露出身体的一截。每当食物经过,原本岁月静好的花园鳗们会瞬间把头转到一个方向,像疯了一样上下晃动。其实这只是为了感应水流方向、最大限度地获取食物。花园鳗以浮游动物和有机碎屑为食,不会主动出击,只是守株待兔。

有些时候,也可以看到三三两两的花园鳗面对着面、张大嘴巴,貌似在很和谐地互相"问候",事实上,你正好目击了一次"鳗式互怼"。花园鳗看似"弱不禁风",但它们的领地意识极强,每条鳗都有自己的巢穴,巢穴间有一定的间隔。"邻里"之间一旦发生"口角",常常是为了捍卫领地,不过生气的花园鳗也很萌啊!

如果你看到两条花园鳗身子扭曲成双螺旋,不好意思,它们正在"爱爱"，意味着它们的后代——小花园鳗就要孕育了。

正因为花园鳗通体娇萌，人们赋予它"治愈神器"的美称——倘若你心情烦闷，特别是刚刚失恋，就去看看花园鳗吧。看着它们随着水流摇摆，上上下下，三两互怼，会感到一种莫名的放松和治愈之感。别问为什么，萌神就有这种力量。

老树的标配

长衫，礼帽，猫咪；一段矮墙，一间茅屋，一截歪树，一湾浅水，一簇绿植，一树繁花，一首歪诗，一个发呆的影子……对啦，这是老树。

如今，把老树的画摆在面前，哪怕隐去作者，我们也能会心一笑，让老树自己走出画面。

老树的画风靡这么久，我们只知他是教授，甚至不必知晓他教什么，却在他的画里沉醉流连。为什么？因为他邀请我们走进他的画里，将中国知识分子的潜意识公之于众。我们看到的那个一袭长衫、头戴礼帽的"人"，从来不显示五官，这让他的画不由得陷入深深的孤寂。有一幅画，老树双腿跨开，骑坐在高高的房顶一角，给人"想不开"的联想，这时，他的歪诗为他解围："有时一人独坐，其实并不寂寞。就想自己待会儿，别人却想太多。"是的，看上去，这些画面统统指向一个词：孤寂。孤寂之中，写满落拓中的不羁，而这样的画风之所以拥之者众，不知击中了多少浊世中人的痛点。自问一下，难道我们的内心没有这种渴望冲破藩篱、对自由的冲动和向往？

或许正因为孤寂，穿墙和飞翔成为老树的"最爱"。他有幅画，让一个长衫男子双臂前伸，身体穿越一截矮墙，一股破壁而出的冲动——"有时白日做梦，身怀特异功能。别说穿墙越户，想啥都能做成。"时而，那个长衫又在云间腾云驾雾了，这时，我们怎能不与他那渴望跳脱的凡体感同身受呢！而怒放在几乎每幅画里的花丛，还有那个醉眠花丛、身穿长衫的人，又让我们不禁莞尔——世间男子的小小心思怕也逃不脱。

　　这样一番天马行空之后，他的画和诗会带给我们一种现实面前的尊重和无奈："有时就想出走，只要一个自由。要去天涯海角，最后还是掉头。"这样的想法岂止老树呢！一眼之间，那些情感强烈的画面有了极强的代入感，"路过一个小巷，花儿开成那样。呆呆看了半天，心中十分悲伤。"这让人惊呼：这不就是某个时刻的我们吗？当然，我们不能把那些顾不上"悲伤"的人也算进来，但那些匆匆的身影，谁说不会在下一秒被击中？

　　老树还是一个爱猫族。他画的猫大概可以专门出一本画册了。令人不解的是，老树惯于让人脸成为一派模糊的空白，却把猫脸专意描摹，面容清晰，双目炯炯，甚至精细到能数清几根胡须，尤其是猫脸蛋上那两坨鲜艳的粉红，你就必须认定——它只能是老树的猫！看看他为那些猫的配诗吧："人间太多恩怨，何如以猫为伴""今日闲无事，抱猫坐阳台。听雨淅沥落，看花胡乱开"……你仍可以认为很"歪"，但在我看来，这些"猫诗"最后总能"歪歪得正"。

　　有位朋友说老树的画为现代人"去火"，我想这应缘于老树的每一幅画都写满自在，"自在"二字的鲜活度能让这二字跳出纸面。卓别林说过，生活从远处看是喜剧，从近处看就是悲剧。老树的画显然特意把生活推到远处。在画的世界里，他对闹市本能地躲避，与自己相处，以独特的方式与画外世界和解。所以，不要对老树诉说繁华，每颗善于独处的灵魂都是从人声鼎沸里拼命冲到了现在的一片净土。

　　面对老树的画，我经常想起汪曾祺《聊斋新义》里那篇《双灯》，汪老借由狐仙之口对人类揶揄："我们，和你们人不一样，不能凑合。"汪老的这句话正与他身后的老树的另一句话遥相呼应："最近心生厌倦，常常呆立风前。盼着万里飘雪，遁入枯水空山。"

　　老树画中的每一个"标配"，都成为生命的出口，泄露了他的精神洁癖。作为画盲的我，何等羡慕嫉妒：平时无论戴着何种面具，至少能去画里撒泼打滚，任意西东，隐于精神的桃源。假若汪老活到现在，会对老树大呼知己吗？

退场的姿势

芭蕾舞《胡桃夹子》是我和一个"85后"小朋友一起去看的。其时她正处于人生的低谷，经历了两次失败的婚姻，父亲长年卧病，弟弟欠债，朋友背叛，同时她面临失业，可谓遍体鳞伤，心情低落到冰点。我带她看一场芭蕾舞，想让她散心疗愈。

这场芭蕾舞的表演者来自乌克兰基辅芭蕾舞团。整场舞蹈的每一个环节都贡献了极为震撼的美，但令我和朋友回味无穷的，是那一个个退场的姿势。

真正观赏芭蕾舞，才知整个表演由一个个上场和退场组成，中间的表演已经成熟，退场和上场就显得格外瞩目。上场无须渲染，演员们都极为卖力用心，拿出最美的姿态，精准优雅，霎时就拼成一个星光熠熠的舞台。

而退场呢？或许在常人看来，退场比不得上场，草草退去，谁会在意呢！何况随着剧情推进，很快就要再上场，此时无须刻意，哪怕使用与表演同样的心力，也不会显得"草草"，特别是观众，谁懂得芭蕾？往往还沉浸在刚才的动作和情节中，谁去关注退场呢？

可是，我们就看到一个个张力十足的退场。这让那饱满震撼的美感不断延伸，以至无穷。他们一定懂得，哪怕一个欠专注的眼神、一个敷衍的手势，观众都尽收眼底，于是使自己谨慎到苛刻。

世间所有人中，唯有芭蕾舞演员，无论男女，坐着是一幅画，站着不动更是一场风景：胸挺到什么位置，脸侧到什么角度，一双脚如何并拢，手臂如何垂放……这些都是他们为自己的一生积累的优雅密码。芭蕾舞功夫都集中在足尖，小小足尖托起强大的意志和精美的风骨，尤其芭蕾舞女子，成为艺术疆域里不可多得的精灵、尤物。同时，诱惑难免，却岿然不为所动，这就容易形成无论年轻时风光无限，老来却不免悲凉的结局。比如好莱坞影星黛博拉·蔻儿，在《国王与我》中一举成名，但她同时还是一名芭蕾舞演员，色艺俱佳。容颜不再时她曾向众人宣告：我宁愿倒地暴毙，也不要坐轮椅，在疗养院里拿着遥控器，看一次次重播的《国王与我》……果然，她的逝去显得优雅、荒凉。不过，我想这正是她想要的"退场"姿势。

中国历史上还有一个颇为智慧的退场，她就是汉武帝生命中那个"一顾倾人城，再顾倾人国"的李夫人，著名乐师李延年的妹妹。红颜薄命，李夫人产后患病，她心知不久于人世，留在汉武帝心中的应该是绝世的容颜，而不是枯槁憔悴的病态，病重期间汉武帝频去探望，都被她拒之门外。她懂得人生的"退场"已经不可逆转，也明白退场姿势的重要。果然，汉武帝最怀念的正是这个李夫人，甚至不惜使用巫道蛊术渴盼见到她的魂魄。不仅如此，念及往日情分，尽力关照李夫人的兄长和儿子，给予李氏家族长久的荣耀。

人生注定都有上场。有时，我们对上场会格外在意，隆重而热烈，描眉画眼，精益求精，可是谁的人生没有退场呢？某些时候，或许不能完全掌控自己的上场，但精心退场却是可以做到的。某种意义上，生命是否精美，上场固然重要，而退场也草率不得。有的人退场过于随意，甚至在退场时栽倒；而有的则在退场时一丝不苟，给世人留下一个完美的背影。

当然，有的人上场华丽，一生也孜孜矻矻如履薄冰，然而命运依然不肯放过，强加给他许多莫名的灾难，令其退场格外艰难，比如赫本。她的上场艳光四射，然而却是在被两次婚姻背叛和癌魔的摧残中退场。虽不失人性的优雅和美丽，但看上去却格外焚心。

此前我还观看了另外两场芭蕾舞：《睡美人》和《天鹅湖》，感念于演员们那一个个惊艳的退场。他们尊重了观众，也为自己赢得了加倍的尊重。看到最后，演员们在潮水般的掌声中一次次谢幕，我那小朋友被每位演员的退场深深感染。演出之前，她还因原单位对她不公喋喋不休地吐槽，准备"报复"，看了这些演员的"退场"遂打消这一念头：离开原单位也是一个退场啊，各自安好，彼此祝愿。

原来，这个世界无论是谁，离开时的姿势，就是自己的"立此存照"。退好人生的每一个"场"，事关胸襟、修为与格局，不可不察。

狮 际 关 系

塞伦盖蒂，这是一片非洲大草原，野生动物的乐园，当然有时也是坟墓。

在这片广袤的土地上，雄狮、猎豹、鬣狗、狒狒、鳄鱼、斑马……生活其间。每一个动物都有一个人性化的名字：卡丽、萨比拉、拉飞奇、阿奇娜、坦波等，一个个动物群落，仿佛就是生活在这个地球上的各个人群。

一个庞大的狮群，由若干公狮、母狮以及幼崽组成。狮群里"家规"森严，比如公狮成年后要离开狮群独自"谋生"，成为流浪公狮；家族首领一般会是一头威风凛凛的雄狮，它的地位决定了它可以"一夫多妻"；雌狮姐妹组成狮群核心，而公狮会小心翼翼地保护着她们。公狮具有强大的保护欲，它们容不得雌狮半点儿背叛。

然而，千金小姐爱上穷书生的事还是发生了，雌狮"卡丽"恰恰触碰了禁忌——她与一头流浪公狮悄悄生下四只幼崽，公狮洒脱地扬长而去，留下母子五狮孤苦伶仃。卡丽绞尽脑汁要带孩子回到狮子家族。

回家的道路，艰险而漫长。

最为吸睛的，应属那四只年幼的小狮子。它们萌态十足，毛茸茸的头部，软黄的狮身，顽皮懵懂，与成年的同类大不同。呆萌的幼崽哪懂母亲的心事，它们无忧无虑地追逐、嬉戏，当其中的一只调皮跑远被卡丽"叼"着回来，那情态，简直把人萌化。

然而，它们不知道前方将会是一场噩梦。

在离族群百米外的草丛中，卡丽停下脚步四处张望，迟疑不决。狮群里的雄狮们一旦质疑幼崽的身份，会毫不留情地杀掉幼崽，这是作为母亲最难容忍的。卡丽如同人类母亲对待自己的孩子一样，不能允许幼崽受半点儿伤害。

不幸的是，狮群很快发现了卡丽的"秘密"，一只公狮凶神恶煞地走过来朝幼崽们嘶吼。卡丽及时示弱，带着孩子逃跑，公狮不依不饶。忍无可忍的卡丽，只能上前一边护着孩子们，一边与公狮厮打。卡丽无奈被逐出了狮群。

一个"单亲妈妈"，没有谁会帮它保护幼崽，卡丽的孤单令人怜惜。

远处有三只觅食的斑马，看上去肥硕鲜美，卡丽如果能饱餐一顿，饥肠辘辘的孩子们就有奶喝了。尽管独自捕猎极其危险，身处绝境的卡丽不得不放手一搏。最终，卡丽捕捉到了一只年幼的斑马，可惜她筋疲力尽。更要命的是，天空有秃鹫，身边有鬣狗，纷纷尾随，都想分一杯羹。鬣狗群训练有素，卡丽很快败下阵来，被迫将到手的食物拱手让出。

卡丽又盯上了一只疣猪。疣猪仿佛洞察了卡丽母子的孤立无援，没有丝毫恐惧，反而挑衅卡丽。一旁的幼崽焦急地看着妈妈。残酷的自然界有点儿像人间，一个单身母亲为了养育孩子，千辛万苦，却为别人打猎、被疣猪调戏。忍受失败，却不能忍受饥饿。如果再不进食，她的乳汁即将干涸，饥饿会夺走孩子的性命……

雪上加霜的是，一群凶悍的水牛突然逼近卡丽母子，昔日的猎物变成威胁。水牛在身后追赶，幼崽们四散逃跑，卡丽已经没有能力反击，只能和孩子一起奔逃。

若按自然界的生存法则，谁敢挑战狮子？然而，别看狮子为王，幼崽却是食物链最薄弱的一环，极易沦为其他动物的美餐。

一番厮打奔波，危险解除，但最小的幼崽却不见了。卡丽低声呜咽着，召唤自己的孩子。

茫茫草原，幼崽在那些庞然大物面前不堪一击，卡丽哪肯放弃！她呜呜叫着四处寻找，终于在草丛深处发现了自己的孩子。她叼出幼崽，一家人再次团聚，四个孩子欢笑打闹。

然而，再不进食，卡丽和幼崽们都难以活下去。她准备再次猎捕斑马，可斑马太强壮，卡丽太虚弱。就在卡丽撕咬斑马将要支撑不住时，一只雌狮突然从远处奔来，与卡丽合力制服了斑马——她是卡丽的妹妹。

若没遇到妹妹呢？食物一定会被抢走，幼崽更是性命堪虞。

卡丽和妹妹一起去找狮群首领请求谅解，然而没能成功。但为了幼崽，卡丽孤注一掷，靠捕获一只水牛赢得了狮群，卡丽和幼崽终于被接纳。

虽然回到家族，却被当作外来者刁难，卡丽只能保持克制，等待幼崽长大。

这就是塞伦盖蒂的狮际关系。动物们的行为与心性，也折射出诸多值得品咂的人际关系与社会意义。某些时候，豹、蟒、象、鹿……动物之间，概莫能外。

暗处的恩人

在北京参加一个作家聚会，一对作家夫妻，讲他们的儿子和儿媳，都做一种特殊的工作，他们用暗处的付出，保卫着国土和千家万户的安宁。

空军节、海军节期间，看了几期央视"开讲啦"，那么多英雄，保卫着祖国疆土，付出了巨大的牺牲。可是，还有多少提供各种护佑的人，是在暗处呢？他们默默保护着我们，遭遇误解、谩骂也是常事，有的直至死去，直至入土多年，依然在"暗处"。

一直难忘"颜回偷吃"的故事。颜回随孔子周游列国，一行人忍饥挨饿走来，六七天没有吃饭了。颜回终于在几户人家找来一些米，拿回来煮饭。就在米饭快熟的时候，孔子走进厨房，恰好看到一幕：颜回掀起锅盖，抓起一把米饭塞到嘴里……孔子默默地离开了。他虽装作没看见，也没质问颜回，但颜回不先敬先生，而是自己"偷吃"的印象，算是"先入为主"了。

当众人聚齐准备开饭时，颜回将饭食先献给孔子，孔子才说："我想，我们应该把这锅没有动过的白米饭，先敬献祖先。"颜回立刻拒绝："不行！这锅饭我刚才已经吃了一口，不能用作祭祀！"

孔子看着颜回："你为什么要这样做？"颜回说："因为刚才煮饭的时候，房梁上掉了一些灰尘在锅里，我觉得沾了灰的白饭扔掉可惜，于是就抓起来吃了。"

孔子听闻，内心五味杂陈，他对众弟子说："平时，我最信任的就是颜回，可是今天见到他抓饭先吃，还是会怀疑他。可见我们的内心是难以稳定和确定的。你们要牢记这件事，不要随意用自己的看法去度量别人。要了解一个人，真的不是容易的事情。"

是的，眼见未必为实。颜回默默地吃掉带灰尘的米饭，并未四处张扬自己的"高风亮节"，他只是想把洁净的米饭送给老师和众人。如果孔子不问，他永远都不会说出自己"吃灰"的真相，而众人也永远不会知道这段暗处的付出。

去年末，我在北京办事，从农展馆附近赶到北京西站，事先已订好九时半的高铁。然而，几个人吃着饭说着话，时间不知不觉过去了，赶往西站的时间就变得异常紧张，我顿时慌乱起来。朋友急中生智把我送到就近的地铁口，而这个地铁口到西站至少要换乘三次，而这样的换乘我根本不熟悉。我知道，必须上演一场生死时速了。恰在这时，我在慌乱中弄错了方向。于是，在下一站立即下车，赶紧上反方向的车。

看到我的焦急，一个提着行李箱的女孩儿问清我的发车时间，从容地说：跟着我吧，没事，肯定能赶上车。她说她回河南信阳，跟我的车发车时间相近。我紧紧跟牢她，一路狂奔。她从容不迫，不停安慰我，我也渐渐安静下来。终于到地铁北京西站，我第一个跨出车门，出门就是一个向上的步行楼梯，来不及寻找电梯和扶梯——回头看一下，那女孩儿早被人群挤得没了踪影。终于上了车，坐定之后，我只能在心里说了声"谢谢"。谢谢这位"暗处"的平凡的恩人。虽然我们再遇的概率就像火星撞上地球一样，但我的感恩将永留心中。

关于暗处的恩人，还有哪个能比得上那个过路人呢——一个行路人因为太疲惫，躺在路边睡着了。不久，一条毒蛇从草丛里钻了出来，爬向那个沉睡的路人。眼看熟睡的路人就要死在蛇吻之下，这时，一个过路人看到了，他打死了那条毒蛇后，没有惊醒行路人的好梦，就悄悄走开了。

也许，我们每个人都是"行路人"。其实，我们的一生，也是生活在别人的恩泽之中，但永远不会知道安然熟睡时发生的一切。

暗处，有陷阱，有暗流，也有恩泽，有暖意。所以王朔告诉他的女儿：这个世界有很多残酷的地方，但依然值得去拥抱。

偶然的故乡

赫尔曼·黑塞说过："这世间有一种使我们一再惊奇而且使我们感到幸福的可能性：在最遥远、最陌生的地方发现一个故乡，并对那些似乎极隐秘和最难接近的东西产生热爱。"

我想把这段话送给此时飞机上的邻座，一位中年男子。他操着一口带卷舌音的江南普通话，问我此行的目的地，我答"回家"，他说"我也是"。"怎么会……您也回家？"——这个航班可是从杭州到石家庄呢。他不疾不徐地掏出名片：石家庄某商贸公司总经理。他讲到四十年前的那次偶然。他本是浙江丽水人，那里地少人多，山地薄田不能养活地面的人们，青年人纷纷外出谋生。当他随着闹哄哄的人流涌到火车站时，他根本不知自己的目的地。因一票难求，售票员不耐烦地催促，他情急中说出一句话：哪儿有票就去哪儿！售票员一通敲打，递给他一张票，上面的"到站"——石家庄。

念着这个陌生地名，被一列绿皮火车载着，"咣当"了两天两夜终于来到一座"城市"。离开了丽水的青山绿水稻田，石家庄这座当时光秃秃的城市以无比包容的胸怀接纳了他。四十年过去了，他从一个丽水农民，成为拥有数亿资产的企业家。这期间，只有春节假期回丽水。

石家庄成为其事业生活的大本营："虽未生在石家庄，但肯定会在石家庄老去。石家庄的街道方言我并不比你懂得少，我的社会关系网都结在了石家庄，我还在石家庄的浙江商会任职，可以说，石家庄给了我完整的人生，我在那里获得了完整的幸福感……你说，这还不是回家吗？"

我哑然。想想我自己，不也没有出生在石家庄吗？

这个世界上，许多人更像一粒蒲公英的种子，不知会被风吹向何方。一个人的家乡绝不止一个。毛姆本是英国人，却出生在法国巴黎的英国驻法使馆，父母双双离世后，他回到英国；而成年后的作家毛姆则一直住在法国地中海沿岸的里维埃拉，直到辞世。不仅毛姆本人一生"漂泊"，他笔下的许多文学人物也像一粒蒲公英的种子，《月亮与六便士》中的亚伯拉罕是个犹太人，眼看有了圣托马斯医学院辉煌的大好前程，谁知上任前的一次旅行，让他永远留在了埃及的亚历山大城，他把那里当成自己身和心的故乡。

还有大文豪维克多·雨果。他的父亲勃鲁都斯·雨果是拿破仑麾下的一位军人，这个年轻的上尉被派从吕内维尔前往贝桑松驻防。他带着夫人随意在"山上走走"，就在孚日山脉的巅峰，在云山雾海的最深处，维克多·雨果被年轻的父亲不可遏制的激情偶然"种"在法国这座最美丽城市的山巅。十个月后，小雨果降生在一栋 17 世纪的古老房屋中……于是贝桑松就成为大文豪雨果的故乡。至今，贝桑松依然在雨果的诞生日举办盛大纪念活动。雨果童年时，父母不和。母亲是布列塔尼人，经常带他回布列塔尼。布列塔尼于雨果而言，又有了童年故乡的意味。而巴黎可谓是雨果后来的大根据地。于是，雨果的"故乡"至少就有三个：贝桑松、布列塔尼和巴黎。雨果若"思乡"，他会"思"哪儿呢？

里尔克说，一个人只有在第二故乡才能检视自己灵魂的强度和生命力。在这个地球上，能使人产生故乡感觉的，不只是那方渗透着血脉的泥土，还有一片能与你心灵相通的天空。

写作的魔力

　　九十岁高龄的宗璞出版了一部长篇小说——"野葫芦引"四部曲的最后一部《北归记》。这部书竟是在她患上眼疾后近乎失明的状态下完成的。这本书的写作时间跨越三十年，她从六十岁写到九十岁——当眼睛罢工，就用口授方式，一字一句讲出来，请人录入。

　　于我，宗璞是一位封存于记忆中的老作家。早年，我大多读她的散文，《北归记》是其继《南渡记》《西征记》《东藏记》之后的第四部长篇小说。"野葫芦引"四部曲所呈现的，堪称宗璞在昆明西南联大与抗战期间的全息影像。

　　当我正在惊叹其令人难以置信的写作意志时，网友发来消息：宗璞父亲冯友兰也是写作到生命画上句号的那一天——九十五岁高龄。这样经历了兵荒马乱岁月的长寿已经令人叹奇，而其生命不止、笔耕不辍的写作人生更是堪称奇迹啊！

　　宗璞曾说，父亲到晚年健康每况愈下，最后几年只能坐在轮椅上，"连吃饭嚼东西都比较困难，吃一顿饭要一两个小时"，但他仍坚守自己的写作生物钟——每天上午早饭后一定要进书房。一旦进入书房，也就进入他的写作状态：肌体被唤醒，思想被激活，上帝召走的一部分灵感又回到他身上。冯友兰写文章不修改，在西南联大期间被称作"写作机器"。他的写作伴随着他的终老，一直"写"到九十五岁去世——亦以口授完成巨著《中国哲学史新编》。

　　宗璞的写作就是受到了父亲的鼓励，六十岁后仍立誓写《北归记》，笃定要将"一个没完的事必须把它完成了，种种的无论是身体有病还是外界的事情都会打断，我从来没有想要放弃它，所以一有可能就继续写"。看来，上帝格外成全这父女俩的写作心愿，给了他们不算短的寿命。

老作家李国文也快九十岁了。他曾对记者披露一件年轻时"生死关头"的事。动荡年代，他因一篇小说被发配到太行山深处修铁路，开山劈石，高强度的劳动改造，生命中只剩下一言难尽的屈辱和折磨。那里多悬崖绝壁，最绝望的时候，李国文也曾把双腿挪到悬崖边缘——他的右脚已经迈出去了，可当左脚正要跟进时，他收了回来。那一刻，他想，自己对这个世界想说的话还没说出来，倘使跳下去，就永远失去了说话的机会。而当年那篇在《人民文学》上发表的七八千字的小说《改选》，给李国文带来强大的创作自信——只有活着，才有机会……茫茫宇宙，生而为人，已经是小概率事件，难道因一时的磨难就要亲自消灭这"小概率"吗？幸亏他收回了那条左腿，今天我们才能看到李老先生那些珠玑文字"占据"着多家报刊的黄金头条，实现了他收回生命时的诺言——要对这个世界倾吐肺腑之言。

英国作家毛姆活到九十一岁高龄。他在晚年一直没间断读和写。快接近生命终点时，他住到法国南部的莫雷斯克别墅，里面除了客房，连客厅餐室都被他布置成书房。他对居室的设计要求是"伸手就能拿到书"。而每天上午八点到下午一点之间的写作，更成为欧洲文学圈无人不知的"莫雷斯克时间"。

这些高龄作家，是什么支撑他们写作的？写作究竟有着怎样的魔力，召唤着一颗颗衰老的心脏抵抗岁月，让它顽强地跳动，然后写出一篇篇饱蘸生命激情的文章？或许就是屠格涅夫说过的"把自己的一块肉浸泡在墨水缸里"吧！显然，老作家们活下去的意志就藏在写作里。

一个在政府工作的朋友刚刚扶贫归来，发到朋友圈几张照片。照片中的主人公是村子里一位九十二岁的老奶奶。她每天用铅笔抄写唐诗并配画。朋友配的文字说明：老人耳聪目明，精神矍铄，与陌生人对话毫无障碍。照片上的老奶奶虽头发全白，但面部饱满红润，正坐在一张小圆桌前专心读诗抄诗。她手中一本简朴的唐诗画谱上，上面有一幅幅她自己画的简洁明快的简笔画；画旁边是用仿宋、隶书、草书等不同字体抄写的唐诗。那天，她抄写的那首诗是杜甫的《客至》："舍南舍北皆春水，但见群鸥日日来。花径不曾缘客扫，蓬门今始为君开……"

"政客"雨果

雨果在他的写作如日中天的时候，开始膨胀——政治野心攫住了他，从此十年间暂别文学。而立之后的雨果，常常因自己在公众视野不能发挥什么作用而凄然不安。他的诗歌大多讴歌森林、太阳和美丽的情人朱丽叶。但是，对于一个希望成为"精神领袖"的人来说，这当然不足以充实他满怀抱负的一生。雨果极想跻身于那些治国安邦的伟人之列。他的榜样是那些法国贵族院议员、大使、外交部部长，这才是他当时希望走的"光明大道"。只是在路易·菲利浦时代，一个作家想获得法国贵族议员的头衔，必须首先是法兰西学士院院士。而作为法国封建文化的最高领导机构，统治者只希望把文学艺术置于专制王权的直接控制之下。而对此，在其戏剧《欧那尼》上演期间，雨果还组织作家对专制王权痛加指责。

然而，自从 1834 年起，雨果雄心勃勃，为自己定下的第一个目标就是进入法兰西学士院。他以顽强的意志发起了冲锋，先后发动五次"狙击战"，前四次均以失败告终。第五次，有了大仲马助威，以及一个偶然因素——一个院士离世空出一个名额，雨果以十七票对十五票的优势胜选。

院士雨果的"帝王气派"使其政治雄心路人皆知，一位亲王夫人幻想自己成为法兰西女王时的"内阁名单"，第一个竟是"作战部长兼议会主席：维克多·雨果"。1838 年左右，雨果频繁出现在德国莱茵河畔，这时他极为火热地靠近德国公主奥尔良公爵夫人，并想在法德双边关系中发挥一个作家的作用，从而进入公共事务领域。他在《莱茵河游记》末尾加上了一个政治性结论："普鲁士人把莱茵河左岸还给法国，作为交换，普鲁士人将得到汉诺威、汉堡这两个自由城市……"这些言论,让他成为世人眼中一个十足的"国务活动家"。

其间,与雨果的政治野心一起膨胀的,还有他对女人的征服。应该说,青年雨果还是一个纯洁、阳光的大男孩儿,对妻子阿黛尔忠诚挚爱。但随着他文名日盛,先是出现了第一个情人朱丽叶,她曾是他戏剧中的一个女配角;第二个则是美艳绝伦的画家之妻莱奥妮·多奈。那时雨果的日常生活是这样的:白天带朱丽叶在法兰西学士院参加活动,晚上与妻子和孩子们一起进餐,餐后的整个夜晚则属于多奈。雨果对新鲜的肉体饥不择食:青楼新手、情场冒险女郎、使女、妓女,来者不拒。更甚者,他还从儿子夏尔手中夺走21岁的美丽女孩儿爱丽丝·奥齐。

雨果的近天命之年,是他追逐政治最为狂热之时,也是他离开文学最为彻底的时期。当初疯狂追求法兰西学士院学士时,他还能在冰冷的小屋里写作。随着他进一步地介入政治,到1845年,巴黎人已经以为他"不再写东西了"。那段时间他也确实奔仕途去了——自从穿上绿袍,更想穿上法兰西贵族院议员的"黄袍"。为了这一目标,他通过奥尔良公爵夫人求助她的公公,贵族院终于接纳了"雨果子爵"。

随着"黄袍"加身,人们纷纷议论他"可能哪一天成为部长",并传说他极有可能成为驻西班牙大使。他幻想更高官衔,跟国王打得火热。政权频繁更迭时,雨果不惜动用心计,让他的情人曲意讨好国王。这时的雨果官气十足,踌躇满志,写作已成老皇历。

官场是好玩的吗?你方唱罢我登场的混乱交战中,雨果左冲右突,经常因站错队而付出代价。这时,他已感到应付官场不那么容易了。1850年法国大暴乱之时,雨果流亡。流亡第一站便是布鲁塞尔。离开巴黎的王宫豪宅,坐在龙街的破楼阁中,雨果开始想念写作了。他让朱丽叶带着他的手稿前去会合,而多奈正给雨果抄写手稿《冉阿让》(即后来的《悲惨世界》)。巧合的是,大仲马此时躲债也来到布鲁塞尔,时常与他谈论文学,这更勾起雨果对写作的怀念。

不久,他被驱逐,来到第二流亡地——泽西岛,住在推窗就能看到大海的"望海阁"。到泽西岛，有阿黛尔和一双儿女陪伴，朱丽叶则被悄悄安排在"望海阁"不远处居住。这时，他终于回归了写作，重新捡起《悲惨世界》。

雨果曾一度靠扶乩展望未来，可见其思想的迷乱。而在思想彷徨、精神迷失之际，雨果终于明白，这一生，自己能抓住的，只有写作。之后，他被再度驱逐到盖纳西岛。这时，他完全恢复了写作，也终于明白了评论家拉马丁的话：名望是世界上最脆弱的东西。

流亡把雨果从社会上挤走，却使他达成最终的文学回归。作为后世的我们，该如何庆祝这伟大的回归呢——《悲惨世界》《海上劳工》《九三年》《笑面人》，以及无数的诗作，都得之于他的两岛流亡。

雨果眼中的诗人

不敢说雨果对诗人有着怎样的成见。他在《巴黎圣母院》中呈现给世人一个流浪"诗人"格兰古瓦，这个形象让我颇感意外。我惊诧于雨果的笔下这个懦弱滑稽、人格模糊、毫无原则的"诗人"。从文本看，雨果也根本没把格兰古瓦当作一个真正的诗人。他对这个人物的嘲讽远远多于欣赏，是否整部书里凡是格兰古瓦名字前的诗人都该加上引号？

雨果的写作时间虽在 19 世纪，但《巴黎圣母院》的故事背景却是 15 世纪的法国。那个天下大乱的时代，格兰古瓦身世凄惨，六岁成为孤儿，靠吃百家饭、被抓进拘留所睡草席长大，直到后来遇到幽灵般的修道院教士克洛德·弗罗洛指导他读了些书，才成为"文化人"。当他差点儿被乞丐帮主吊死，是美丽的埃及女孩儿爱斯梅拉达把他救下，为他提供一个栖身之所，让他结束了衣食无依的流浪生活。他对爱斯梅拉达陈述身世，我们才知他原来是这样一个人：当过兵，可不够勇敢；当过修士，又不够虔诚，"走投无路的时候又去大木工场当学徒，却又身单体薄，力气不够"。他转念一想，"自己生性更适合当小学教师"，可也自知"大字不识"，"过了一阵子，我终于发现自己不论干什么都缺少点儿什么"，最后，当"眼见自己没有一点儿出息，就心甘情愿当个诗人……"

看到了吗，"诗人"就是这么当成的！他倒很坦诚："这种职业（指诗人），只要是流浪汉，谁都随时随地可以干，这总比偷东西强吧，不瞒您说，我朋友中有几个当强盗的小子真的劝我去拦路打劫哩。"

我倒希望看到格兰古瓦具有诗人们那种"铤而走险"的冲动，而不至于落入"百无一用是书生"的俗语设定。救命之恩，加上一个纯洁美丽女孩儿的"名义丈夫"，格兰古瓦必须对生活有所"贡献"，于是"诗人"随爱斯梅拉达在河滩广场卖艺为生。纵观"诗人"的一生，这并不奇怪：为了活命，屈身当乞丐，后来更不惜于街头杂耍；对爱斯梅拉达求爱不成后转而喜爱小山羊，哲学上无所建树便去研究石头……迂腐刻板的他无法靠写诗来养活自己，却凭借随波逐流在当时混乱的社会苟且偷生、自得其乐，雨果将这个人命名为"诗人"，狠狠地幽默一下。

面对爱斯梅拉达惊世骇俗的美，他也有欣赏，但绝无对美的疼爱和呵护，以致在生存面前她却不如一只山羊；虽早就看清弗罗洛的冷酷阴暗，但在关系生存之时，面对生命中的两个救命恩人：一个是美丽的姑娘爱斯梅拉达，一个是"恩师"弗罗洛，我们这位"伟大"的诗人显得很"识时务"，在"玫瑰"和"面包"之间，他毫不犹豫地选择了"面包"，云淡风轻地看着爱斯梅拉达落入魔掌。

不敢爱，不敢恨，无谓良莠、卑贱、高贵，不分美丑，爱憎模糊，整个就是一个小混混儿，而他竟叫——诗人！

尽管《巴黎圣母院》所"泄露"的雨果对诗人的成见显而易见，但他同时代的诗人并未提出"抗议"。在昨日的诗人世界，格兰古瓦那么不堪；但我仍觉得这个世界就像需要空气一样需要诗人，诸如兰波、马拉美、魏尔伦等诗人。假如格兰古瓦像里尔克所说的"人若愿意的话，何不以悠悠之生，立一技之长，而贞静自守"（《苹果园》），想必他也不是雨果笔下的那个"诗人"。

当我对格兰古瓦"贬损"一通，偶尔抬起头，才明白他是个文学人物！我何尝不明白雨果这样的"豪"级大师必是通过虚拟世界实施着自我压制又自我解放！在当下，当世人对诗人崇拜的目光逐日黯淡，再打量昨日的那些诗人，或许作者于此中的自嘲也就格外明显了。

于连的山洞

司汤达在《红与黑》中，为世人"贡献"了一个才华横溢又专横傲慢的于连。因美貌的"加持"，更使于连获得征服世界的能量——他在市长家甫一露面，先是年轻美丽且富有的女仆露易莎瞬间被迷倒，市长夫人、年长于连十多岁的露易丝也随后坠入情网。无须刻意卖弄，在年轻、美貌和才华面前，财富和权势竟也不堪一击，那情形，就像这位男家庭教师手持一根魔棒，自认为尊贵无比的市长和市长夫人，乃至整座贝桑松城，瞬间陷落。

不久，小于连就在贝桑松第一家庭反客为主。这天早晨，市长德·莱纳先生只是提醒他比孩子们晚起，立即遭到强烈回击。于连利用自己的拉丁文优势对市长夫妇霸气施压："让别人教你的孩子，不会得到比我更好的教育。"他声称很疲劳，要休假，市长先生已经听出"他请假时的强硬口吻中有一种不寻常的东西"，他如愿以偿地得到三天假期。

去哪里呢？

于连这次的出走其实漫无目的。名义上去找他的朋友富凯，其实并不急于见到富凯，当然"也不急于见到任何人"。当他身后抛下的女人经受着"爱情"的残酷折磨时，他实际上是出来游山玩水——散心了。他流连于"山区所能呈现的最美的景色"，穿越山脉、河谷，以及一望无际的沃野……就在山顶狂奔时，发现了一处峭壁上的小山洞。他困兽般扑进去，那个空洞寂寥的洞穴，却让他双眼放光。他生出的第一个念头竟是"在这里，谁也伤害不了我"。

这个山洞，我称之为"于连的山洞"——说于连单纯的游山玩水并不客观，他其实是利用离开人群的机会整理自己。以他短暂的人生经验，他认为唯有这里才安全。此前，即使在仆从如云的市长家，当他偶尔漫步到房子旁边的小树林时，他那两个凶神恶煞的哥哥就像幽灵一样蹿出来将他打个半死，而他那只认钱的爸爸更是他一生的痛。从小到大，除了教他做人和学识的谢朗神父，于连仿佛生长于魔窟中，幼年失母，受尽父亲和两兄弟的拳打脚踢，体内积聚了太多的仇恨和怨愤，即使到了市长家，即使面对德·莱纳夫人真挚的爱情，也心有余悸。

这样的出身导致于连自卑的同时，更让他立志一定出人头地。于是当那个带着一笔不小的遗产想嫁给他的女仆露易莎向他表白心迹时，他几乎把鼻子扬到了天上——小小露易莎算什么！他对市长和夫人的蔑视一寸寸地助长着他的野心。这样的野心每分每秒都在膨胀着，鼓噪得他心烦难耐，他一直在寻找一个出口，释放他胸中那熊熊燃烧的一团火。

这个山洞，多么及时！严丝合缝地承接了于连的心绪。那样一个空寂偏僻之所，说不定还会有野兽出没，但他并不惧兽类，他怕的是——人。他竟在这荒僻之地，贪婪地享受着常人皆避之唯恐不及的孤独，并在一块石头上写下他所有的哲学思考，竟忘记了时光流逝。

山洞，提供给于连一个"伟大"的词——自由。"我何不在此过夜？""我有面包，而且我是自由的！"这个极度自我自私自负的年轻人，他的虚伪让他即使在朋友家也感到不自由，此时一个空旷的山洞却让他如获至宝。他双手托着脑袋，沉浸在专属于他的哲学思考和憧憬中，而这让他得到了前所未有的幸福——在咒骂和拳头中长大，他"从未像在这个山洞里这么幸福过"。

在这万籁俱寂的大山黑洞——最接近本真和人性的空间里，年轻人的心却丝毫没在情人身上，他没有一秒想到那个几个小时前尚在他怀中含情脉脉浓情似火的市长夫人。黑洞洞的四壁承接着一颗狂躁野心的横冲直撞——他想到的竟是有朝一日在巴黎的虚幻的可能：一个女人，一个"比他在外省见到的任何女人都更美，更有才华的女人"。他幻想"热烈地爱她，也为她所爱"……至于此刻，绝无市长夫人的份儿。

那个山洞承载了于连的一夜狂想，那人生难得的、迷人的放逐……

之后不久，他真的来到巴黎。很快，一个美貌才情的贵族小姐德·拉莫尔，比他在山洞中所幻想的要理想百倍，以至所有的奋斗、挣扎甚至几次决斗，都让他暂时忘却了那个山洞。当他作为德·拉莫尔侯爵的秘书被派到处游历时，面对壮丽雄浑的山川，对功名和身份的追求让他终日营营役役。小山洞始终飘忽在身心之外。

当他枪杀了昔日情人德·莱纳夫人，要上断头台时，冰冷的牢房里，他这才强烈地想念那个山洞。山洞让他想到"安息"这个词。是的，先前的山洞曾接纳他的野心，此时他将告别人世，没有比小山洞更适宜"安息"了。令人敬佩的是他的视死如归。他并没利用两个有权有势的情人为他留下一条性命来苟活，他依然想到若在那个小山洞安息将是他最大的幸福。

小山洞是于连的秘密，唯一对富凯公开。他让富凯买下自己的遗体，而富凯也"做成了这桩悲惨的买卖"。他在死牢的最后时刻是德·莱纳夫人陪伴的，而在山洞的下葬却得益于德·拉莫尔小姐。小姐的父亲曾对于连讲过他们的家族中一位14世纪的女祖先重金买下情人的头颅埋葬。如今，世事轮转，不觉间竟轮到德·拉莫尔小姐买下情人的头颅。她身穿长长的丧服，"独自坐在她那辆蒙着黑纱的车子里，膝上放着她曾经如此爱恋过的人的头"。她是作为于连的"妻子"做这一切的，她花巨款为这个荒蛮的山洞做了豪华装饰——她终于亲手埋葬了情人的头颅。

从此，这个于连的山洞，思考的山洞，野心的山洞，哲学的山洞，终于承载了于连的灵魂和肉身，与司汤达一起，不朽。

沙漠里的作家

读以色列作家阿摩司·奥兹的书,对一个地名不能释怀——阿拉德。

在世界地图上查找"阿拉德"这个地名,还真不易。奥兹的文字只提示了"沙漠边缘",位于"内盖夫和犹地亚沙漠的分界线上,离世界的最低点——死海约有二十五公里",那么,定位了死海,几乎约等于阿拉德了。我反复咀嚼这个地名,是因为每天早晨五点,奥兹都要去沙漠里散步四十分钟……他的书里更是遍布"沙漠",这给我这个地理盲一个混沌的印象:难道奥兹生活在沙漠里?

直到读了《爱与黑暗的故事》——奥兹母亲的理想是"生活富裕,沙漠开花",尽管她在奥兹十二岁时自杀。

生于1939年的奥兹,有着动荡坎坷的人生经历。虽然他出生于一个学者之家,却因世事纷纭而频繁迁徙,父母先是1920年从俄国移民巴勒斯坦,后定居在耶路撒冷。十五岁那年,失去母亲的奥兹与父亲赌气,离家去往胡尔达基布兹,并在那里娶妻生子。

"奥兹"这个名字,意为力量。他和夫人尼莉在基布兹相识,当时他们都是十五岁。他们有两个女儿,均已经长大成人,并且结婚,还有一个十几岁的儿子——"老来得子"。当奥兹的写作备受瞩目,他发现幼子患上哮喘病,奥兹夫妇认为沙漠的清洁空气可以缓解儿子的病情,于1986年搬到阿拉德。

这座以色列南部的小镇,只有两千多个居民。据说自从圣经时代就被记载,一直沿用至今。

沿一条宽阔的林荫道上坡，道路两旁坐落着白沙岩公寓楼，直抵坡顶，侧面街上的一排排住房背对着沙漠。奥兹的家是一座独立的石式建筑，外带一个漂亮的小花园，花园里鲜花盛开，灌木葱茂。奥兹的书房是一间整洁的屋子，屋子里满满地码放着书籍，就像墙纸，一个长书架上摆放着奥兹的多部作品，包括各种版本与译作。此外便是沙发、扶手椅、大写字台、小讲桌、打印机等书房必需品。露台的窗户通向小花园，犹如凉亭，繁花悬垂其上。再往上走便是沙漠。

"我为拥有自己的花园自豪，"他说，"是我自己造的。这里没有地表土，因此得把土专门运来。"

沙漠里每隔两三年下一次雪。每当这时，奥兹的目光往往追逐着正在穿越沙漠的骆驼们脸上的表情，只有那时他才真正了解到"困惑"一词的含义！沙漠即使不下雪，冬天也是彻骨的寒冷，黎明时分，当风暴将席卷进沙漠的那一刻，整个小镇显得十分荒凉。

奥兹告诉《巴黎评论》的记者，"每天早晨五点，我以日出前的散步开始自己的一天。我吸入静默，我汲取清风、山影。我走上大约四十分钟，回到家，打开收音机，有时会听到某个政治家在使用'绝不''永远''千秋万代'这样的词汇——我知道，消失在沙漠里的那些石头正在笑他"。

然后，奥兹喝咖啡，来到书房，坐在写字台旁边，等待。不看书，不听音乐，不接电话，等待着写作灵感的到来，有时写一句话，有时写一段话——若是幸运，一天可以写上半页纸，每天他至少在书房待七八个小时。他一直不会用电脑，坚持手写。从前，他经常因一上午写不出东西而感到内疚，尤其是他住在基布兹的时候，所有人都在劳动——耕地、挤牛奶、植树。当他著作等身时，他感觉自己就像一个正在经营的"店主"："我的工作就是早晨打开店门，坐在那里，等待顾客的到来。如果我得到一些顾客，那就是值得赞美的一天，如果得不到，那好，我就仍然做自己的事。因此便没有了负疚，我试图坚持做店主的日常工作。比如在吃午饭或晚饭前挤出一个小时，回信、回传真、接听电话等。"

　　无论日常生活，还是写作，奥兹都用希伯来语。作为俄籍犹太人，他的外婆和外公年轻时，在波兰开磨坊，只用意第绪语吵架，当他们迁居以色列，父母则认为希伯来语更显高贵，谈恋爱都在使用。

　　两千多人的阿拉德，在奥兹眼里是个激动人心的小地方：有三家餐馆和三家银行，一个崭新的购物中心，一个理发店。有时他吃完晚饭后走进书房，看自己在白天写的东西，无情地将其毁掉，第二天再重新开始。有时他出去到地方议会坐坐：那是咖啡馆的两条长凳，人们在那里争论人生的意义、历史的意义，或者上帝的真正意图……他喜欢那样消遣时光。

　　摆脱了纷繁世事和人际的侵扰，奥兹被文学留在了沙漠深处。

"土豪"大仲马

大仲马堪称作家中的第一暴发户。

戏剧《亨利三世》让大仲马初尝成功的喜悦，他浑身上下立即满是宝石、戒指、表链这类装饰品，他还大模大样地披上别出心裁的五彩缤纷的玻璃珠子、玻璃坠子这些小玩意儿，而他的肚子也正是在这时气吹似的鼓起来。如果你闭上眼还是不能想象他那滑稽样，就去翻看一下漫画家笔下那个腆着肚子、咧着大嘴、手臂和脖子缠满各种玉石、珠链，扬扬自得的侧影，那就是彼时的大仲马。

1844 年，《基督山伯爵》的巨大成功，使大仲马的"暴发"登峰造极。他退掉巴黎的公寓，花两千法郎，在巴黎近郊的高等住宅区——圣日耳曼租下了梅迪西别墅。从此，大仲马把梅迪西别墅打造成"暴发户经典"。在这里，他的朝臣、妻妾和飞禽走兽围着他转。好奇之辈成群结队来到这位"伟人"跟前瞻仰他的丰采。他脾气很好，和谁都握手。他信口编出"著名的笑话"，而且带头向他们哈哈大笑。国王路易·菲利普心生好奇，问大臣："圣日耳曼那边是怎么回事？好像热闹得很呢！""陛下，您也愿意在凡尔赛快活得发疯吗？两个星期，大仲马就叫圣日耳曼着了魔，叫他来凡尔赛住两个星期吧！"

大仲马着手改造梅迪西，附近的人马上把它命名为"基督山庄园"。大仲马的建筑观念极为原始，凡是他看中的款式统统都要。他把"哥特式和文艺复兴式、仿阿拉伯式和斯堪的纳维亚式"掺和在一起，亨利二世式的正面，耸出一座阿拉伯式的尖塔；西方的行吟诗人手扶着东方美人；他发誓把金、白二色的会客厅一定建成"和凡尔赛宫的客厅一样大"。作家戈兹朗看了以后惊讶得目瞪口呆："没有东西能和这颗瑰宝相比拟，除非是尚蒂伊森林里白雪王后的宫堡和古戏的邸宅。四角是断开的，石头砌成的阳台突出在外，还有彩色缤纷的玻璃窗、窗框、塔楼和风信鸡……"

大仲马把当时的著名雕刻家都请来，让他们雕刻从古到今所有大剧作家的半身胸像，底下装饰着花环，布置在底层廊柱浮雕之前，每隔一定的距离就是一座；他还特地从突尼斯请来一位土耳其雕刻家，在天花板上精心制作了"一套花饰"，现出斑斑点点的幻影，连凡尔赛宫也望尘莫及。在地面上，一排小小的喷泉渐次往下，形成一条飞瀑。在一个小岛上立着一座凉亭，凉亭的每块石头上都刻有大钟马一部作品的名字。

庄园落成典礼那天，大仲马邀请了六百位朋友参加宴会。宴席由一家名菜馆操办。餐桌排列在草坪上，铜香炉上香烟缭绕，大仲马容光焕发，周旋于宾客之中。他的外套上闪耀着勋章和奖章，华美的背心上洋洋洒洒拖着一条又粗又沉的金表链。他亲吻着美丽的夫人小姐，整夜讲奇妙的故事。他的体重增加了许多，大肚子鼓到几乎撑破，顶到了桌子上。

基督山的大门永远敞开。随便哪一个落难的作家、画家，都可以到基督山来住，这里永远有大群寄生虫，大仲马和他们根本不认识。这些人每年花掉他几十万法郎。当然还有他那些情妇。这期间，大仲马完全离开了妻子，每年给她六千法郎供养费。他醉心于贵族阶级，得宠的"正宫"很快换了又换，并和儿子小仲马共享这些美女。她们则把一个个奢丽无匹的虚荣演绎得摄人心魄，整个庄园充满狂红暴绿的视觉淫乱。除了纽约和巴黎的珠光宝气，就属大仲马这些嫔妃了。

管理这所"疯人院"的是个大管家，下面还有若干仆人。庄园里到处是各式各样的动物，五条狗、三只狼猴，一只苍鹰是花了四万法郎从突尼斯买回的……飞禽走兽的啼叫令人爽心悦耳，大仲马身边堆满稿纸，他在蓝色的稿纸上大笔一挥写小说，在粉红色的稿纸上灵机一动写散文，在黄色的稿纸上情切切、意绵绵地作诗献给婢妾……

基督山庄应有尽有，人们像神仙一样快活。

岂料横临面前的虎尾春冰——1848 年的大革命，大仲马受到无情打击，被称为"政治杂种"。他破产了，基督山庄被拍卖。到了 1850 年，负债累累的大仲马仓皇外逃，在雨果流亡的布鲁塞尔，这对难友终于会合……当他临终前，还梦到基督山庄，每块石头都是他的一本书。

另一个加缪

假如，一个诺贝尔文学奖获得者，曾因"笔头差"被政府机关解雇，你相信吗？

1934 年，还在阿尔及尔大学读书的加缪娶了本埠姑娘西蒙娜。陡然增加的家庭重担让他急于找到工作。那年夏天，他先在一家私人企业打工，不料老板带着钱款跑路，加缪陷入身无分文的窘境。他一边向朋友们求援，一边向政府部门申请工作。他的朋友帮他在省政府找到一份"驾驶证和运行证管理部门助理"的工作，那是在总督政府直接领导下的行政机构。

办公室位于顶楼，每天被北非的太阳炙烤七个小时。在单位里，加缪以沉默寡言出名。办公室里死气沉沉，让加缪颇为煎熬，好在下班时西蒙娜都能在大门口接他。可是，干这份工作不到两个月，他竟被解雇了，原因是他"笔头差"。加缪并不否认这种说法，他用幽默的语言向朋友们讲述在省政府那段"毫无激情"的生活。单调乏味的简单重复性工作经常让他抄串行，或漏掉一个词——而他被解雇，就是因为他把同一个车牌照号码发给了两辆车……

把同一车牌照号码发给两辆车，对一位作家而言，这极有可能。可以想象，他手持牌照，大脑里依旧翻转着他那未完成的小说……这时他也到了服兵役的年龄，他的肺病让他免于服兵役。他很快回到大学，开始为写作搜集素材了。比如阿尔及利亚报纸刊登了美联社的电讯稿，"由于误解，一个回南斯拉夫去看母亲的男人被吊死了"。加缪剪下这篇报道，留着写作使用——他先是在《局外人》中留作主体故事，后在剧本《误会》中用作剧情。

　　大学毕业后，加缪当过演员和记者，二战爆发时又加入抵抗组织"北方解放运动"，负责搜集情报和筹办地下报纸《战斗报》。早在 1942 年，他的《局外人》《西西弗斯的神话》就已受到普遍好评。法国"解放"之日，人们发现他还是《战斗报》的主编，曾在抵抗运动中扮演重要角色，又把他视为"正义的典范"。

　　外表酷帅的加缪一直热爱表演，身边围了一群女演员。他还在剧团兼任导演，有时也客串一把演员，甚至男主角。有人说他长得像亨弗莱·鲍嘉。被誉为现代戏剧实验之父的彼得·布鲁克拍摄《琴声如诉》之前，曾邀他出演男主角，但那时他要先写完自认为生平最重要的书——《第一人》。这部关于他的家庭、他的生命之源的小说已构思了六年，他有野心把它写成《战争与和平》那样的史诗性巨著。

　　加缪出生于 1913 年的阿尔及利亚，早在 1830 年，阿尔及利亚遭法国武装入侵，1905 年全境沦为法国殖民地。读过《加缪传》，才知加缪是在那样一种尴尬曲折、身份暧昧的境遇下完成了一个作家的蜕变，并于 1957 年获诺贝尔文学奖。

　　1960 年 1 月 4 日上午，加缪与好友、出版商米歇尔·伽利玛一家同车返回巴黎，行经法国中部小城维耶布勒旺。那段道路宽阔、笔直，人烟稀少，视野良好，车速适中，米歇尔驾车，与前座的加缪谈笑风生。突然，米歇尔一声惨叫，车体转向，飞出路面，重击树干，加缪颅裂颈折，当场殒命。数日后，米歇尔亦告不治。

　　半个多世纪以来，世人只当加缪死于车祸，但意大利诗人和学者乔万尼·卡泰利写了一本书《加缪之死》，指出："加缪的反苏言论引得克格勃间谍对他围追堵截，一手策划了车祸。"乔万尼还找来证人和证据：捷克诗人扬·扎布拉纳的遗孀玛利亚·扎布拉诺娃。扎布拉纳在日记中写道："1960 年加缪丧命事故，系出于苏联特务谋划。彼以机巧工具，破坏该车一条轮胎，令高速行驶时，或切破，或穿洞。谢皮洛夫亲自下令，以此报复加缪 1957 年 3 月 18 日刊文于《义勇军报》时指名道姓，攻难他当为匈牙利事件负责。"

加缪曾跟人说过："没有什么比死于车祸更荒诞的了。"这似乎令他的死亡成为某种奇妙的反讽。他喜欢散步，也常常驾车远行，开着那辆老旧的雪铁龙。一次，警察拦住了他，看到他驾驶执照上的职业一栏，问他："你写什么，爱情小说，还是侦探小说?""都有，一半一半。"

1962 年 7 月，阿尔及利亚宣布独立，离加缪车祸离世已过去两年。在阿尔及利亚的蒂巴萨，有一块友人为加缪竖立的纪念碑，面向地中海，上面刻着他的一句话："在这儿，我领悟了人们所说的荣光——就是无拘无束地爱的权利。"

我与四大名著

如果我说,《三国演义》之于我是百读不进——非百读不厌！哪怕恭恭敬敬地读,像黛玉姑娘那样净手焚香地读,也是半途而废,最终叫苦不迭地放弃,这是否会招来"三国迷"们讨伐？一位男作家曾告诉我,《三国演义》多带劲儿,《红楼梦》才"娘"呢,全是你们一帮女人在那里婆婆妈妈,多没意思！

是啊,我可以毫无障碍地进出"红楼",当初也是光速看完,又多次蚁速重读。可《三国》也是与之比肩的名著啊,为何我总在贯穿其中的人事权术中败下阵来？那些逼迫自己必须去读的日子,实为不想给自己的阅读留下空白,可是情况并无丝毫改观,往往读着读着,就头疼不已,至今也没能读完。当意识到这应该归咎于自己片面的认知基础,不禁隐隐恐惧。在老祖宗的"开卷有益"面前,我的阅读竟如此不堪一击,不得不质疑自己的智性水准和内心风景了。为了不至于落下狭隘、极端、乖张的印象,也为了表示对名著的敬畏,我竟把书中的诗词摘录出来背诵,似乎这样才不愧对名著。

终于,近两年,有声文学横空出世,悄悄改变着阅读格局。我欣喜地迎来解决困境的最佳契机——倘若能在"有声"里把《三国演义》"读"完,我那阅读死角也算清除啦！很快下载了包括"喜马拉雅""蜻蜓"在内的几个 FM。谁知,没听多久仍"故技重演",那些故事情节仍难入心,也就难入耳。

我抱怨着自己,更仰慕那些能读完《三国演义》的女人。多年前,我就认识一位摄影师的女儿，这女孩儿当时并无高深学问，更别提学历，但她却能把《三国演义》"演义"得让众人入迷。她还是一个长相极似佟丽娅的美女，在我的概念中，美女大段背诵《红楼梦》极为应景，若像个男人播评书一样，声情并茂地将三国人物情节与她那姣好的容貌交织共融，则令我迷惑不解，那画面至今难忘。

在我这里，与《三国演义》遭遇同样命运的就是《水浒传》。那一群打打杀杀的大男人给世人呈现一个王朝的末日图景，却没有我所想要的东西，丝丝缕缕的气息难以与我同频共振。后来，当我看到作家毕飞宇能把林冲出走时的一个步态演绎出洋洋数千言（《林冲的"走"——小说内部的逻辑与反逻辑》），更加羞愧。

欣慰的是，《红楼梦》的待遇并非只限于我，经年不衰的红学研究就说明一切。红学家们还是男性居多，毕飞宇也把《红楼梦》说成可以"读一辈子的书"，至于蒋勋把《红楼梦》读成了"佛经"，更上升到了"造化"之境。

《西游记》在我这里的境遇，则与《红楼梦》相似。我眼里的《西游记》，尽管四个大男人在仙界论短长，却晕染着一层《红楼梦》的雌性光环，与妖界战斗着就迎来了光明。何况《西游记》浪漫轻松的神话氛围也抵消着《三国演义》《水浒传》里人事争斗的虬曲与沉重。《三国演义》被"水煮"着就有了企业管理、市场营销的林林总总。那些在机场车站的书店里火热畅销的《三国演义》《水浒传》的延伸书籍，动辄被引申到商业领域的必杀技与三十六计，等等，我虽为男人们驰骋沙场的热血豪情热泪盈眶，更为义薄云天的大男人义气荡气回肠，却难以突破其中人性的厚黑与残酷。所以，我感觉它们远不如渗透着人性光辉的《红楼梦》与《西游记》能抚慰我心。

于是，四大名著就在我这里自动分为两大"阵营"。当我有了一把年岁，则不再归咎于自己的心智缺陷，也不再强迫自己去做改变。这个世界从来也没完满过，我又何必苛求自己违背意志去面对一部名著呢。

字 典 轶 事

最近在微信里与一位当过语文教师的老作家谈起阅读，旋即勾出我那段贫瘠而温馨的字典童年——在最渴望读书的年龄，家里只有一本破旧的四角号码字典，应该说，我是"读"着字典完成了我的文学启蒙。

彼时的乡下，原始，贫瘠，果腹成为所有人的第一要务。读过私塾的父亲以及品学兼优的大姐给这个家庭营造出一种奇特的文化氛围：物质食粮与精神食粮的同步奇缺，使得这个家庭笼罩着一种有别于邻人的别样的重度饥饿。一方面，父亲每天眉头紧锁为全家的肚腹奔走，及至夜灯如豆，他又一字一句地教我背诵四角号码口诀：横一竖二三点捺，叉四插五方框六，七角八八九是小，点下有横变零头。对于求知若渴的农村孩子，平时见过的文字本来不多，只好先囫囵吞枣地熟记口诀，然后对照字典扉页说明上的图形，一笔一画地揣摩、对比，很快，我居然能够熟练地使用了。

一直认为自己在阅读上是"营养不良"的，这种缺憾日后再怎么"勤奋"也难以弥补。怎么讲？该读书的时候，书还不如现在的奢侈品，奢侈品至少还能看到图片甚至见到实物，而彼时的书不知藏在爪哇国的哪个角落，连个带字的纸片影子都很少见。如我这般对书饥渴的孩子就像一棵倒霉的小树苗，在嗷嗷待"水"的年龄偏偏干旱无雨，等它歪歪斜斜成年了，明显地"弱不禁风"，无论"体质"还是"风貌"绝对的先天愚弱。这也直接导致我成年后在写作上的"手长衣袖短""不敢下东吴"。

后来，终于求学来到省会，当我见到位于当时的中山东路上简陋的新华书店，才明白自己被书的世界排斥了太久。由于那段字典童年，在后来阅读中就格外关注作家们的字典轶事。作家罗兰的散文和"小语"风靡大陆时，我对她早年战乱时在乡村教书的一篇文章记忆深刻，十八岁的她一个人住在一座旧庙里，每天放学后老师学生都回村子里各自的家，庙里静寂、沉凝，但她没让生活的单调击垮，批改作业后抱着一本破字典苦读，日久，她竟然能够背诵那本字典的各个条目，她说自己日后在台湾的写作直接受益于那段庙里背字典的日子。

作家阿来也有一篇《词典的故事》，讲到他买词典的经历。小学毕业合影要到很远的镇上，家长给了孩子们一元或五角不等，让他们自己支配。女孩儿们纷纷跑进百货公司买了彩色丝线，阿来紧攥着父亲给他的一元钱迈进新华书店，他一眼看中那本词典，可是那个年代买一本词典尚需出具学校证明，这可急哭了他，一颗求知若渴的小心灵刚刚看到希望就破灭了。他告诉女营业员，自己在老师手里看到过的这本"书"，曾多次走进他的梦里。善良的女营业员被他的执着打动，提出考考他，当他正确回答出两个成语的解释，营业员终于把词典卖给了他。那一刻，相貌平平的营业员在他眼中漂亮极了，从此他有了第一本"自己的藏书"，更像"阅读一本小说一样阅读这本词典"。日后的漫长岁月，阿来因这本词典而对于任何一本好书都怀有好奇与珍重之感。

我也对字典始终怀有一种特别的情感。尽管后来的字典随着物质生活的丰富变得"风情万种"或"仪表堂堂"，但那本磨平封皮的四角号码字典一直珍藏于心的深处。那位老作家在微信里告诉我，许多作家都因字典走向写作道路。有一年他到上海出差，同房间的另一位语文教师能背字典；他熟识的一个文学朋友，出身农家，小时候家里也只有字典，他的很多知识都来自字典；刘伯承也有背字典的习惯……哦，字典竟以这种方式"哺育"了作家！这让我更加怀想那本童年的字典。此时，如若再把自己出身的"先天不良"当作读书少的理由，显然矫情了。

窄额鲀与园丁鸟

看一电视纪录片《大太平洋》，从中看到一种奇诡的海底"怪圈"：两米直径的巢穴上分布着比例均匀的放射状条纹，上面用美丽的贝壳等海底饰物做了精心装饰，初看时不禁怀疑：这是否为第二次世界大战时的间谍遗物……解说员立即抛出一道智力题：它是什么？我相信，除了海洋生物学家，常人很难回答正确，因为这个图形过于神秘诡异。在我们的经验中，人的审美意识为这个世界所独有。茫茫大洋，寂寂海底，谁会这样"臭美"？

解说员揭开谜底：这种神秘怪圈竟是雄性窄额鲀"求爱"的产物——为雌性窄额鲀建造的"婚房"。它正是这种长满一身美丽斑点的海底"男子汉"，为了"娶妻生子"，花费数周时间搭建出的圆形巢穴。没有专门的建筑工具，它只能用胸鳍孜孜不倦地将海底的细沙收拢起来，然后将沙子推开又堆起，反复雕琢修饰，直到形成它想要的造型效果。

其实，潜水员在20世纪90年代已在日本的海底发现了这种图案，但海洋学家在二十年后才破解了其中的秘密。图案也同时被解读：放射状条纹是为了有效减少洋流的冲击，便于洋流将细沙冲到巢穴中心。科学家观摩了雄性窄额鲀整个的建设过程，发现要完成这种造型，它得不眠不休一气呵成——因为一旦停下来，未成形的建筑就会被水流或其他生物毁坏。在这期间，它还要清理垃圾，将水草等杂物推出巢穴。

窄额鲀多生长在南太平洋，去年我在波拉波拉岛曾下潜到海里，近距离地观察这种鱼类。无论雌雄，它们的身体上都长有大小不一的圆形斑点，衬托着清澈的海水，更显色彩斑斓。

现在才知道：原来雄性窄额鲀还是别具美感的艺术设计师。它们对巢穴从不草草建成了事，而是在海底遍寻各种贝壳进行装饰，使巢穴显得精致完美，温馨怡人。这一切，都是要送给"心上鱼"的——总有雌性窄额鲀接收到爱的信号，游到巢穴的中央，等待着雄性窄额鲀。

与人类或其他物种不同的是，雌性窄额鲀产卵后，就把"爱情的结晶"抛给"丈夫"，再也不会归来。而雄性窄额鲀则独自留在巢穴，竭尽全力驱赶侵略者，保护鱼卵；还要松动沙土，给鱼卵透气。当鱼卵孵化后，雄性窄额鲀又要建造新的巢穴，以备孕育新的一代。这样的辛苦，被海洋动物界学者称为造房养子劳苦一生的"家庭主夫"。只要活着，雄性窄额鲀这个海底世界的"西西弗斯"将倾尽一生推沙筑巢，但它们乐此不疲。

近日，凤凰网发出一组图片。那是澳大利亚的原始森林，一名徒步旅行的男子发现一种奇怪的"草屋"：看上去并不高，用细小的树枝和草混搭而成，草屋中间有几根粗大的树干做支撑。令男子惊奇的是，草屋门口有两堆鲜艳的果子——是用来储存的果实吗？为何不放在屋里呢？

草屋在寂静的森林中显露出生动之美。男子环顾四周，发现周围有不少这样的草屋，屋门口都堆放了紫的红的黑的各色果实……他终于发现了一个小屋里有一只鸟，这只鸟的羽毛是灰色的。

男子走出森林，咨询当地人，才知，这些草屋的主人原来是一种雄性的园丁鸟。每到鸟儿交配季节，雄性园丁鸟就会在野外筑建这样的草屋，并在门口放满果实。园丁鸟对"完美"的追求一点儿也不逊于雄性窄额鲀。它是唱着歌筑巢的，还用颜色不一的羽毛、花朵、果实种子以及树枝装饰小屋，于是那些小屋就呈现出或粗犷或柔美或清新的风格。它们简直就是天生的造型师。雄鸟在这美丽的"婚房"中迎接它的新娘，当它们在巢中"相爱"并繁衍了后代，雄性园丁鸟再转移阵地到别处筑巢。

繁殖，是动物世界中永恒的主题。但是，窄额鲀和园丁鸟却像人一样，在繁衍之前成为浪漫的创造者。由此，我开始怀疑：文明这东西，或许不仅限于人类。我们只谈人类文明，或许是因为我们缺少发现的双眼，或是因为被唯"人"独尊的惯性思维所"障目"。当我看到雄性窄额鲀与园丁鸟构建的爱的世界，我坚信：这样的爱，"哪怕遇见再大的风险再大的浪，也会有默契的目光"。

救命的眼神

夜半时分看完电影《宾虚》，身心久久在男主角宾虚的眼神中陷落。

宾虚出身犹太豪门，因拒绝配合童年好友出卖自己的民族而被治罪，二人反目成仇。宾虚惨遭陷害，沦为罗马战舰的划船奴隶。在船上，所有奴隶都没有名字，只有编号，宾虚的号码是 41 号。

正逢古罗马战舰与海盗进行一场大海战，船上派来一个罗马军官阿里士。他检阅舱底的船夫时，看到宾虚虽为奴隶，却气度不凡。稍有迟疑，他突然用皮鞭狠狠地抽向宾虚的后背。宾虚在盛怒中，抓着木桨，猛地转过头，怒视着阿里士。他们就这样对峙着。阿里士冷冷地对他说："你的眼睛里燃烧着复仇的火焰，但被你的意志控制着。这就好，划船吧，41号，好好地活下去。"

阿里士说完，转身离开，低声吩咐下属："把 41 号的脚镣暗中打开。"很快，惨烈的大海战中战舰被击沉。危难时刻，宾虚救了阿里士。但阿里士一心向死，抱定"不成功便成仁"的执念。他问宾虚为何救自己，宾虚意味深长地看了他一眼："你为什么把我的脚镣打开？"

饰演海军军官的，是老戏骨杰克·霍金斯，他那一张冰冷的扑克脸，与宾虚那灼灼的眼神相遇，形成一场激情与理性的抗衡。这是眼神的较量，只有双方能量持平，相互欣赏，才能成全彼此。眼睛是心灵之窗，"复仇的火焰"被意志控制得恰到好处，那里虽有愤怒，但更有淡定、信念、旷达——宾虚的眼神完美传达出顽强的生命意志和自控力量。阿里士瞬间读懂了这眼神。二人的心智水准和内心风景接近、趋同，于是奇迹不再稀奇。

倘若宾虚情绪泛滥而失控，揭竿而起，奋而抗争，军官的鞭子是否会落下，还有没有脚镣被打开的可能呢？

宾虚眼神中流出的力量感，让我想到动物世界的另一双眼睛。那是几年前网上流传的一张照片。照片的背景是一团横斜的树枝，远处是空旷的草原。一只黑斑羚妈妈立于画面中央，三只猎豹张开血盆大口，从不同方向咬向她的脖颈……摄影者这样解释：三只猎豹追赶一只黑斑羚妈妈和她的两个宝宝，以黑斑羚妈妈的奔跑速度完全可以轻松逃脱这场杀戮。但为了让两个宝宝安全逃脱，她停止了奔跑，吸引猎豹刹住追赶的脚步，更让自己矗立成一尊塑像。她双目淡定，神情决绝，那是来自另一个世界的视死如归。这样冷静的眼神，只是远眺并祝愿着逃离的孩子，她心里明镜一般：下一秒，自己即被撕成碎片……

让我们闭目浮想：辽阔的非洲草原美丽而凶险，黑斑羚妈妈带着两个宝宝悠闲地觅食、嬉戏，却不知危险正一寸寸逼近。直到被追逐，黑斑羚妈妈才思量近在眼前的诀别，她瞬间决定用自己的生命换来孩子的存续。

画面上虽不见两只幼羚，但母羚那一刻的眼神重量全部射在前方不断奔跑的孩子身上。她出奇地镇静，双唇紧抿，两腮鼓起，下巴上扬，全无急促奔跑骤停后的气喘吁吁，像一座雕像。画面的焦点是那双眼睛，视死如归的坚定中，射出一道凶光——这或许是对于处在食物链底端的怨恨，抑或是对于食肉者的诅咒。倘若科学家对这束目光进行波谱测试，那目光中恨意的燃点必将仪器撑爆。可当人类意识到这令人胆寒的光柱上悬挂着的是一串凝重的爱，又该如何面对苍茫宇宙间这难以言说的悖论？

这幅摄影作品摘得国际大奖，摄影者却陷入抑郁——我不忍再打开图片，也担心自己面临同样的困境。可它又像魔咒，时时在我眼前晃。我时常鼓足勇气打开它，每次打开都像一种仪式。我通过这种"仪式"领略到了：生的惨烈，死的无常，爱的高阔。

是的，为了孩子，弱者可以变得强大；决绝而坚定的眼神，给子女指出方向：活下去！

想起苏轼《留侯论》所言的"豪杰之士"："天下有大勇者，卒然临之而不惊，无故加之而不怒，此其所挟持者甚大，而其志甚远也。"——感谢那些照亮人类历史长河的眼神吧，它们让我们明白生命的尊严与高贵。

涅瓦河上的梦幻

　　1844 年冬，滴水成冰的涅瓦河畔，因无钱买柴取暖，陀思妥耶夫斯基的小租屋立刻成冰窖。他只好跑到街边小酒馆避寒。在那里，他一连几小时与那些醉鬼、赌棍、食客、骗子们闲扯。由于长时间营养不良和整夜写作，他十分消瘦，一副病态，经常受胃痛、感冒和神经性癫痫等疾病的折磨。他甚至担心自己会悄然死去。想到癫痫病发作昏迷时有可能被人抬出去活埋，这个时人看来行为怪诞的年轻人，经常在小屋的桌子上放一张写好的纸条："如果我死了，务必在五天后再埋。"

　　没错，这正是老陀——哦，当时还是小陀——的苦难写照。纵观这位伟大作家的一生，他简直就是一个苦难专业户。眼下我正在阅读《炼狱圣徒——陀思妥耶夫斯基传》，常感辛酸悲凉，时而又忍俊不禁——真是一个令人怜爱的大活宝。

　　小陀少年时就被独自留在彼得堡。他曾说："不知为什么，我对彼得堡总有一种恐惧。"终于，1845 年 1 月的一天，他从这座"世界上最奇幻的城市"的街道上匆匆忙忙往家走，忽然，精神生活中一次最重要的事件发生了——他要写作！后来，他将这一事件称作"涅瓦河上的梦幻"。

　　从彼得堡军事工程学院毕业时，小陀的成绩并不理想——理想才怪呢，他脑子里可是整天放映着横七竖八的文学念头啊！好单位是轮不上他的，他被分配到军事工程绘图处做了一名描图员。而这枯燥的工作更让他万念俱灰。本来服兵役就不符合他的志趣，当他业余翻译《欧也妮·葛朗台》得到三百五十卢布的稿费时，顿时体验到要么写作、要么就去跳涅瓦河冰窟的冲动。

尽管一贫如洗，但出于对官场生活的厌弃和对写作的热恋，这位 23 岁的陆军中尉向彼得堡工程兵分队递交了辞呈。他在给哥哥的信中说："为什么要浪费似锦年华呢？我能够挣出自己的一份面包，我将拼命工作。现在我自由了。"

然而，他还是低估了自由的代价。辞职本身，当然不可能将他黯淡的生活立即置换得阳光明媚。时间多了，钱却少了，他失去了固定收入，生活越发混乱和困难。此前曾力劝他不要放弃"皇家俸禄"的妹夫卡列平，过了很久才极不情愿地给这位古怪的内兄汇了五百卢布。不过，妹夫再次嘲笑他对莎士比亚的崇拜，指责他"就知道索钱"。而小陀则恨恨地把妹夫称为莎翁笔下的"福斯塔夫"。他在写给哥哥的信中大叫其穷："我欠了八百卢布的债，其中有五百二十五卢布是欠房东的房租……我完了。我要被拖进监狱里去了。"

为了不被"拖进监狱"，他立即着手各种创作计划。几乎每天都把自己关在房间里，发疯般地写作，涅瓦河上的"梦幻"让小陀成为一个新人——作家陀思妥耶夫斯基诞生了。1845 年 5 月的一个清晨，他终于在书稿的封面上郑重写下书的标题：穷人。

多年后，俄国诗人梅列日科夫斯基在自传中披露了与大作家陀思妥耶夫斯基的一段旧事。某日，十五岁的梅列日科夫斯基跟随父亲参加一个文学沙龙，老陀也在场。梅父一见这位大作家，双目放光，恭敬地请他评点儿子的诗歌。"他静静听着，稍带一些不耐烦与愤怒，我们肯定是打扰到他了。'缺乏力度，一塌糊涂，一文不值。'他最后说，'要写好，必须要受苦，受苦！'而我的父亲回答：'不，他不用写得更好，更不需要受苦。'我还记得陀思妥耶夫斯基握着我的手时那苍白而有穿透力的眼神。我再也没见到过他，不久我们就听说他死了。"

是的，在常人看来，并非所有的苦难都有意义，也并非所有苦难都值得歌颂。但对于作家，苦难有时则成为他们成长的必需。海明威曾说：作家需要有个苦难的童年。王朔却说：不一定苦难，要的是特殊。只有特殊了，长大后观察社会才会有个特殊视角。童年时的小陀，恰恰符合了"苦难＋特殊"——他有个"卡拉马佐夫兄弟"式的童年，幸哉？不幸？

　　读着那张"五天后再埋"的纸条，我含笑抑泪。浓稠的忧郁里，小陀还不忘给读者制造笑点；然后又无比悲哀，从小陀到老陀，被现实打击，被痛苦折磨，遍体鳞伤、无所遁形，几乎经历了这个世界的所有丑陋与污浊，却从未放弃对光明的追寻。那些苦难，铸成了一个文学巨人。

毛姆的文学"滑铁卢"

英国作家毛姆在成为作家的道路上，曾遭遇过一次重大挫折，而正是这次意外，医学界少了一名航海医生，世界文学史却多出一位著名作家。

毛姆出生于英国驻法国大使馆。幼年失去父母后回到英国跟随做牧师的叔叔生活。或许是他的作为儿童文学作家的外祖母的文学基因，毛姆在伦敦圣托马斯医院读书时就立志文学写作，并在即将毕业时出版了他的第一部长篇小说《兰贝斯的丽莎》。这件事在医院里引起轰动，在院刊发布的一则消息中，称赞这部作品"以一种有说服力的甚至是揭露的方式描写兰贝斯地区的一个侧面，其独树一帜的情节与风格将为广大爱好现实主义作品的人们所热烈欢迎"。

修完所有学科取得医生资格后，毛姆的另一部以 15 世纪意大利士兵终成圣者的长篇小说《成圣》也出版了，除此还有短篇小说集出版。对文学的憧憬让年轻的他踌躇满志："我豁出这一辈子了。"他决定在并无经济保证的情况下写小说。

然而，在 19 世纪末作为一个写小说的作家，必须直面被湮没的危险。当他告诉最初的出版商昂温自己要专业写作时，昂温担心地说，写作固然是好事，却是一根不中用的讨米棍。那时，毛姆虽有年息 150 镑的一笔存款，也只能供他维持最基本的生活。他身边的小说家挂笔改行谋生的情况屡见不鲜，有的去农村做信件监检员，有的在律师事务所当书记员，有的则是枢密院的图书管理员，而在《妇女》杂志当编辑的 H. G. 威尔斯则同时又是牧师和撰稿人……毛姆全然不顾，离开医学院后，埋头写作。他也从不写书刊评论之类的文章来增加收入，甚至连干零活儿赚点儿小钱也不屑为之。哈瓦那的一家雪茄公司想请他写几个短故事，报酬不菲，他故意漫天要价，最后不了了之。

毛姆获得的稿酬少得可怜，这也是当时整个英国出版界的普遍现象。有人做了统计，1892 年英国文坛上大约有 50 名小说家，他们每人平均一年勉强赚到 1000 多英镑，而毛姆远不在其列。毛姆想以文学作为职业，只能说明他尚不了解文学这碗饭有多难吃，事实证明，从那时起到他的写作成功，尚需磨炼十年。

《克拉多克夫人》写于 1900 年，出版于 1902 年 11 月，美国版直到 1920 年才上市。这本小说受到广泛关注，即便依照毛姆悲观主义的标准，也可谓大获成功。不过，他的沮丧感并未因此散去，他真正的抱负是成为一名剧作家，既然《克拉多克夫人》引起了公众的兴趣，毛姆则开始盼望"通过小说成名，从而步入戏剧界"。然而他的剧本却屡遭拒绝。

1900 年，毛姆 26 岁，衣冠楚楚，气色极佳，且小有名气。他和朋友住在单身宿舍里，收到的微薄稿费全部用在了旅行上。带着小说《克拉多克夫人》的稿费，他和可信赖的好朋友佩恩先是去了托斯卡纳，然后再去瑞士滑雪，第二年 1 月又去埃及住了两个月。经由巴黎，1906 年春回到伦敦时他已囊中空空，但闯进文学圈的决心从未像此刻这样坚定过。在国外旅行时毛姆写了一些游记，还有两个短篇小说，年底时长篇小说《魔法师》脱稿，但拿到书稿的出版商被书中内容吓了一跳，没人敢出版。1907年夏末，毛姆筋疲力尽，不屈不挠的努力却没换来任何回报。《魔法师》还没找到出版商；在伦敦剧院经理人们手中传阅的剧本，没有一个找到买主。还好，这时一丝光亮照射到他，他把喜剧《弗雷德里克夫人》的女主人公设计成一个非常有趣的人物，被一个在巴黎寻找素材的美国制作人乔治·泰勒看中，提出用 1000 英镑买下来，那时，毛姆留给泰勒的印象很好，"是个有前途的年轻人"。

当泰勒带着剧本回到伦敦，拿给女演员们，却没一个人愿意碰这个角色：这个与作品同名的女主人已不年轻，并且在一个关键场次，她必须素颜出场，大灯照在脸上，不许化妆，也不能戴时髦女人常戴的假发……没有一个大明星会欣然接受这个角色，都担心毁掉自己留给公众的美好形象。就这样，这个剧本在伦敦 18 个剧院经理手中推来推去。僵持之下，毛姆手中的钱几乎花光，写小说不足以维持生计，写新闻也没赚到什么钱，他不得不寻找写书评的机会，有一次还说服编辑让他来写一出戏的短评，但他发现自己显然不具备那方面的天赋。

伦敦舞台的这次挫败，使他心灰意冷，不得不做出一个"弃文返医"的决定：他打算回托马斯医院学一门新科目，去做一名航海医生，以实现自己一边云游天下一边"伺机"写作的愿望。不过，在实施新决定之前，他不顾囊中羞涩，买舟南下，又去了意大利西西里。

或许毛姆一直勤奋写作的努力感动了苍天，在人生的十字路口，上帝的一双大手把他拉回文学之轨：正当他流连于西西里的那些古老庙宇时，收到英国皇家剧院导演奥索·斯特劳的电报。原来，这位导演正处于业务萧条时段，很想找个剧本作为权宜之计上演五六个星期以维持局面，毛姆的一位朋友极力向奥索兜售《弗雷德里克夫人》，巧合的是，当时伦敦一位红极一时的女演员正处于空档期，心血来潮般想演女主角……毛姆立即告别西西里。此时他身上的钱只够坐火车去巴勒莫，再乘晚上的船去那不勒斯。星期一上午，他在那不勒斯上了岸。

可是航运局官员看他衣着寒酸竟不卖给他船票，他一气之下到了另一家公司，并摆出一副坐头等舱的架势，他还真的得到了一张头等船票，但这时他手里只剩半个克朗。他急中生智去赌钱，谁知这竟让他成为自己的小说《生活的事实》中的尼基，一个回合赢个盆满钵满，再也不愁到马赛和伦敦的船票钱。他在日记中写道："到了伦敦后，我还有一先令可以叫出租车。周四上午 11 点我信步走进皇家宫廷剧院。我感觉自己就像环游地球 80 天后回来的斐利亚·福格，在 8 点钟声敲响的那一刻走进改良俱乐部。"

这是 1907 年 9 月的某一个周四上午，毛姆步入伦敦皇家剧院看彩排，难掩激动的心情。历经周折，《弗雷德里克夫人》终于被这个一流的剧院搬上舞台，而且由伦敦的一位女明星领衔演出。

首演大获成功，《弗雷德里克夫人》让毛姆一夜成名。他被媒体冠以"英格兰剧作家"的称号。《弗雷德里克夫人》在伦敦上演了一年多，他不仅没有"返医"，在此后的 26 年间，他又有 29 部剧作上演。最辉煌的时候，伦敦在一天内同时上演他的四部剧本，创下了在世剧作家同时上演剧目最多的纪录，并过了整整一代人的时间才被打破。一位漫画家曾为《笨拙》杂志画了一幅漫画：莎士比亚站在毛姆剧作的广告板前咬着自己的手指头……

多年后，毛姆在《总结》中写道："我的成功是惊人的，也是意外的。我得到的解脱大于兴奋。"有一天傍晚，他沿着潘顿街散步，经过喜剧院时碰巧一抬头，看到落日照亮了云彩。他停下来看着这可爱的景色，心里想：感谢上帝，我现在可以看着日落，而不必去想怎样描绘它。

毛姆本来打算那之后再也不写小说，而把余生都献给戏剧。不过事实并非如此，在日后的文学道路上，奠定他文学地位的，仍是《月亮与六便士》《人性的枷锁》《刀锋》等十几部长篇小说，以及 100 多篇短篇小说，以至于在 20 世纪 20 年代他索性放弃了戏剧写作，更加专注于小说、随笔了。

毛姆的家国情

当世人纪念二战胜利 70 周年时，我想起他——毛姆。

传记作家特德·摩根在《人世的挑剔者——毛姆传》中，把毛姆定义为一个"流亡者"。的确，没有什么比"流亡"更贴切于毛姆。这位横跨两个世纪的高寿老人，除了没能到过非洲大陆，足迹遍及全球。更传奇的是，他在有生之年以一位作家的方式参与了两次世界大战。

毛姆出生于英国驻法国大使馆里，其母语是法语，十多岁后才生硬地学习英语，这使得他对法国始终保有一种天然的生命认同，然而他的骨子里却有着极其强烈的家国情结，强烈得令人惊异。

第一次世界大战期间，毛姆早已成为英国及美国知名的剧作家。萨拉热窝事件发生，原本与朋友在意大利悠闲度假的毛姆听到战争的消息，立即与妻子西莉回到进入战争状态的英国。年近四十的毛姆写信给他的好友丘吉尔（当时是海军部长），强烈要求上战场。等候答复时，听说红十字会要派懂法语的翻译前往法国，他立即报名，穿上军装，随车队出发。此时，他的戏剧《希望之地》正在伦敦火爆上演，而他最受追捧的自传体小说《人性的枷锁》也即将付梓。

真正置身战争，他发现前线更需要救护车司机，于是他请假回到英国专门学习开救护车，很快再回到法国前线投入战斗。他多次开车靠近最危险的前沿阵地。他在前线医院救助伤员，用德语安慰德国俘虏，并用他当过医生的优势多次紧急施救。毛姆在这次大战中尽到了一个英国公民的责任，并对他的救护车司机生涯颇多留恋。

1917 年 3 月，毛姆在纽约，他绝没想到，一个不经意间的聚会开始了他的间谍生涯。他的朋友威廉·怀斯曼，表面为某商业集团负责人，真实身份却是英国派在美国的头号间谍。怀斯曼此时正在物色一个合适人选派往俄国以期说服俄国不要退出战争。他盯准的这个人就是毛姆。

最初毛姆是犹豫的，他肺部不适，且不懂俄语。但他渴望结识俄国作家，而派给他的"任务"正迎合了他爱冒险的性格，于是他放弃了写作计划圆满完成在俄国的情报任务。正是这段经历，才有了系列间谍小说《英国特工阿申登》。

二战爆发时，毛姆已年逾花甲，但正值他在地中海的私人别墅写作的鼎盛时期。战争又唤起他的家国情结。他写信给英国情报部门要求工作，希望自己"有所用处"。就在他焦急等待的时候，终于有了一个工作机会：英国新闻部要求他写一本关于法国努力作战的书以鼓舞士气。1940 年，毛姆用报告体写成一本《战斗中的法国》。此后他回到伦敦，经常出入新闻部，希望得到任命，多次通过各种渠道去找情报部门的老上司，却总被以"年龄太大"等理由拒绝。他并不放弃，最后被派去美国"游说"。毛姆到达美国后，直接身份和工作是作家的体验生活以及出版事宜，然而就在大量的演讲、出版、集会甚至日常生活之中，他为宣传英国，说服美国参战，做了大量极其琐碎的工作，直到二战结束。

综观毛姆在两次世界大战中的表现，世人所普遍认为的毛姆对政治和社会漠不关心的说法显然流于片面。事实上，毛姆与包括丘吉尔、温莎公爵夫妇、英国女王在内的许多政商界名流一直过从甚密，他表面上远离社会生活，却一直不曾真正疏离。特德·摩根所说的"他就是一个没有祖国的人"也仅仅出于现象。试想，一个如日中天的畅销书作家，毅然放下诸多写作和个人计划，甚至不顾尊严到处央求当局让自己对战争"有所用处"，还不足以说明这一切吗？毛姆作为作家更懂得战争对于一个参与者意味着什么。他虽然从内心并不认同英国的生活方式，骨子里所钟情的漂泊和流浪使他不能在一个地方超过三个月，但也许正因如此，他在两次大战中的家国情结才更值得去品咂和打量。

毛姆·首尔·风马牛

除了实体书房，我还有两个电子书架：亚马逊 Kindle 和微信读书。"微信读书"是对手机须臾不离的结果，至今已在这个虚拟书架读完七十多本，却不知后台如何"窥伺"到我的阅读趣味，竟一波接一波地把毛姆的书"根据你的阅读偏好特地为你推荐"到书单中。开始时我觉得毛姆的纸书早已悉数阅读，拒绝"加入书架"，但转念一想，万一有新译介的篇目我不曾读过呢，于是照单全收，渐渐地就显得体量庞大，蔚为壮观。

其中就有某出版社出版的一套毛姆短篇小说集（七册），虽已读过纸书，但我仍以检测盲点的虔诚心态逐篇比对，并时刻保持对那些过度"整容"标题的高度警惕，迫切期待遇到从未读过的"新面孔"。

还真没让我失望，最后一册是《一位绅士的画像》，这本书共收录毛姆的短篇小说十五篇，属于毛姆的东方小说系列，大多取材于东南亚诸国（只有《红毛》的背景是南太平洋的萨摩亚）。其中第九篇，也同时作了这本小说集的书名——《一位绅士的画像》，我做了严格"检测"，最后确定其标题并非"马甲"，货真价实的全新面孔，我立即像在浅水中钓到了大鱼，连喊"赚了"。

然而我很快就"蒙"了。疑惑来自开头一段："我将近黄昏才到达首尔，由于从北京乘火车远道而来，我感到有些疲惫……"

这段话，足足令我闭气三分钟。

不但"首尔"格外刺眼，北京到首尔，何时通火车了？

毛姆又是何时到过朝鲜半岛？更别提韩国？

对于韩国的历史演进，我也是需要查问一下的。据所有毛姆传记披露，毛姆到达东方的时间于1910—1940年之间，其间，1905年，日本击败了其在东北亚的地缘竞争对手沙俄，成为朝鲜绝对的权威，1905—1907年，日本强迫朝鲜签订了三次条约，朝鲜内政外交大权全被日本人掌握。而日本竟然还不满足，1910年8月22日，强迫朝鲜签订了《日韩合并条约》，吞并朝鲜。

按照毛姆的驴友习性，毛姆与朝鲜半岛产生联系的可能性几乎百分之百。然而，我研究了毛姆的所有传记以及他的所有文字资料（中文），并无只言片语显示毛姆到过朝鲜半岛。

没错，毛姆到过北京，但"首尔"这个地名，到2005年才从"汉城"改来，而改名前的1965年，毛姆已经告别了人世。众所周知的是，毛姆在1948年出版了最后一部长篇小说《卡塔丽娜》之后，就不再写小说了，而是转向回忆录、游记和随笔类文体的写作。显然，《一位绅士的画像》写于二战之中或之前，那么，"首尔"出现在二战前的毛姆的小说里算怎么回事？难道他有后知后觉？

况且，毛姆的每一部（篇）作品的写作背景和过程，在他的所有传记中都或详或略地有所披露，但关于这篇《一位绅士的画像》，并无只言片语。

更为蹊跷的是，往后读，当"我"休息好了，去逛首尔的街市，在一家书店里看到一些传教士的书，"我估计，这批书籍是某位传教士的藏书，他在如日中天的辛勤传教中突然亡故了，他的藏书后来被一个日本书商购买下来。日本人虽说精明，但我无法想象在首尔这种地方有谁会去买一部研究《哥林多书》的三卷本著作"。

在这里，毛姆幸好提到的是"日本书商"而非"韩国书商"，因为从1910年8月起，朝鲜沦为日本殖民地，而毛姆到达中国的时间是1919年10月，假设他从北京真的去了韩国，此时的韩国正处于日据时期，他所提到的"日本书商"是符合历史史实的。然而，彼时的"总督府"叫汉城府，绝无"首尔"这个地名。

退一万步讲，从北京到首尔，即使在今天，由于三八线的存在，交通上从来都是飞机，而没通火车，"从北京乘火车远道而来"是否过于玄幻了？

你可能问：难道小说不能虚构吗？

答案当然是肯定的。对于小说，不仅地名，连人名、物名以及整个故事都必须虚构呢。还有一种情况，有时地名、物名均可真实，唯独必须虚构的故事才算小说，否则就成为纪实或报告文学了。我对此处的"首尔"质疑，是因为在我研究了毛姆所有中译本之后，他还真的遵循了自己的这个惯性：从来不虚构地名和物名，仅仅虚构了一个个刻骨铭心的故事情节。这一点，看看他的间谍系列小说《英国特工阿申登》则可一目了然。倘若非要说，毛姆只有到了韩国才虚构了地名，真的有点儿匪夷所思了。

再往后看，"我"发现"在这部著作的第二卷与第三卷中间竟夹着一本用牛皮纸包得严严实实的小书"，名为《扑克牌玩家大全》，"我看了看扉页。作者是约翰·布莱克布里奇先生，精算师兼法律顾问，《序言》的落款日期为一九七九年。我有些疑惑，不知这本书怎么会混在一位已经作古的传教士的藏书之中……"

更疑惑的应该是我，"一九七九年"怎么回事？难道毛姆穿越了？玩起了乔治·奥威尔的《1984》？

迄今为止，我手中收藏了容量不一的毛姆短篇小说集九个版本，这篇《一个绅士的画像》皆不在这九本之列，尚为首次阅读。由于收集了毛姆作品的所有中译本，我已经习惯了各种不同版本对同一篇名五花八门的翻译（有的甚至是滥译），比如，《整整一打》有的译为《满满一打》还说得通，《十二个太太》照样可以作为一本小说集的书名；《奇妙的爱情》有的译为《雷德》，有的则为《红毛》；《寻欢作乐》译为《啼笑皆非》尚可，但译为《笔花钗影录》，如果不对照内容，你很难断定它们是同一本书……此刻，为了求证，我翻遍所有毛姆的短篇小说集子，却没发现一个《一个绅士的画像》的故事情节。

当然，读的过程，我时而怀疑这篇小说是否该叫小说，或许叫书评或读后感更合适？通篇解读一本书——解读都算不上，因为后半部分干脆就是对原书大段的引用。对于毛姆的写作"套路"我绝不陌生，而这篇小说里则极颠覆毛姆的既有风格，完全不搭，以至启动了我的直觉：这篇是毛姆的作品吗？

诚然，毛姆的一生，是游历的一生，地球上除了非洲腹地没有他的身影，他的足迹印遍其他各大洲。他的出游十分频繁，即使1964年，他去世前一年，九十岁高龄的毛姆，还让仆人艾伦陪他去了威尼斯，从年轻时起，他在同一个地方不能超过三个月，否则就浑身不适。

毛姆一生虽多次到东方旅行，却多在东南亚诸国。他到韩国最为直接的路线应有两个：中国和日本。我手中有不同版本的《毛姆传》九本，都显示毛姆只有在1919年到过中国。1919年8月，毛姆先到芝加哥接上他的漂亮男友杰拉德·哈克斯顿，去西海岸乘船，10月到达香港，而后去了上海、北京、奉天（沈阳）。他们体验了各种交通工具：轿子、骑马，还乘坐舢板沿长江行驶一千五百英里抵达成都，见到了大学者辜鸿铭。他们在中国一直逗留到1920年1月，最后从香港经由日本和苏伊士运河回到欧洲。

遍览所有毛姆传记中1919年前后的旅行记录，甚至把《在中国屏风上》找出来，也没看到毛姆曾从北京前往朝鲜半岛及至首尔的记录，蛛丝马迹都没有。

好吧——也有可能毛姆在访问日本时"顺便"到了韩国？我遍查毛姆传记，也没看到这种可能性。

毛姆访问日本那年（1959年），已经八十五岁了。在日本，毛姆早已盛名远播，他的短篇小说选进了大学教科书。日本还有一个毛姆学会，会员一千二百人，每年开年会，并讨论有关毛姆作品各个方面的问题。毛姆研究会会长是东京的英语教授田中睦夫。那一年，日本要举行"毛姆展览"开幕式，由斯坦福大学提供一笔贷款，毛姆被邀请前往日本。当毛姆访问日本的消息传来时，田中睦夫，这个狂热的毛姆崇拜者写信给艾伦说，毛姆应该去拜见天皇并且由天皇授勋。艾伦说，这正是毛姆希望做的最后一件事。艾伦告诉田中，毛姆很老了，健康状况不佳，需要安静和独处，他不愿意讲演、卷入官方的活动，或者参加盛大的集会。

1959 年 10 月 6 日，毛姆从马赛乘船，经亚丁、孟买、科伦坡、新加坡、西贡、马尼拉、香港和神户，最后到达横滨。这时，闻声而来的欢迎人群达到几千人。毛姆受到日本人的狂热崇拜，这让年老的他心满意足。他每去一个地方，人们都走上前去，扯扯他的衣服，像对待神一样招待他。11 月初，展览会在东京最大的书店丸善书店开幕。毛姆发表了简短演说，用电视播送，演说吸引的人群甚至把英国大使挤倒在地。

毛姆在日本前后逗留四个月，于 1960 年 1 月离开日本。25 日，在他的八十六岁生日那天，到达曼谷。在接受一个学生代表的采访时，他说，自己是一座死火山，已经没有了活力。之后回到他在法国南部里维埃拉的家。整个过程的前后没有一个字提到韩国、首尔。

通读了毛姆的所有中译本，不客气地说，我对毛姆的遣词用句烂熟于心。《一位绅士的画像》的文风却与毛姆的既有文风南辕北辙，至此，我确定这篇小说并非出自毛姆之手。

毛姆的这套短篇小说丛书共有七册，作为一家顶级出版社如何解释毛姆与首尔呢？

第五辑

远山横

这家公司很"治愈"

尼采做 HR，福柯负责电子监控，伏尔泰与卢梭主管销售，创意设计归第欧根尼，蒙田做了三十四年实习生……这会是一家怎样的公司？

其实这是一本很好看的漫画书《柏拉图上班记》（［法］朱勒、夏尔·潘佩著，周金译，江苏凤凰文艺出版社，2020 年 7 月）。

作者虚拟了一家——思考公司，聚拢了各个年代、不同思想体系的哲学家，把他们各自的思想理念应用于公司实践，来一番"哲学云"。于是你就大致能想象这家公司将会呈现怎样的职场生态了：柏拉图见到了自己的实习导师苏格拉底，但他一慌乱，给苏格拉底买的咖啡却买成了毒芹汁；尼采作为人力资源总监，辞退员工时严厉且凶狠，竟说自己最人道；柏拉图不小心将木萨卡（地中海沿岸国家的一道美食）泼到尼采身上，然后用花了四千年才和中国签成的合同原件擦拭尼采身上的污渍，却被愤怒的尼采辞退，无奈之下去卫城古堡应聘……

在思考公司里，你还可以看到"解构主义"的德里达负责维修复印机，卡尔·马克思做了工会主席，本雅明在文印室工作，莱布尼茨当了会计，而孔子，公司考虑他能在东方市场拓展思考业务，于是把他发展成为客户经理……你可能会说，这不成了游乐场，多不严肃！可是你又必须承认，这个充斥着混乱与欢笑的"公司"挺好玩的，那么多沉重晦涩的哲学命题让你笑着就装入囊中，你赚大了。

先看看尼采是怎么当他的 HR 总监吧。他非常在意员工的"超人"意识，最大限度去激发员工的潜力，但他又不断提醒员工，企业不是福利机构，其目标就是盈利，而不是善对恶的胜利；再看福柯，作为一个洞察入微的理论家和历史学家，他是毛遂自荐进入思考公司的，公司的电子监控和安全工作没有人比他更适合。他早就明确提出：社会控制无时无处不在，所以也就不难想象福柯把他的科学推荐给出价最高者——思考公司。他毫不费力就说服了老板，把他对员工进行全面监控的系统搬了进来，并且说明这种监控系统本质上是一种哲学：这是在实施他所谓的古希腊式"透过现象看本质"的规划。

让伏尔泰与卢梭分别掌管一个销售部门，可以看出思考公司的老板可真够"损"的——人为制造竞争。当然，直到如今，我们经常看到现实中的公司设置着销售一部、二部、三部……显然，同样是销售，倘若仅设一个销售部门，没了竞争，动力何来？业绩何谈？现在让伏尔泰与卢梭各自代表自己的销售部门来个业绩大 PK，老板正偷偷乐呢。

来看看第欧根尼为思考公司带来怎样的创意吧。没人能让这位创意设计员工老老实实地坐在工位上——他必须半裸着躺在自己的世界里，谁也不能侵犯。开放办公空间表面是为战胜"冷漠"，实际上是一种全面监控，是一座自称天堂的地狱。不能给爱人打电话，不能在电话里说悄悄话，因为所有人都能听到。不能说公司的坏话，哪怕是开玩笑，因为大家都竖着耳朵呢。在思考公司，重新布置开放式办公室引起了一些奇怪的反应，本来喜欢它的人厌恶它，厌恶它的人却欣赏它。开放式办公室无疑可以造就一大批小第欧根尼。

别小看了总经理顾问这个角色，马基雅维利知道权力为何物。狐假虎威的关键在虎威，伟人的代理人仍是和其他人一样的小人物。思考公司的员工误以为马顾问的权力很大，而实际上，老板顾问也没有什么比取消一次会见更大的权力。他的迎面是一堵高墙——他没有什么可代表。

斯宾诺莎作为公司的管理者，深谙中国的"无为而治"：真正有才能的老板，无论在场和不在场，公司都能很好地运营。无论他在伦敦开会，还是在意大利度假，员工们都能感到他的存在——正如基督教徒心中的上帝。然而，你可能要问了，公司灵魂人物——总经理怎么还不出来？看，让·菲利普·迪厄来了！但他何德何能，竟引领苏格拉底、孔子、亚里士多德等巨星？

原来，他就是隐约的"上帝"耶和华。对于这些哲学家来说，只能塑造成一个虚无的上帝来引导思考公司，否则任何人当老板，估计都不能出现一个理想局面。

你可能又说了，简直恶搞！但你又应承认，作者并无恶意。别怪他烧脑，却也让我们脑洞大开呢。

致那些被比较的人生

利用边角时间，我把《红楼梦》重"听"一遍——不是重读，我没能做到蒋勋那样把《红楼梦》放在床头读了N遍，而是"听"。此时，当我被生活屡屡教训，再"走进"大观园，低呼：原来我们的人生，与"比较"不离须臾。

来自爱情、人性、人际无处不在的考验冲淡了大观园表面上的喜感。在第五回，宝钗住进贾府后，先前的情势立即微妙起来：黛玉备受贾母怜爱，与宝玉也"日则同行同坐，夜则同止同息，真是言和意顺，略无参商"，可是，现在来了个薛宝钗，"年纪虽大不多，然品格端方，容貌丰美，人多谓黛玉不及。那宝钗却又行为豁达，随分从时，不比黛玉孤高自许，目下无人，故深得下人之心"。此时，黛玉面临的"威胁"显而易见：一怕宝钗分享贾母的"怜爱"，二怕宝钗插足她和宝玉的"亲密"关系。对于黛玉的"不忿"，宝钗"却浑然不觉"，这显然来自旁观者，以宝钗的智慧和女性的敏感，对黛玉的"不忿"岂能无视，只是装作"不觉"罢了。

这段描写很有趣，一个看似豁达守拙实则大智若愚的女子跃然纸上。接着，宝钗扑蝶"嫁祸"黛玉，并在多种场合利用其高情商"栽赃"黛玉，只因为全园女孩儿中只有这一个堪称"对手"，这一切皆证明先前"浑然不觉"是多么虚伪。何况宝玉对黛玉的倾心却又那么不加掩饰，宝玉最后对黛玉的衷情也是经过了钗、黛的比较。可以说，人生处处皆博弈！既生瑜，何生亮？既有黛，何有钗？

整部书"听"下来，简直就是林妹妹被宝姐姐卖了还替宝姐姐数钱的典范。金钏死后，宝钗在未来的婆婆王夫人面前出足风头，不但"成功"劝诫王夫人免去道德负疚，更为未来的"婆婆"雪中送炭，她主动提出把自己的一套新衣给金钏当葬衣，别小看这一举动，本来黛玉刚做了一套新衣，但王夫人，乃至整座大观园，哪个不忌惮黛玉的"小性儿"？莫说张口要，吓都吓死了。假如王夫人是老板，宝钗和黛玉是员工，老板辞退金钏导致自杀，王老板处于焦虑之中，这时，戏份就精彩了，宝钗巧舌如簧成功化解一场危机，并搭上自己的一套新衣。王夫人怎不对宝钗贴心入肺呢。这本身就让林黛玉自惭形秽嘛。曹雪芹不动声色地就让宝钗把黛玉"比"下去，又让黛玉成功地误会了宝钗"藏奸"，委实令看客心酸——她倒是知道宝钗如何嫁祸于她吗？

相较之下，黛玉落下个刻薄的名声，"孤高自许，目无下尘"，而宝钗却处处"随分从时，行为豁达"，不仅深得下人之心，最后竟将大观园的总裁和副总裁（贾母和王夫人）哄得心花怒放，宝钗不"好风凭借力"才怪呢。

整部《红楼梦》，就是一部黛、钗比较史，自从二人前后脚进入大观园，博弈开始，众人对她们一番比较，黛玉不是对手只好败下阵来。幸而大观园里还有一个火眼金睛"秉公执法"的宝哥哥，唯有他识破了宝钗那些"混账话"，在最初被宝钗的"品格端方，容貌丰美"迷惑后，始终不渝地守护着黛玉。

经常想，假如——倘若世上有这么个"假如"——只有黛、钗其中的一人来到大观园，结局如何？没有了二者映衬，大家也就免去了太多智力劳动，没有宝钗天天鼓动宝玉"经世致用"，也显不出黛玉心性高洁，宝钗的"温厚"，黛玉的"猜忌""咏絮才"，都失去彼此的参照。

其实，古往今来，比较无处不在。《音乐之声》中的冯·崔普上校本来已经情定男爵夫人，谁知活泼善良又个性十足的家庭教师玛丽亚出现了，硬生生地，男爵夫人被"比"下去，"出局"已成必然。《简·爱》也一样啊，如果没有纯情、真挚的简·爱出现，罗切斯特如何比较出白富美布兰尼小姐的粗俗与平庸？《法国中尉的女人》中家庭女教师萨拉，她救了沉船中的中尉，谁料中尉却玩人间蒸发，从此人人视她为瘟疫。这时古生物学家查尔斯携恋人欧内斯蒂娜来到莱姆湾，仅凭一个风雨中的侧影就对萨拉一遇难忘，这才置富家小姐欧内斯蒂娜于不顾，一意追逐那个一袭黑衣长得并不好看又怪异叛逆的"坏女人"……

前不久，在一档电视访谈节目中，《欢乐颂》中的安迪被问及"恋爱宝典"时说道，女人需要扔掉三样东西：过了时的衣服，玩心眼儿的姐妹，光说不做的男人。试问，不经历比较，心得何出！

无论"操之在我"，还是"受制于人"，皆为比较之后的欣幸或无奈。无论刚强抑或柔弱，世界就是这样残酷，人人都在比较价值、地位、出身……这一世，被掂量，被称重，被选择，就像唇边那颗痣一样难掩。无论乡村还是都市，无论北美还是南非，人生如蚁，每个窗口后面都生活着这些人：积极向上的，无聊乏味的，游戏人生的，以及走投无路的——人。还好，一束光亮来自宝哥哥，他经过数番比较，依然情定"世外仙姝寂寞林"。若按当下逻辑，纵使宝姐姐被"调包"入洞房，他亦无须向林妹妹担负过重的道德负载，而应心安理得地享用"皓腕凝霜"，可他怎能敌得过灵魂深处那番蹉跎！"山中高士"再晶莹，"齐眉举案"再虔敬，也终究是"空对着"，宁肯绝尘而去，去"空对"那干净的白茫茫一片……

回到现实中的我们吧。假如有那么一个人，认识你多年后，仍喜欢和你在一起；对方熟悉并了解你之后，依然欣赏你，接纳你，历尽沧桑，依然能由衷地对你说：认识你，真好……若果如此，这一路的比较，该有多值！

从这个世界消失十分钟

　　那个雾霾锁城的日子，我去医院做无痛胃镜。办完所有手续，战战兢兢地坐在一个候诊室里，一位白衣天使让我准备输液。我自幼晕针，立即瘫软在座椅上，却又顾不得太多，虽心有余悸，仍不得不逼自己生出视死如归的胆气。

　　终于轮到我进胃镜室，按照医生指引顺从地侧卧于一张铺着洁白床单的窄床上。自躺下的那一刻，我紧闭双眼，尽力表现得镇静，任凭身边人声晃动，人语喁喁，叮叮当当的器械碰撞的声音从各个角落传入耳鼓。很快，我的口中被塞进一个硬邦邦的器物，一个轻柔的女声说：咬住！随之，我感到有一双男人的手一边摆弄我那只输液的手，一边拍打着，就像给我输液时寻找血管一样，"忍一下啊，可能有点儿疼……"一个男声。我意识到要注射麻药了。事实上，这句话，是我醒来之前从这个世界听到的最后的声音，因为那句话之后，我就从这个世界"消失"了。

　　不知过了多久，我的肩膀被重重地拍打了一下，听见一个男医生喊着："别睡啦！"我真的醒了，头依然有点儿晕，不愿睁眼。但此时恢复了意识，忆起"消失"的那一段，安稳、香甜的睡眠，久违了！何其幸福，竟然没有一丝梦的影子。当我睁开眼睛，只看到一面雪白的墙壁，直觉告诉我，我所处的房间已经不再是此前进入的那间胃镜室。同时，我听到呼唤我的那个男声，对其他病床上的患者做着同样的拍打、说着同样的"别睡啦"。当我完全清醒，自己走下病床，看到这间屋子门口挂着一个"苏醒室"的门牌。苏醒室对面就是胃镜室，我在那里"消失"，在这间屋子

"醒来"。

我很想知道，那段"幸福"的时光，究竟有多长？为我输液的那位"白衣"是名副其实的天使，她曾在一片"不敢扶"的嗫声中，不惧被讹，在街头救人无数。那天她一边输液，一边为患者把脉，讲解许多健康知识，患者从她那里得到远超输液的服务。这个霾气重重的冬日，诊室里有了她而如沐春风，于是大家纷纷加她微信。事后，我在微信上问她：胃镜麻醉需要多长时间？她告诉我，十分钟左右。就是说，那个雾霾重重的上午，我从人间隐形十分钟。

那句"别睡啦"，将我从时间深处召了回来，我从一派蒙昧中恢复了生命意识。我想，这十分钟内，世界之于我已经静止。看过太多的死亡描述，也曾想象过死亡，美国有人做实验，人死后的灵魂重二十一克，莫言在《生死疲劳》中让大地主西门闹在阴曹地府六次轮回……在那奇特的十分钟，我愿意相信自己已经"死去"——这个世界上曾经存在的这具肉身，在那十分钟内，"离奇"遁形。

多次回望那十分钟，久久贪恋那段短暂而美妙的安眠。为何醒来？为何不是一直睡下去？如果死亡是这个面孔，并不可怕呀！无痛无忧，无纹无波，多年来自己一直渴望这样的睡眠啊。这个扰攘的世界在十分钟内消遁，蓝天白云似乎遥远，天塌地陷不用我去扛鼎，不再关心房价雾霾，没有了责任、角色，无谓爱恨嗔怒……后来的几天我特意查询，我"消失"十分钟的那一天，这个地球的某个角落有一架飞机坠毁，死伤近百，另一片区域正在酝酿一场流血冲突，某片海域上空的各方仍在布局，女总统面临弹劾，男总统面临重新计票……各种际遇，光怪陆离，轮番上演，新奇而刺激，凄美而忧伤。当然，微信圈里，几位正在海南度假的朋友幸福地沐着椰风、蕉雨、海水、阳光……啊，原来，这个世界，根本不在意我是否消失这十分钟。

走出医院，城市犹如隐入了创世纪之初的混沌，楼宇在重霾间浮游。因为雾霾，太阳病恹恹地眩晕着，粗细、长短不一的飞机尾线遗留在天幕中，云彩一律呈长条形状，使得天空异常拥挤繁忙。最为奇异的，在这些线条中，一条银白色的飞机尾线将太阳横穿，目力所及，高高的脚手架，参差的楼房，组成一幅极富动感的天地大回旋画卷，荒诞而精彩。

可是，这一切，与我的"消失"无关。经常想象，在那沉寂静谧又幸福安乐的十分钟里，我和这个世界的距离，以及自己这具肉身的生理象征和精神意义。朋友圈里疯传一组图片，从宇宙到微米的各个距离观照一片叶子的神奇经历。那十分钟内，一片树叶，真的经历了从外太空再回到一枚细胞核的漫长且又瞬息？在这一幅宇宙全息图面前，我是虚无，更是全部。我不再是"我"，我飞离了"我"。

路边一棵泡桐树上，竟有一片叶子固执地跟寒风较劲，一家大型商厦门口正酝酿节日促销，显得花团锦簇。威廉·詹姆斯曾说，生活是值得一过的！我的内心忽然溢出温软的惊喜，对那十分钟心生感激。感谢它为我的生命按了一下暂停键，同时唤醒我：不要让人生成为争分夺秒的战场。如果此前我偶有厌倦，这十分钟，让我从来没有像现在这样，爱着这个并不完美的世界。

遁入书房撞见书

在一篇"鸡汤"文里，作者列出"可交"之人的十条标准，其中重要的一条就是"拥有一间自己的书房"。读后窃喜，就凭这一条，我立即把那碗"鸡汤"升级为"参汤"，一饮而尽。根据他的标准，我是多么可交啊！几十年间，搬家数次，必留"书房"。

最初，租住一间民房，床勉强放置，若再想书房那得"作"（平声）成什么样！那时藏书少，只能让书在一只大纸箱里"屈尊"，可视为我最初的"书房"了。后来单位分了两室一厅，终于可以在孩子的房间安插一个小书柜。很快，一件从家具市场买来的廉价两门木柜，欢天喜地充当了20世纪90年代的微型书房。

进入新世纪，时代让人们拥有了N室N厅的房子，这时我的藏书也远远超出了小书柜的容量。在又一次策划搬家时，心激动得怦怦跳，因为我终于可以跟设计师讨论我那憧憬中的书房了。看着装修师傅渐渐做起来的满墙书架，一遍遍在心里"安置"我的那些书：小说、散文、外国文学、中国古籍、唐宋诗词……

这是一间十八平方米的独立书房，站在其间，巨大的幸福感铺天盖地。我把整面墙都做成了"书"墙，是那种下层和上层关门、中间开放的式样，容量猛增，畅快地"吃"入所有之前无处安放的书。后来再次搬家，我的书房仍沿用这个设置：书墙，以及书墙对面的电脑桌。我就在桌前胸怀祖国放眼世界，因为电脑桌这面墙贴满世界地图和中国地图。

其实，我在无意间"参考"了英国作家毛姆的书房式样。他的莫雷斯克别墅简直就是一间巨型书房，"大客厅的圆桌上书堆得高高的，更多的书则放在书架上"，卧室里"靠墙的书架上放满了他喜欢的书"。书房"像安放在二楼平顶上的一只长方形盒子。一面墙开着几个长长的落地窗，另一面墙放满了书籍。面对书架的写字台是一个八英尺的西班牙写字桌"。毛姆一生中上千万文字的大部分都流自这个长方形"盒子"。有一张照片，毛姆伏案疾笔的神韵仿佛真的"动"起来，我把它一直作为我的QQ头像。

从此，我在家的几乎所有时间都浸泡在这个小小空间，对书房的关注也远远超过房屋的其他功能，到朋友家做客时往往下意识地寻找书房。我发现那些富比宫殿的豪宅，却很少拥有书房。曾跟朋友去一个老板家做客，至今也没能数清那里到底有多少间屋子。他的那间洗衣房，远远大出我的书房，保姆房改成的步入式衣柜也令人咋舌。还有一处别样的风景：在紧邻主卧的一侧，一间阔大的佛堂里，供奉着从世界各地"请"回的佛像，各种宗教用品充满仪式感，整个房子却找不到一本书。

有时我也很感激那些豪华精致的猫窝犬舍，毕竟那些猫狗与书一起，抚慰着不怎么幸福的人类。

诗人范成大信奉"纵有千年铁门限，终须一个土馒头"。可能我自然而然就把书房当作了"字馒头"。我相信，将来上帝接见我时，一定会欣慰于我的满手书香。

生 命 教 室

　　一个活生生的人，真真切切地躺进挖好的墓穴，新鲜的土痕，散发着土腥气息的墓道，棺木冰冷，高大笔直的树木哨兵似的站立周围，"坟墓"旁边的青草野花兀自摇曳……仰面躺在质地考究的"棺材"里，睁眼即见蓝天上云丝婀娜，微风轻舞，鸟儿在面前飞过，不知名的虫儿顾自啾唧着……这时，坟墓是真切的，躺在其上的人，血肉、毛发、呼吸无不在肌体上做着正常的生命运动，不过，很快，这里就是"明月夜，短松冈"，且听孤坟鬼唱——这样的生死模拟，该是怎样的体验？

　　前不久，在重庆，十三名离异女性来到长满荒草野花的坡地，山坡上六个挖好的坟墓赫然排列。六名遭受离异而尝试"轻生"的女性依次躺入坟墓，想象着自己将在这坟墓里化为泥土，以前曾在这里"死"过一次的其他女性则站在一边观摩，沉思……她们都是清一色的婚姻失败者，"被离婚"对她们来说无异于生死灾难，以至于把离异与死亡并列。婚姻给生命的重创，足以把她们带进坟墓。

　　面对这条消息，我身心一震，主办者的别出心裁也给我上了生死一课。那个时期，我的人生也跌入地狱般的深渊，几乎丧失从谷底往上攀爬的力气，对"活着"的厌倦无以复加，连做小手术时的麻醉都不愿意醒来。难以支撑的时候我读那些鸡汤文字，仍是浅尝辄止，短暂零星的抚慰瞬间而过。忽然就在那一天，我看到画面上野花簇拥着的那一个个真切的坟墓，以及躺在坟墓里的那一具具鲜活的"尸体"。她们都很年轻，虽一个个表情寥落、沮丧，但面色是红润的，血肉是丰满的，身体从内到外丝毫没有腐坏的迹象，天地赋予人类的那种鲜灵灵的生命力依然喷发着。那一刻，天、地、草、树、花，甚至一飞而过的小生灵们，组成一个别样的世界，而其中的"人"，却要离这一切而去……我大梦方醒，顷刻间自己仿佛已经躺进了那个坟墓，一丝强烈的生命原动力，又让我跟跄着"爬"出墓穴，回首之余，惊魂未定。

苦难与死亡，孰轻孰重？"坟墓教室"给出的思考，别致且有分量。

"何必为部分的生活哭泣，君不见，全部的人生都催人泪下。"前些年，我读先哲塞内加劝告其子的这句话，不明其义，甚至轻飘飘的，皆因彼时的人生也不过轻飘飘。还曾质疑蒋勋，他说，世间许多的美好和圣洁，往往要经历肮脏、亵渎、倾轧等的淬炼……以我当时的肤浅，美好就是美好，与那些肮脏的字眼何干？只有看过了，读过了，亲历了，生命才会给出答案。我的作家女友经历了千沟万壑的"试练"告诉我，许多我们所看到的外表光鲜的所谓女神，其实都经历了鲜为人知的不堪才达成涅槃。我并不轻松的人生阅历这时开始给我明示：但凡幸福，最初的模样都不怎么悦目，总是以各种青面獠牙的恐怖面孔示人，你战斗，你挣扎，过去了，幸福才会一脸笑容地拥你入怀。你的攀爬，你对生命高质量的追寻，不同程度地提升了遭受风雨侵袭的可能性。有个信仰宗教的朋友告诉我，大多数人的一生就像一台绞肉机，都要试图把你绞成肉馅儿，关键是你别让自己成为那块肉，而要成为一截硬铮铮的钢——哪怕一块石头也行，让"刀俎"逮不住你这块鱼肉，干着急。

老作家李国文年轻时曾因一篇小说被发配到太行山深处修铁路，开山劈石，高强度的劳动改造，生命中只剩下一言难尽的屈辱和折磨。最绝望的时候，李国文也曾把双腿挪动到悬崖边缘，他的右脚已经迈出去了，可是当左脚正要跟随时，他收了回来。那一刻，他想，自己对这个世界想说的话还没说出来，倘使跳下去，就永远失去了说话的机会，那篇在《人民文学》上发表的七八千字的小说《改选》，给他带来强大的创作自信，只有活着，才有机会……茫茫宇宙，生而为人，已经是小概率事件，难道因一时的磨难就要亲自消灭这"小概率"吗？幸亏他收回了那条左腿，今天我们才能看到李老先生那些珠玑文字源源不断地出现在报刊。耄耋之年的李老，笔耕不辍，实现了他收回生命时的诺言——他对这个世界倾吐的肺腑之言。

读过一个寓言，一场盛大宴会过后，杯盘狼藉。残羹冷炙中，剩在盘子里的萝卜片和萝卜雕花彼此看了一眼，面面相觑，惺惺相惜之余，萝卜片突然悲愤地对萝卜雕花说："哼，都是萝卜，凭什么你那么尊贵？高高在上，供人欣赏，而我却只能是被吞食的命运？"萝卜雕花悠悠地说："因为我挨的刀，比你多得多。"

原来，生命是需要担当的，成就与担当成正比，与一个人为其理想献身的承载有关，大担当大成就，小担当小收获。俞敏洪对创业受挫的年轻人说："请记住，每一个人只要心里有山巅，即使道路再曲折，也能够到达人生的顶峰。"这也是他极为真切的"现身说法"：几乎每个人都必须咬牙硬扛着自己爬出"坟墓"。有一些悲愤、喜悦、哀痛，都是要经过一段时光让领受者慢慢消化，正如有些人生，必当绝地逢生。其时，那曾经的"坟墓"才成为真正的生命教室。

真正的斯文

近日，朋友圈里不少作家朋友出新书。先是一位知名老作家晒出一本将要出版的新书。这是我非常敬重的老作家。这位作家能够放下"斯文"，在朋友圈叫卖新书，我决定下单以示支持。可就在我将要下单时，我所熟悉的另一位年轻作家又发出"新书预告"……心想，先观望一下再说。这一观望可好，连续不断地竟有四五个文友相继晒出将要出炉的新书——都是农村大集上摊主用力吆喝卖货的架势……其中有两位大概见我被轮番轰炸仍按兵不动，干脆直接发我微信，把下单路径写得比合同还清晰。这一下，我犹豫起来。

作为一名写作者，我一直将阅读置于写作之上，不敢有丝毫懈怠。也因此，每年的稿费除了拿出固定数量做公益，大部分就用作买书。至于买书的频率，我们小区的菜鸟驿站那对"90后"小夫妻最有发言权，尤其是那个漂亮妻子，她往往在我取件后帮我扫码时，用眼神问我：怎么这么多快件？——而书的形状她也是一眼就能分辨的，所以她从不把眼神的疑问诉诸口端，而是换作一种令我十分愉悦的夸奖：这气质！难怪买这么多书，一看就是读书人。

这个"90后"母亲，已经有个五六岁的男孩儿，一年前有一段时间没见她在店里忙碌，后来才知生了二胎，又有了一个小女儿，我再取快递时见她抱着小女娃出现在店里，称赞她儿女双全，不料，她却说："哎呀，儿女双全有啥用，要是像你就好了，有文化，可以教孩子们，可是我和她爸爸都没文化……"

这让我惊讶万分，我们之间可是从未探讨过我的职业，无论是此前的教师，还是眼下的写作，她能看出我"有文化"，看来必须感谢我买的这些书了。

颜值不高，得到气质的褒扬也不错。或许唯一配得上"气质"的，就是家里那些似乎永远也读不完的书了。尽管每年要淘汰许多，名著经典却恨不得一口吞一本——书，仍是我的生活主题。

那么，我到底该不该买来文友的这些书呢？犹豫之中，我从电脑前起身来到书柜前，一眼就看到去年买来的乔叶的几本书。一下子买了一个作家的几本书，这听起来不可思议。

买乔叶的书，起因于半年前听其讲座。那是个青年作家班，讲座后有个提问环节，其中有个学员提问："我知道你已经出版了多本小说和散文，我也读了一些，但还是想请你梳理一下，你觉得我们应该从你的哪本书读起？请给个顺序。"

这个提问者无疑是乔叶的"铁粉"，他很想系统地读一遍乔叶所有的作品。如果是我被提及这样的问题，我不知要如何拼命地按捺住自己的得意和虚荣，告诉他如何如何读下去——在这碎片化阅读时代，夺人眼球的视频、影视剧风行，能有人如此认真地"粘"住自己的著作，该是比皇冠更大的奖赏吧！

乔叶怎么回答的？她用她那一贯不温不火的语气回答道："我很高兴你这么喜欢我的作品，但我必须要告诉你，我们的阅读时间有限，应该多读经典名著，那些经典的营养才是你真正需要的。"

当时我坐在台下，这样的回答让我抬起头定定地望着讲台上那个胖乎乎的脸庞。如果我告诉你乔叶是个美女，显然你会觉得我有阿谀之嫌。然而那一刻，就在她那不急不慢的语速中，我真的发现了她的美：她的自知、自谦、自持，还有对他人的极度负责，而这一切高高托起的是她的——自尊。面对乔叶，我不由得多了一份发自骨子里的仰视。

很巧，此后一个偶然机会，我在家附近的西西弗书店的一个角落里发现了乔叶的几本书。我毫不犹豫地付款，将其打包带回。几个月过去了，乔叶的书，我忙里偷闲读完，大呼过瘾。对于我这样的"书虫"，辨别出一本书里含有多少"淀粉"、多少"维他命"，甚至多少黄金，并不困难。当我边读边做笔记时，有那么一刻，解颐一笑：乔叶并不主张买她的书，我怎么反而读上瘾了呢?

　　回过头再面对朋友圈里这几位作家朋友，该做怎样的选择，依然颇费思量。但这时我确定，我已懂得了真正的斯文。

匠人的"废石"

那是夏日的一个傍晚，在生活的谷底攀爬许久、遍体鳞伤的我，心情寥落。我一个人漫无目的地走在繁华闹市区，繁华是别人的，对于我，则有点儿坦塔罗斯式痛苦：仰取果实，变为石块；俯饮河水，水即不见。那一刻，我的心里，肯定在众人汗蒸之时，仍挂着一层厚厚的冰。

路边一间位于大型市场地下的小书店，小得几乎被这个城市忽略，我并未指挥我的双脚走进去，神思恍惚地，就站在了一排书架前。地下，登时阴凉，墙角还有空调不停地吹，反而抚摸那一个个书脊的时候，胸口那块有了点儿温度。

一缕熟悉也陌生的体味，隐隐地敲打着嗅觉。那是男性身上流汗过多，又与衣物工具等浸染后的混合味道，直说吧，你在夏日坐过绿皮火车吗？就是车厢里那种编织袋、农具以及汗水混合的特有气味。对于我平时所处的那个公务员圈子，这味道无疑来自陌生的潘多拉星球。

张望一下，几尺之内，一个农民工模样的汉子，手捧一本书，静静地读，我被那一种静的气息瞬间惊吓。如果不是为了表达需要，我真的忌讳用"农民工"这个称谓，这三个字暗含着地位与阶层，这个特殊的人群往往代表着某种微妙的暗示，敏感而卑微。若在平时，一眼之后我就转身了，可此时他手里那本"故宫藏品"让我转过的头复又转回。往他正读的页面扫一眼，竟是古色古香的梅兰竹菊。他的脸上，难掩的疲惫，却也难掩的沉凝、淡然，一件汗渍斑斑的圆领衫，隐约着蓝色，却已难辨，一件平常制式咖啡颜色的短裤，附着土迹泥浆，裸露在外面的肢体散发着油亮的古铜色，头发蓬乱着，有被汗水反复浸泡的盐斑，双手粗黑，不用想象，手心的厚茧肯定脱了一层层……此刻他却僧人禅定般，如苏巴朗笔下的圣弗兰西斯，有一种天真而肃穆的神情，庄重，投入，从容，专注，他就那样依势斜倚着，书虽遮了半个脸，却挡不住与他那身衣着不相称的清雅气息，眼睛里的痴迷像一个梦。

这确是一位农民工。年龄？真的看不准，这有别于都市女人令人难以猜测年龄的美容术，繁重的体力劳动将他的年龄一并模糊，30 岁？40 岁？我能想象几个小时前，他尚在附近某个工地上挥汗如雨。在我的常识里，此时他应瘫卧在工棚，享受那可怜的歇息时光，再奢侈些，则应是玩扑克象棋或街头闲逛吧，至少，书店不是他们经常光顾的地方——这样说绝无他意，实因过于繁重的体力支出使人对纯粹的精神领域难以企及。一个汗气冲天的农民工，凝神捧读，且不是通俗意义上的口袋书，而是如此古雅高深的艺术藏品，这风景，在世人眼里无论如何难以协调，在我眼里也很难在瞬间将二者统一。

我让这幅画在眼里定格，不但转回了身，还停住了脚步。他那斜倚的姿势令我注目。就在此时，他调整了姿势，放下手中那本，又从书架中抽出一本魏碑，又以同样的姿势翻读起来。我在他一侧，他却如入无人之境。

"请问，你喜欢画画吗？"我拼命忍受着他身上的味道，尽量靠近他，忍不住问他。

显然太过意外，他微怔，尝试与我对视。可以想象，离开艺术的梦幻世界，终究唤醒了他的身份意识，是的，他有些自卑、羞赧，随即答："小时候学过一点儿。"我鼓起勇气："请问，我是初学者，应该读哪些书？"他并不看我，抬臂向墙角一指，"那一排应该有你该读的。"我转身时微微地错愕：他是常客？下意识（也许有些故意）地，我随手抽出一本人物素描，又回到他面前，"请问，你看这本适合我吗？"他扫一眼，认真地说："你应该从几何图形学起。"说罢，复又默然。

我转回墙角，挑了一本《石膏几何体》。那一刻，我微微地惊悸，更加印证他并非粗浅伦俗之人，深度和严谨一目了然。我拿着书，心中油然生出一种敬意。可是，待我回到那个位置，正待与他交流这本书，抬头，却空空如也，就像那个地方，从来就没有站过那样一个人。

问书店服务员，漠然摇头。

手里捏着那本书，望向书店出口，仿佛他刚刚从那个通道离开，努力搜寻着一个身影，目光有些不真实，那特殊的气息仍在那里丝缕萦回着。

我怔怔地站在原地，很久。心却平静、沉实了许多。危墙之下，犹自不坠，该是怎样的金石气质？平时，我总是习惯于无限放大自己的不幸，而此刻，想起那块"匠人弃而不用的废石反而成为屋角的基石"，最想对那个梦幻般的背影说：你比许多人富有……

"坐"家之痛

多年前，中国作家协会进行了一次中国作家健康状况调查：阿来、麦家、贾平凹等作家的身体都亮起红灯。那么多作家不顾身体健康，也要高强度地写作，给外界一种作家熬成"坐家""中国文坛满地病人"的印象，这只能说明许多作家本身行为习惯的不健康。

贾平凹的许多文章主题就是疾病，常常是大病刚愈，小病不断。他在肝病中完成的《太白山记》，基本上写于病床，肝病一发作，只得向病魔投降。正是在病痛折磨中，贾平凹无奈之下学会了与那个病灶的对话："某啊某，我知道你特别重要，以前是我忽视了你，今后我会特别关注并珍视你……"随着病情变化，那个"某"经常被替换为"肝""胃""脾""肺"，比如当他的肝病治好胃病又来的时候，对话就变成了"胃啊胃"……

路遥留下《平凡的世界》因病而早逝，他的身体在写作过程中每况愈下，甚至医生让他停止创作休息一年。如果不是因为肝病去世，路遥是否还会拿出一部《不平凡的世界》也未为可知。

二月河白天上班，利用晚上写作，二十年如一日，没偷懒没睡过一天安稳觉。写到凌晨三点，实在熬不住，就猛抽几口烟，然后用火红的烟头照着手腕"吱吱"烫去，烫得一串激灵，以驱赶疲惫，接着继续伏案写作。2000年，二月河脑栓塞中风，抢救过来后仍半身不遂。紧接着，高血压、糖尿病等疾病接踵而来。脑中风病人最需要的是静养，医生当时就对他说，如果再复发，就不可逆转了。然而此时的《乾隆皇帝》还没有结稿，心急如焚的二月河不计后果，常常是刚拔针头，就立刻写作，直到去世。

麦家在创作《风声》的时候是"一次疯狂的经历"，累得都想"抽自己的耳光"。"我觉得写作对我来说就像吸毒，……这肯定不是一个健康的生命的状态，所以下一步我要强制不写了，因为我觉得生命比写作重要"，这也是麦家停笔八年拿出《人生海海》的原因之一。

文学界无不知晓毕飞宇健身时的极限运动，他的诸多散文干脆就是写他的健身，以至他的作品的英语翻译甚至认为这位作家应是一位"医生或者体育专家"。然而2016年毕飞宇却做了腰椎间盘手术，手术虽成功，医生警告他：再也不能半躺在床上看书了，那个姿势"对椎间盘的压力巨大"，尤其在席梦思上。

这几年，河北正定作家贾大山被屡屡推到前台，而他生前的健康更受瞩目。1996年，处于癌症晚期的贾大山胸部经常剧痛，脸上滴下豆大的汗珠，脸色蜡黄。即使这样，贾大山还让妻儿买来一个硬纸夹，躺在病床上写小说。他不止一次地对家人说，假如他的病能治好，"说什么也得创作一部好中篇"。

陀思妥耶夫斯基从小患有癫痫，九岁时首次发病，从此这个病症伴随他一生，也折磨他一生。他对病痛有切身体会："对于一个病人来说，仁爱、温和、兄弟般的同情，有时甚至比药物更灵。"加缪是肺结核携带者，他因此逃过了兵役，但写作却成为肺结核的伴生物。我曾认为他一定会死于这个20世纪前半叶的健康杀手，没想到他竟死于车祸。

写作本身是充满悖论的生活方式，病痛成为人类与生俱来的敌人之一。写作对于作家的精神世界有时是某种治愈，但在肉身方面，写作又在无时不在摧毁写作者的健康。人类可以九天揽月、五洋捉鳖，却依然无法彻底告别病痛。往往旧的病痛刚被彻底征服，如中世纪的天花、加缪笔下的"鼠疫"，但新的疾病又让人束手无策，如艾滋病。何况，成为一个作家，他的写作是精神和肉体的双重劳动，写作的特性以及很多作家喜欢熬夜的习惯，又对身体造成极大危害。我有时很敬佩雨果、海明威、纳博科夫的"先知先觉"，他们在一个世纪之前怎么就懂得站着写作了呢！受他们启发，我个人目前虽暂无这些健康风险，考虑到未雨绸缪，专门在网上买了一个升降式电脑桌，避免久坐。

十年前我在清华大学全脱产进修一年，每天从紫荆公寓去往东门教室的路上，经过一个偌大的操场，操场外围有一条大大的标语，据说从新中国成立就经年累月地挂在那里——为祖国健康工作五十年！

或许，五十年，概念的成分居多。但于生命质量，特别是作家的文学生命而言，提倡"健康写作五十年"，甚至更长，理应成为作家追求的目标。

悠悠善人桥

早年，每当谈起家乡名胜，总是久久缄默，似乎赧颜于家乡的乏善可陈。直到20世纪90年代初，我从县城的同学手中得到一本《献县志》，在文物一章，"单桥"赫然在首，从此便心心念念。"单桥"的"单"与"善"同音，于是它还有一个名字——善人桥。

这座建于明代崇祯年间的桥，修而复毁，毁而又建。从明代至今，先木后石，曾使用多个名字：单家桥、乐善桥、五节桥、画桥、单桥、善人桥等。

这里曾属古御路、古渡口，横跨滹沱古河道，正如志书里记载的："滹沱绕其前，高滱汇其左。南为八省之咽喉，北为神京之屏翰。"与此桥相依偎的还有几个村子：东单桥、北单桥、南单桥。明末乱世，灾荒不断，献县百姓依然为修建此桥捐粮捐物。劳动人民的勤劳智慧、坚毅善良集拢于这一座桥。草根壮举，平民英雄，成就了这座至善之桥。

首次走近单桥时，尚无导航，只能打问路边的乡亲，七转八拐之间来到一座桥前。那是怎样的桥呢，虽古意森森，却土掩尘埋，隐没于破陋的乡野间。更令人惊讶的是，桥栏破旧不堪，桥身残迹斑斑，许多人物、动物和花卉的雕像被损毁，如同被风蚀的旧衣，衰朽欲坠。桥底的河道被杂物泥土淤塞，干涸皲裂。桥两端堆放着废弃的家具和柴草……难道这是一座荒废的桥？

踩在凹凸不平的桥面上，内心隐隐作痛。看着桥栏的石狮子、桥面古朴的石迹，多希望它能像其他古石桥一样，得到妥善保护。可是眼前的单桥，更像一位落难公主，默默隐于村野乡间。看到这些，离开时的脚步不免沉重了许多。

十几年后，再到单桥，已是面目一新。只见桥头绿树繁花，桥下碧波荡漾，桥身已被修葺，显得清新脱俗、气质出众。随着人们文物保护意识的不断加强，单桥一天天变得整洁精致起来。因依河水走势而建，它南高北低，并不对称。这一独特的建造特色引起各方关注，节假日前来观光游览的人越来越多。

我曾得到一本彭玲和张华合著的长篇小说《我为你赴汤蹈火——单桥传奇》。抚着这本阔不盈尺的小书，感到了沉甸甸的分量。人终归尘土，书却可传世。彭玲和张华把对这片热土深深的爱，倾注于历尽沧桑的单桥，给了它一个别样的永生。

伴随着新时代新征程的铿锵足音，单桥周边的村落与全国其他乡村同频共振，走上了乡村振兴之路。我就在这时，第三次走向单桥。

历经四百年天灾兵燹，单桥俨然一座中国历史的文化长廊，新时代更赋予了它脱胎换骨的妆容。如今的单桥，为全国重点文物保护单位。其全长 69 米，宽 9.6 米，桥面两道深达 20 厘米的车辙，述说着昔日的繁华和历史的沧桑。作为中国多孔敞肩石拱桥的代表，单桥历来被称为"画桥"，明代诗人曾咏叹道："人从仙仗出，路自画桥过。"单桥的石雕，在燕赵古桥中堪称精品。全桥 72 根望柱、62 块石栏及拱券的龙门石，雕刻的动物、植物、人物有 270 处之多，均具有北方文化的刚健之风，是研究明代石雕艺术的宝贵实物资料。

初次相见时的"灰头土脸"，早已演变为"青荫绿遍单家桥"。桥边村舍俨然，绿树成荫。桥头立有一座由贾平凹题写的"善人桥"石刻。街心公园里有一处巨石，刻着"善行天下"四个大字，正是善人桥精神文化的集大成。为了方便游客观赏整座桥身，一座延伸至河道的凉亭立于水中。站在亭中，游客视线所及，天光云影，碧水长天，桥身如长虹卧波，摄入镜头的正是一座古桥的新生。

这些年，我也经常从沧州和献县的多位文友笔下读到单桥。彭玲和张华除了著书，更为单桥写下多篇美文，彭玲的《风雨沧桑单桥美》《我的生命里卧着一座桥》，张华的《家乡》《西八屯的那场冰雹》，还有诸多我并不相熟的作者作品。在县城工作的同学也经常提到单桥近况，他们都在用自己的方式为单桥而歌。这座隐匿于小村一隅的"画桥""善人桥"，如今越发清俊。

感谢所有倾情于单桥的人吧，当年倾力建桥的刘尚用、秦堡、石守志、裴道姑、王金，以及就在我们身边、一生痴情守护单桥的秦植恒、秦植本老人。他们作为善的化身，与单桥的刚毅与不屈一起，为沧桑的单桥注入了雄浑的英雄色彩。

行走于栉风沐雨的单桥，抚摸那些光阴的镂刻，感慨和唏嘘或许只能属于像我一样的返乡人。"近乡情更怯"，一直以来总是下意识地为自己对故乡的疏淡寻找注脚。其实，故乡就是一枚难以抹除的胎记，寄寓着融入血脉深处的乡土记忆。那些顾自高飞的游子们，之所以能够忘乎所以地飞，皆因为他们身后，有一处恒久不变的、给予他们殷殷凝视和托举的故乡，更有这座嵌入生命、熔铸精神的善人桥。

世 间 名 姓

在当下，倘若随便去一家幼儿园查看孩子们的花名册，总会发现，简直是生僻字大展览！求奇求新，生僻得非要查字典，唯恐让人认得，名不惊人死不休，仿佛这样才显得"有文化"。

我出生在 20 世纪 60 年代，我的老家河北献县，取名就像那时的人，循规蹈矩，正襟危坐，女孩儿多为俗世里的"花草香枝"，男孩儿则是"军钢铁石"，且三字居多。我的姓是"遍地刘"，那个刘姓大家族，所有人的名字，必须严格按照祖先早就排好的辈分用字当作名字中间的字，比如，我那一辈，必须在姓氏的第二字用"世"，第三字再临时确定。这样一算，姓氏是祖先给的，中间一字是共同拥有的，唯有最后一字，才属于每个人。

说起我的名字，来源于一本当时的"畅销书"——《战斗的青春》。父亲粗通文墨，尽管生在乡下，他把我们三姐妹的名字皆从不同的书中取来。那时，我们经常见父亲戴着老花镜捧着厚厚的书津津有味地读。有一天，他给我们讲一部取材于献县一带的抗日小说《战斗的青春》，并告诉我，他把其中"李秀芬"用作了我的名字。我的小名就是"秀芬"了。到了学龄，报名时父亲顺手就把我这一辈的"世"字代替了"秀"，从此，"刘世芬"就成为跟随我一生的符号。

世事更迭，连名字也变得纷纭妖娆。从我们下一代起，孩子们早把祖宗规矩抛到九霄云外。比如我哥哥的孩子还没出生，父亲早就取好名字。那时刚刚改革开放，没想到平时古董一般的老父竟也与时俱进，抛弃了按辈分规定的第二字——"锡",为侄儿取了一个格外时尚的名字"鸿展"。岂知,就这也没让他那孙子使用到底,刚上初中,那小家伙就自作主张地把名字改为当时风靡一时的二字名字。

父亲格外钟情《战斗的青春》,是因为这部书的作者雪克是献县人。离家读书后我曾在石家庄寻找这部书,遍寻不见。直到2007年我在清华大学进修,特意扑进图书馆查找,终于找到一本被人翻得发黄卷边的这部书,触摸着一个个被岁月尘封的人物:李铁、许凤、秀芬……心想,难道我一出生父亲就料定我的"配角"人生?特意派给我一个配角"李秀芬"?他怎么不让我叫女一号许凤的"凤"?还是因为当时村里的女孩儿已"凤"了一片?

我的两个姐姐,分别为"芳"和"苓",父亲说分别取自《资治通鉴》和古戏词。芳是大姐,我是老幺。或许按我们的习惯次序,本该大姐是芬,我是芳。日后,大抵上"芬芳"二字下半部分太容易造成视觉混淆,人们常把"唐寅"做"庚黄"——也把我的名字每每喊成"世芳"。我也每每心下一笑,呵,也不算错,大姐的名字嘛!故从不更正。直到这样的错舛,多次给我带来一些可笑的小麻烦。

那是我写作之后了。

开始时偶尔发现我的文章在网上转载,署名就成了"刘世芳"。还有一次省里评奖,名单里我的文章标题后面也是"刘世芳"。这些还不算得什么,有两次,我收到稿费单,初时也没在意,往往积攒几张一起去邮电局。那天,当我填好一摞单子递到工作人员手里,那位身穿深绿制服的小姑娘查验好身份证,拎出一张对我微微一笑:名字不对,要退回去重发。

我才发现,原来名字那栏写成"刘世芳"。问清退回的程序,又看了一下数额,四十元……免了吧,那折腾劲儿,四十元哪够?

还有一次是七十元,同样是"刘世芳"。

并非我不缺钱,如果单子上数额可观,宁可麻烦,也要追回的。或者,倘若大姐与我同住一市,我把她的身份证拿来即可。恰恰写错了的这两张均未超过一百元,我们又分住两地,索性压在手里权作纪念吧。

最近的这一次，六百元，四张单子一起递过去，少顷，被问：刘世芳，还是刘世芬？

我心一颤：难道又错了？

隔窗口递过一张，可不是嘛，上面的名字又成为我的大姐。

六百元，"作纪念"尚底气不足了，当即联系编辑，重新处理。

大姐是老三届，当过教师，做过乡镇干部，今已逾古稀。我问她是否曾有人把"芳"喊作"芬"，她说尚无。我暗自奇怪，这芬芳二字，在众人眼里究竟有着怎样的视觉差异？

进入新世纪后，有文友分析我这名字，说太"家常"，一点儿都不"文艺"，建议我用笔名。那时刚有网络，网上甚是热闹，我被说得心动，于是再发表时，采用陆龟蒙《白鹭》里的三个字——"水云媒"作了笔名。开始甚是得意，为此特请教一位我非常尊敬的老作家，那位老作家格外痛快地支持我采用此名。大约十年间，我在报刊上叫——水云媒。

改变，来自一本杂志《文学自由谈》。六年前，我给其投稿依然用笔名，但接到主编电话，他讲了一些《文学自由谈》的办刊理念后，问："你的本名不是很好吗？何故非用'水云媒'？我们建议用本名。"

初时不解其意，但听得出他淡定的语气中对我自尊的小心呵护。那次通话后，我利用半天时间反复研究了杂志作者的署名，果然个个本名。才明白：本名才配得起《文学自由谈》的本色啊！这也从精神内质影响着我，我开始渐渐领悟这本杂志简约、本真、质朴的风格。当然，也因这本杂志被我视之极重，从此我宁愿放弃沿用多年的笔名"水云媒"——回归当初父亲给予的本真。

南纬十七度，一百年后的遇见

2017 年国庆节，我从中国的秋天穿越"回"到塔希提的夏天，梦呓般，就站在了蒂阿瑞旅馆（Tiare Tahiti Hotel）门前。码头的海湾里，船帆林立之间一艘豪华客轮——"高更"号正静静停泊，门前的海滨大道站满了椰姿蕉影，而我并不被眼前的攘攘凡尘搅扰，我知道，这时，他正悄悄走过来，以他惯于嘲讽的眼神瞟我一眼，依然与身边那个英俊男孩儿仰头打量着门牌，土著人为他们提着行李，他们的身影定格在旅馆门口回头的刹那。我则把这一幕镶进一帧发黄的画框，题为：毛姆抵达塔希提。

心，隐隐地跳，但不惊惶，因为我日奔两万里，越洲跨洋，就是来寻找他的。一，再精细一下一百年八个月零十天后，南纬十七度的一个正午，阴阳暌违之间，我终于接住了他散落于地球这一隅的气息。

他在一百年前的路线是，1916 年 11 月，在旧金山乘"大北方号"先到夏威夷，14 日到达火奴鲁鲁，再到帕果帕果，之后是斐济、汤加、新西兰威灵顿（今惠灵顿），1917 年 2 月 4 日到达塔希提，一直到 4 月 8 日离开。

对于我的塔希提之旅，友人定性为"疯狂"，我并不以为意。我不能冀望世间所有人都理解这样的抵达，正如并非所有人都了解他在一战时的经历：开救护车，医院救护，后来他竟主动请缨，作家的羽衣遮蔽下，间谍毛姆开始在日内瓦湖畔出没……不久，毛姆染上肺病，刚刚走出疗养院，"……想恢复心境的平和，于是我决定去南海。我从年轻时就读《退潮》《营救者》，一直想去那儿，此外我还想为自己一直构思的一部以高更一生为基础的小说获取素材"。

他惯于把热情表现为冷静，却在这一路满怀对"美和浪漫"的期待。他找到了所期望的一切，但他眼里"诺阿诺阿"（塔希提语：香啊香啊）的自然风光"并不比希腊和南意大利更美"，真正使他兴奋的是他遇见的一个又一个人，他在笔记本上记满了对他们容貌和性格的简短描述，"某个暗示，某桩意外，或是某个精心的创造"——"很多故事开始围绕着其中最生动的内容形成了"，《月亮与六便士》《爱德华·巴纳德的堕落》，堪此担当。

为什么他没能像高更一样留在塔希提？这个问题一度萦绕着我。直到踏上这片土地，我终于明白：这是两个多么不同的人啊！对于毛姆，太平洋的幽寂沉静，塔希提的丽日沛霖，皆成为他的富矿，不仅在《作家笔记》《总结》中热情洋溢着，更有了小说集《一片树叶的颤动》。当然，若论不朽，必属《月亮与六便士》。

在我眼里，这才是毛姆的塔希提！感谢他生命中翻江倒海的美与浪漫，如此，才有了一个不一样的塔希提。

如今的 Tiare Tahiti Hotel，是个高五层的白色建筑，与海湾美景零距离，树影花魂，摇曳生姿。进至酒店，更是满室的花意，各式印花布装饰着酒店从大堂、走廊到房间的各式用具，强烈地突出着"Tiare"主题……一百年前，他选择这间旅馆，必是因为名号中的"Tiare"。他笔下的 Tiare 应是二层，在二楼房间的露台上，尼柯尔斯船长为他讲述着困于马赛的思特里克兰德，探头就看到船长的妻子在楼下"来回走动"，船长七岁的小女儿哭啼着来找父亲；厨房里，他与胖胖的老板娘蒂阿瑞闲聊，笑眯眯地看她与中国厨子吵架，随手把一只鞋子狠狠地扔向一只偷食的猫……蒂阿瑞一边择菜，一边告诉他，她给思特里克兰德介绍了年轻的土著妻子爱塔……

当然，一百年，足以过滤如烟的旧事，塔希提几无《月亮与六便士》的气息，更无他的名字，就连高更也淡之又淡。仿佛那个"被魔鬼附了体"而弃家出走，为了追求艺术理想和灵魂的宁静远遁到与世隔绝的塔希提的白人高更，已经被一百年吞噬。毛姆曾让"高更"固执地仰望月亮，现实里的高更却时常被六便士打翻在地……

离开塔希提几个月后，毛姆回到伦敦，旋即恢复间谍生涯，这次是被派往俄国奉命阻止布尔什维克的行动，他暗佩手枪，周旋于克伦斯基等政要名流之间，谍影重重中迎来"十月革命"。尽管他在不同的文章中称自己"失败了"，却不妨碍我对他投去敬佩的目光，那是一个作家为家国大义所做的出色答卷！在我写这篇文章的当天，一看日历，正是 2017 年 11 月 7 日（俄历 10 月 25 日），十月革命纪念日，一百年过去，连俄罗斯也低调地面对这个曾经风云激荡的日子。每当想起那段惊心动魄的历史关头竟有一个作家穿行其间，隔空与普希金握手，转身远观列宁挥舞的拳头，隐入圣彼得堡街头的喧闹，再回到某高级宾馆客房里幽灵般地躲藏……此刻回望刚刚抛入身后的南太平洋，我好想看清他的面部颜色……

塔希提椰风轻摇，欧洲战场战火连天，静冷毒舌的作家毛姆，神秘吊诡的间谍毛姆，幽默诙谐的戏剧家毛姆，快意淋漓的旅行家毛姆……我试图在瞬间把他们统一起来。当他躺在松软的沙滩上，头顶上椰子树风情地颔首，身边的露兜树叶吻着他的脸颊，他悠闲地欣赏着土著人叉鱼，他会如何想念此前和此后那些以命相抵的间谍生涯？一百年后，我站在蒂阿瑞旅馆的门前，这样的"想着"，无疑是一个动词，犹如他老人家正将一粒佛罗那递与我，我的一颗躁动的心立即被抚慰着，安宁下来。

谢阁兰来了

遥远的南太平洋，马克萨斯群岛缥缈若仙，孤悬天外。我却在这里无意间发现一个与高更密切相关的人物——谢阁兰。1903 年 8 月 10 日，高更离世后三个月，法国医疗队到法属波利尼西亚救灾，医疗队中就有这位东方大学者谢阁兰。当他来到希瓦欧阿岛的阿图奥那小镇，偶然走进高更的"欢娱小屋"，立即被散落一地、遭人踩踏的画作深深震撼……谢阁兰把高更的画带回欧洲大陆，立即引起艺术界疯狂的攫夺，淘金客一样的画商拥往塔希提。高更，成为世界的高更。

这才是高更故事的"文眼"。没有谢阁兰，高更早就蒸发成茫茫南太平洋的一缕烟尘。谢阁兰的到来，结束了高更画作的"抽屉"命运，开掘了高更的"坟墓利息"，才有了包括毛姆的《月亮与六便士》在内的文学和艺术的系列作品。

谢阁兰，这个文雅清癯的法国绅士，1878 年出生于法国西部的布列塔尼，成年后疯狂地痴迷异国和远古文化，最终他选择了能长年漂泊异邦的海军军医的职业。从军医学院毕业时，一场空前大瘟疫正在袭击法属波利尼西亚诸岛，他与队友一起被派前往救灾……历史终于在这个瞬间凝定并绽放，他与高更的画，没有早一步，也没晚一步，高更"躺"在那里等，谢阁兰风尘仆仆，来了……

几米说过：生命中充满了巧合，两条平行线也有相交的一天。高更与谢阁兰，这两条平行线，命运如何支使，才能出现张爱玲《爱》中的那一幕：哦，你也在这里……想到这里，我不禁冷汗涔涔：对于艺术创作这回事，仅有天才，远远不够。世事奇诡，在天才与奇迹之间，山重水复，埋伏着各种看得见和看不见的手。经纪人、评论人、收藏家和画廊共同操纵着一个画家的命运，只有极少数作品得登大雅，幸运地成为"经典"。在这个"载入史册"的体制化进程中，天才固然重要，但是远非那么重要，重要的是附加于作者和作品之上的故事——俗称"卖点"并可以一下子点中大众"死穴"的那种"好故事"。

上帝的大手轻轻一拨，谢阁兰成就了高更的"好故事"。高更除了画画，也写少量散文随笔，他在塔希提期间断续地写了《诺阿 诺阿》《此前此后》两部书稿，但命运多舛。由于高更对自己的文笔缺乏自信，他请诗人朋友夏尔·莫里斯修改润色，然而莫里斯却将书稿的片段插入自己的诗歌，交给杂志发表，署名竟是"莫里斯"，远在几千公里之外的高更写信抗议但是无果。谢阁兰对艺术世界的贡献之一就是不惜高价买下了《诺阿 诺阿》的第二稿。这本小册子辗转之后最终归于卢浮宫，对于高更，也算圆满的交代。

高更离世时，当地大主教面对这具被病魔折磨得惨不忍睹的尸体，首先把高更定性为"画家"，但在主教眼里，高更更是"上帝和一切道德的敌人"。谢阁兰却无视"敌人"，他的眼睛里只看见艺术的光焰，并致力于对这位险些被埋没的艺术天才的打捞和开掘。两颗灵魂的碰撞，其结果就是谢阁兰后来创作的大量关于高更的作品。一本页面发黄的《诗画随笔》几成绝版，我是在孔夫子旧书网花高价买到的，其中的《高更在他最后的布景里》《纪念高更》等篇目无不透露出两个艺术灵魂的惺惺相惜。及至今天，谢阁兰之于高更的意义，使得我再打量高更的画作时，总是氤氲着另一个男人的温馨气息。无论如何，在美丽的南太平洋岛屿，谢阁兰让高更的绘画终于具有了鲜明的个人风格。他们，没有错过。

一直以来，特别感念"我转身，你下楼"这六个字，它们在我心头辗转低回久久，以至平时眼睛不忍对视，思维不忍接通，心不忍碰撞……每当我蓄足勇气与它们对接的时候，总有一种泫然欲泣的怵，那么一种排山倒海的伤感瞬间将人洇透。我畏惧它们传达给我的那份人生的悲凉与无奈，因为它们描述着人间最寻常却又最慑人的一幕——错过。

其实，这六个字又是多么平凡！这画面时刻闪现在现实世界的纷纷攘攘、光怪陆离中，你转身，淹没在人海；我下楼，消失在街衢。那么一转一下之间，错过了许多，包括一生。

几米让《向左走 向右走》的主人公朗读波兰女诗人辛波丝卡的《一见钟情》："……他们也许擦肩而过，一百万次了吧?"生命，就这样相遇着，错过着。就在这左左右右之间犹疑，顾盼。茫茫人海，熙来攘往，流走许多人间苍凉。有多少次，就在这转身之际，恍若隔世。

倘若谢阁兰当初没看见那间小屋，或者，看见了，不过坊间民舍，飘然而过；当然还有可能，他走进去了，并无所动，面前散落的画在他眼里不过一堆伧俗之物，旋即转身离去；甚或，像那主教一样，将这些画视为平庸无奇、伤风败俗，那么他极有可能的一个动作：一怒之下，焚之一炬。

谢阁兰之于高更，苍茫天地之间的遇见，成就一段千古传奇。许多人间奇迹，其实就在历史的褶皱里潜伏着，等待有缘人前来采撷、淘漉。当机缘天成，自然星儿摇摇，云儿飘飘，而缘中的人儿，何必西天万里遥……

记得武林门外路

记得武林门外路，雨余芳草蒙茸，杏花深巷酒旗风。紫骝嘶过处，随意数残红。

有约玉人同载酒，夕阳归路西东，舞裙歌扇绣帘栊。昔游成一梦，试问卖花翁。

—— ［明］聂大年《半道春红》

武林门外，天堂杭州。

经常想象，彼时聂大年写下这阕《临江仙》时，是躬身于那匹紫骝神骏高昂的背上，还是游手于茶肆酒楼与平民布衣一同翘首，闲看那一队高头大马嘶嘶疾驰？绝尘处，残红点点，零落成泥，花萼犹摇，枝影未定，只有深巷酒旗犹自飘舞……

那仅仅是平卧于杭州城市道路的一块石制地砖，平常得与杭州全城的所有地砖并无大异，可它因镌刻了这首词引我频频回望，这些年每在杭州，我总会寻找各种理由去拜会它，所幸，城市日新月异，多年来它却静静地躺在环城北路白马市场门口右侧。

犹记得我与它的初遇。约十年前，一个月夜，雨后初晴，月明星稀。晚饭后一个人在武林路闲逛。那段时间我出差杭州，活动半径多在西湖不超过半公里，武林路已是熟景，那天晚上我把脚步移向一片对于我来说相对陌生的地段。果然，越靠近环城北路，夜幕渐浓，顿显静谧，没想到，体育场路竟像一道隔音屏障，很快，西湖的喧闹立即被有效屏蔽。走在行人寥寥的马路上，甚至隐隐地胆怯，于是转往灯火通明的杭州大厦。

星，月，各色虹霓，树影婆娑。我的目光本是平视向前，就那么不经意地，与它邂逅——夜色下，石板上字迹依稀，雨迹淋漓中隐约读出"武林门外""芳草蒙茸"的词句，一缕邂逅故人的惊喜立即传导全身，站在石板前，安抚着一颗因撞见历史而周身战栗的心灵。

经常在各地许多胜迹之处读到各类诗词，只不过，那些诗词的出场方式显得郑重其事，稍嫌雕琢粉饰，隆重却刻板。它们或被镌刻于精美的大理石上，或被镂在精巧的木牌上，不须刻意记忆，只需要掀动快门，整首诗词就被记录下来了。

可是，这首词却蛰伏于被人们千万次踏踩的人行路上。这块石板也如其他相貌平平的地砖一样，躺在一堆自行车、电动车旁边，甚至被车轮碾轧在下面。周围就是杭州白马市场，仿似出售市井用品的"大巴扎"，潮流一样的机动车就在它身旁尖厉地呼啸，飞尘毫不客气地落在它身上，雨水的痕迹散落于周围的墙角、树根，甚至涂抹在它自己身上。

这个地方，很市井，一点儿也不矜贵。

那是我首次遇见这首诗。一直自认熟知古诗词的我，不得不惊呼杭州作为古诗词的渊薮，诗词的出现就像与陌生人相遇一样平常。我迅速而饥渴地消化着这首词带给我的意境震撼，同时在昏黄的路灯下取出笔记本，歪扭地记下了其中的几句。

仅几句就够了。它向我发出的气息精灵而蕴藉，使我努力将目光穿越一片高甍飞宇，试图洞穿时空一睹几百年前那一幕。彼时，这里该是明朝的市井市声，笙歌婉转，房舍俨然，也似繁华，也似悠然。不远处的桥头，杨柳拂堤，半烟半雨，映杏映桃，春光催开的花儿在大明的天空下开得美丽而自我。包着头巾，身着长衫或短褂的百姓三三两两悠游于此。忽然，一阵急促的马蹄声呼啸而来，紫骝大马嘶嘶而过，所踏之处，桃杏花瓣零落遍地，有不更事的儿童数着惊魂未定的花瓣，一片，两片……

那晚，我根本不记得是如何离开，后来又走过了怎样的路线，只有那一块雨迹斑驳的石板，牢固地雕刻在记忆的屏幕上。

其后，又数次在杭。久之浸润，几乎成为多半个杭州人。但对那块石板的牵挂始终不弃。这种情结连自己也很难说得清：西子旖旎，钱塘壮阔，却难抵那片石板萦怀。遍寻闲暇也要辗转探望，像珍藏许久的一位故人，它总是在那样一个平凡的角落悄悄静候我的拜谒。有时，雨后初晴，水痕尚在，干湿相间中，几片落叶随意栖落其上，那长的圆的椭圆的桃形的叶片松松地飘落，竟点缀出一幅极妙的造型，那是任何丹青大师都难描绘的图画，既是自然的鬼斧神工，又仿佛天地灵气于此汇集与聂大年唱和。最心旷神怡的，要数春日明媚之中，又念那残红点点，从杭城的任何一个角落，众里寻它，几经辗转赶来与它约会，见它面容依旧，似只为我守候。身边车流不息，人声杂沓，当红男绿女们各自怀揣心事行色匆匆，我却俯身其前，默默低语，独享着这一刻历史带给我的春之明媚。

彼时的聂大年，应当是站在我所流连的这片残砖之上，目睹了紫骝嘶过残红零落的场景吧。如今，昔日的舞裙歌扇依稀可辨，只是已经更弦易辙，转而摇曳于星巴克、摩卡、蓝山……而那杏花深巷里，摩天大厦在其上空探头探脑，绚烂的霓虹灯明灭着彼时的酒旗。感谢聂大年为我们记下那个庸常的瞬间，而今人又将那词句镂镂于这片残砖之上，才使今天与昨天紧紧联结，历史的传承中濡染着光阴的温度，我才得以在星夜下、春风中怀想那逝去的天空。

当四周的钢筋水泥排山倒海般迎面扑来，当气势磅礴的玻璃幕墙金光四射，当奔驰、宝马与都市一起流淌在21世纪的时候，我愿一次次站在这片石板前，俯下身去，与聂大年的明朝，欣喜相遇……

晨光里的故事

夏日清晨，太阳还在地平线那端探头探脑，晨光熹微，天地间一派静谧。一幢幢红白相间的新民居在晨曦中静静矗立，薄薄的晨雾环绕着田野平畴。在这个万物疯长的季节，空气中隐约窸窣着灌浆、拔节的声音，醉人而又喜悦。缕缕清香，穿越冀东大地的沧桑，从田野上空飘来，令人心旷神怡。

河北玉田刘现庄村，是由先祖刘现建成的村庄。明朝永乐年间，刘现从河间府献县孤身一人来此驻垦耕作，筑巢繁衍。六百年后，一个外姓人——刘现庄村党总支书记白利国，在当地的历史上写下了浓墨重彩的一笔。

八年间，白利国克服了常人难以想象的困难，构建出一个魔幻般的刘现新村：鳞次栉比的楼房取代了破旧的民房，有宽敞整洁的刘现庄红色广场，有醒目的孝老大食堂；整齐的商业用房环绕各条道路，五花八门的新兴行业取代了一成不变的古老耕作。城市里的鲜奶屋、美容院、蛋糕坊、体育馆、游泳馆、K歌房、皮鞋美容、营养平衡治疗室，在这里都可以见到；带点洋味儿的比萨、咖啡、西点等，村里人也并不陌生；在十字路口的显要位置，还赫然亮出一间精致玲珑的"蓝茶坊"……除了环境优美、空气清新，最让人惊羡的，还有新农村建设在这里的真情实践。

那个远近闻名的穷村，虽然紧邻"京东第一大集"鸦鸿桥镇，但在计划经济时代，这块风水宝地像一位小家碧玉，被静静地养在深闺，人们眼睁睁地看着她年复一年地贫瘠羸弱、营养不良，却无奈地恪守着日出而作、日落而息的传统生活方式。白利国就是在改革开放的几十年间实现了由村民到企业家的惊人转身。然而，2009 年，他的一个大动作，更令人瞠目结舌：抛却数亿家资，回村当上"村官"。

白利国并没有人人称道的高学历，也没有海外留学背景，但他的思想能量随处可感。更多时候，他倒像一位饱学之士，集文理于一身，哲思灼灼。正如他每天早晨为村民推出的"新闻早班车"，一下子将人们的视野引入刘现庄之外的广袤天地。

按照党和政府的规划部署，白利国一直身体力行着属于刘现庄村的乡村振兴方略。八年间，昔日贫穷落后的小村庄，已然变成了规划齐整、环境幽雅，公共服务设施配套完善的新农村，成为远近闻名的富裕村、文明村、中华孝老村。

如今，许多都市人厌倦了汽车尾气、拥挤、噪声，向往着形式各异的逃离，急切地想抵达传说中的诗和远方。可当他们一旦真正离开都市，却又因各类设施的不完备而倍感失望。

站在刘现庄村不同的坐标点，观照这座村庄里的"都市"，才发现身处其中的人们何其幸运。东侧一角有鸦鸿桥市场的商贾之利，北侧与孙各庄村一路之隔，其余三面是绿油油的农田，刘现庄村犹如襁褓中的婴儿被暖暖地呵护在臂弯。若从空中航拍，那片错落有致的新民居犹如陶渊明笔下的桃花源，恬静，怡然，充满勃勃生机……

想想看，如果能在繁华的都市里，得见田野拱围，平畴阡陌，享受青帘沽酒，红日赏花，那该是多么惬意。而如今在刘现庄村，一栋栋新民居享受着田野的庇护和都市般的繁华便利，田野的芬芳，又使得这座"都市"尽享生态之美，每一个细胞都在香甜地呼吸着，在该生长的每一个时节从不落伍……

许多文人墨客都曾钟爱夜幕降临，包括我自己，对夜晚的迷恋远远超过早晨。在我的意识里，早晨是放，夜晚是收；早晨迎接的是负重，夜晚恰恰将其卸下，迎来众多美妙的未知。然而，当我从刘现庄村归来，我对早晨有了别样的认知：那座村庄每天都会馈赠给走近它的人们一个安详美好的早晨，一个迈向未来和希望的生机勃勃的早晨。

　　薄雾袅袅，天地清明，刘现庄村醒来了。新民居的一扇扇窗里，儿童欢笑嬉戏，青年人哼着歌曲梳洗打扮，其间伴有老人慈爱的叮咛。白利国则开始了新一天的"暴走"，迈开矫健的双脚，阔步丈量着楼宇、阡陌以及脚下这片高天厚土。在香甜的晨光中，这个热气腾腾的身影，载着全村人的未来，大步迈向清晨的云蒸霞蔚……

竹西佳处扬州慢

仲春时节，踏着唐诗的平平仄仄，和着宋词的起承转合，就这样，从古诗词的抑扬顿挫里走进扬州，该是何等曼妙的姿势！谁让这"扬州"二字，在古人深深浅浅的吟哦里，浸泡了这么久。

"烟花三月下扬州"，扬州杂文学会把全国作家的采风活动以此命名，令作家们心旌摇摇。扬州在许多人心中，都是一个梦，一个做了许久也不愿意醒来的梦，此时梦想成真，欢呼，成为作家们固定的表情包。扬州在古诗词里浸泡了太久——"烟花三月"的迷眩，"二十四桥明月夜"的清婉，"念桥边红药，年年知为谁生"的沉湎，"垂杨不断接残芜"的妩媚，"春风十里"的明畅……最数那"十年一觉扬州梦"，竟然引申出多少极具象征意味的"扬州梦"，且长梦不醒。

巧合的是，十几年前我来扬州，接待我们游览的美女姓徐，而此次瘦西湖的小导游竟然也是"小徐"，且容貌酷似，皆生得美目瘦颊，精致温婉，极其"扬州"。初见的瞬间竟误认为姐妹，于此，属于我的瘦西湖就有了别样情味。

扬州城本身就是一首诗，一幅画，而这诗眼，这画轴，当首推瘦西湖。

瘦西湖的确是"瘦"的，大门内的导游图上显示着一条极像长颈鹿的水系，秀颀的长颈形象地勾勒着这清清浅浅的一泓。清代汪沆的一首诗"垂杨不断接残芜，雁齿虹桥俨画图。也是销金一锅子，故应唤作瘦西湖"，诗虽平平，不经意间的一个"瘦"字，却被扬州铭记千古，名扬天下。

相对杭州西湖的丰腴饱满，瘦西湖只有纤纤一线，盈盈一握，点点涟漪伴云霞片片，兼之蜿蜒曲折，花木掩映，因而显得极其清瘦。瘦则秀——这在中国古今的审美情绪中几乎成为一个普遍的标准。湖虽"瘦"，风景却丰，纤纤一水串起一个个珠玉，轻逸如梦，诗意阑珊。沿 4.3 公里的堤岸，遍布着些玲珑绮丽的景点：长堤、徐园、小金山……试想，如果没有这横空一"瘦"，湖景纵使再出色，也难得今日这般的吸引力！

瘦西湖，当之无愧地成为扬州的驰名地标。

出瘦西湖后门时，小徐就指给我们，不远处那挺拔的栖灵塔看似在园中，其实却在大明寺内。之所以站在二十四桥即可瞻望，实为瘦西湖与大明寺互为"借景"。

大明寺雄踞在蜀冈中峰之上，其附属建筑因集佛教庙宇、文物古迹和园林风光于一体而在历代享有盛名，是一处历史文化内涵十分丰富的民族文化宝藏。寺内还有平山堂、鹤冢、欧阳祠、第五泉等古迹。

"月映竹成千个字"，清人袁枚令"个园"别有洞天。正因园内处处修竹茂林，"竹西佳处"闪入眼帘，令前来的文人墨客久久流连，也让我偷偷地激动了很久。这满目青竹的情境，走出了一个"数点梅花亡国泪，二分明月故臣心"的史可法，走出了一个不吃嗟来之食宁愿饿死的朱自清，也就不足为奇了。

女儿早已向往扬州，采风的最后一夜，特地从上海驱车前来，我们住在瘦西湖边。她从九岁就全文背诵《春江花月夜》，此刻行装未卸即催我带她遍寻"广陵""淮左名都""挹古"和"扬今"等古诗词里经常出现的地名。这一夜，春风如酒，我和女儿醉在"竹西佳处"……

八百多年前，南宋词人姜夔走马维扬，慨今昔，自度曲，他抒写扬州最点睛的一笔，恰恰是他创建的词牌《扬州慢》，如果改动一下李清照的词，即扬州，真一个"慢"字了得！

一个"慢"字，引发人多少联想，何等地传神曼妙！

扬州"慢"得精妙，也"快"得洒脱。正是在"慢"里，我看到了扬州的现代速度：宋夹城，运河三湾景区，瓜洲渡、芳甸新面孔……采风三日，扬州作家告诉我，这些只是现代扬州的冰山一角。是啊，读懂、读深、读细岂非一朝一夕，这部书之于谁都会百读不厌、爱不释手。

此时，在《烟花三月》的浅吟低回中，不觉间对扬州更多了几分牵萦与祝福。谁不期望在自己的一生里，濡染这一段青山隐隐、碧水迢迢的扬州时光！多么渴望，被二十四桥的箫声牵引着，一次次跌进扬州……

邂 逅 理 塘

　　那位情歌王子——仓央嘉措，一直像个梦，幽幽淡淡，痴缠众生，渺若云端。谁知，从亚丁稻城返回成都途中，司机小林告诉大家，要暂离"航线"，在理塘用午餐。这让我竟与他意外"邂逅"。

　　未进县城，远远地飘着大红条幅：仓央嘉措在理塘！我心一动：这个诗意的名字历来与西藏关联啊，何时来了四川？

　　正行进，一座正在装修的大酒店楼顶，热火朝天地飘飞着更大的字体——仓央嘉措情歌大酒店！

　　这下子，我更难以淡定。进到一家川味饭店，向藏族女老板问询仓央嘉措，她确定地答，仓央嘉措出生在理塘！这里还有他的故居呢！我听后更想拔腿前去。那一刻，虽一时说不准仓央嘉措的出生地，但记忆中并不在四川而一定是在西藏。

　　很快，饭菜摆上一大桌，多是辛辣口味，团队里有几个四川人，立即雀跃欢呼。我则无味咀嚼，开动脑筋要去一睹仓央嘉措了。这一桌，是税务部门的四家人，平素与文学，与诗词，与仓央嘉措毫无关联，显然不宜贸然提出与集体行程相悖的要求，只得对丈夫详细解释，毕竟他了解我的写作。还好，他很支持，并对司机和众人解释一番，还让我简单介绍了仓央嘉措其人其事。大家虽不甚明了，最后默认了我的请求。

　　藏族女老板的口音实在难懂，饭后，小林用地道的四川话向饭店门口一位长者请教具体地址。这同样是一位藏族老人，高原小城见到一个汉人还真不易，藏族老人很是热情地使用藏族普通话耐心讲解，用手比画着，直走，拐弯，再到一个广场（后来才明白叫"格桑尔广场"），前行不足五百米即到。老人热情地提出要做我们的向导，小林指指车上的导航，输入几个关键词，一路来到"故居"。

所谓故居，实为一条街。街口有与全国各地一个模样的棕色景点指示牌，七八个牌子写有不同内容，但都指向那条街。毕竟耽误了大家行程，我事先声明，不会耽误太久，拍完照就出来。

几乎小跑着进入，越往里越疑惑，仓央嘉措应是六世达赖，而街里到处是七世达赖的字样。紧盯路边一个"仓央庄园"，迫不及待地跑进去，院中有一对小情侣坐在一棵大树下的秋千上亲昵，我问他们这是否仓央嘉措故居？他们摇头，说自己也是游客，只是指向里面。走进狭长幽暗的楼道，是藏式三层楼，像酒吧。只得硬着头皮走进去，来到一个中厅，顿时音乐震天，一些男女旁若无人地喝茶说笑。吧台里没有一个人，旁边立着仓央嘉措的巨幅画像。我拍了照片，喊了几声，可能乐声太大，一直没人出来。由于不愿意一车人等待自己，只得往回走。

刚出门，一个藏族模样的店员迎面走来。我立即问他，理塘怎么会是仓央嘉措的出生地？他犹豫一下，回身拿一张类似酒店介绍的折纸递给我，并说出实情：这里其实有个故事，仓央嘉措生在山南，只因他被处死时写了一首诗——

洁白的仙鹤啊，
请把双翅借给我，
不飞遥远的地方，
只到理塘就回。

这首诗让理塘声名大噪的同时，更确定其为七世达赖格桑嘉措的"坐床"之位，并从此把仓央嘉措与理塘这个地名紧紧联系到一起。

在这座房子里，这四句诗分别用汉语和藏语写在花花绿绿的纸上，到处飘扬着。

　　回到街上，不远处的七世达赖故居是一座豪华庄园，我因怕大家久等立即回返。回到车上才认真看那张折纸，上有理塘和仓央嘉措简介。理塘，这座具有"世界第一高城"之称的县城，藏语为平坦如铜镜的草坝，海拔已在4000米以上。这里不仅是进藏必经之路，还可以由此前往美丽的稻城亚丁。而理塘的出名，绝对得之于仓央嘉措青梅竹马的情人桑洁卓玛——她出生于理塘。生命的最后，仓央嘉措对情人的恋念都写入这简洁的诗句，而后世也因这首诗中的"理塘"二字，找到了七世达赖格桑嘉措。理塘，就这样被一个情僧抬到世人面前。

　　离开时穿越整个理塘县城。小城笼罩在高原的阳光下，周围山峦叠嶂，清澈的河水泛着光，呈现一种高原特有的褐色基调。街道两旁全是高大的树木，在阳光下摇曳，衬着高原特有的净蓝，斑斓得一塌糊涂。

　　薄暮时分我们到达川藏路重镇新都桥。从成都到亚丁，新都桥成为一个自驾必经的客栈。这里是令人神往的"摄影天堂"，一片如诗如画的世外桃源。神奇的光线，无垠的草原，弯弯的小溪，金黄的柏杨，层峦连绵起伏，藏寨散落其间，牛羊安详地吃草……我们必须在新都桥住宿，第二天再启程回成都。格桑花庄园是两天前订好的，老板是遵义人。晚饭前突然停电，旅客们只好在客栈大厅等待发电、开饭。老板极具文化情结，餐厅的一张大桌子上摆满了各种书籍，我一眼就看到《那一天　那一月　那一年：仓央嘉措的诗与情》，在黄昏尚且明亮的光线中迅速进入状态，终于在晚饭前将这本书"速读"。

　　这一路，虽收获了许多地理盲点，如冰川遗址、兔儿山、最高海拔……但仓央嘉措的理塘实属意外收获。虽返程数日，仍心心念念。有了他，理塘属于情诗。

浮梁买茶去

自驾车至景德镇，未进城区，路边现一块标牌——浮梁。怦然心动，莫非"商人重利轻别离，前月浮梁买茶去"里说的浮梁？遂临时动意，方向盘一转，就拐进了浮梁。

骄阳下，一条色彩斑斓的道路，一条水光澄碧的昌江，一片粉墙黛瓦的"水木浮梁"，当越来越多的"浮梁"字样次第闪过，循着"浮梁古县衙"的指示牌，径直泊入停车场。

透过崭新的"浮梁"门楣，正前方一幢古旧的牌楼在秋阳下静立，但须穿过一条彩旗飘舞的"浮梁茶文化街"。进门处一块粗朴的石头上，两片翠绿的茶叶组成新奇的 LOGO，上有"浮梁买茶去"和"浮梁茶文化街"的字样，给人一种穿越时空的安详。一间间茶店，"浮梁茶文化"的牌子格外惹眼。花花绿绿的彩旗下，游人渐渐拥入。

进入旧式牌楼，标志着正式进入浮梁古城。街道两旁排列着大大小小的茶店和瓷器店，路灯上的彩旗写有"水木浮梁，古衙夜集"。房屋一律徽派的白墙青瓦，一股油然的诗意。家家门店前都立有一块招牌，上面除了《琵琶行》里那个名句，汤显祖也力挺浮梁："浮梁之茗，冠于天下；浮梁歙州，万国来求。"原来，1915 年，浮梁茶与茅台酒一起荣获巴拿马万国博览会金奖。这或许就是今日浮梁打出"千年茶都，百年金奖"的底气了。我在浮梁茶博物馆买下十几盒浮梁茶，回去分送亲友，或许不很名贵，这可是一款不折不扣的"文学茶"呢！

卖茶女为我们泡上一壶浮梁红茶，登时清香满室。这让浮梁的美竟有了时光的味道。从茶博物馆出来，进入古县衙之前，蓝天白云下，远远地看到一座全身赭红的古塔。走近一看果真名为"红塔"。这座始建于宋代的古塔与相邻的古县衙一起成为浮梁的古迹名片。

穿过三个点缀着青花瓷元素的崭新牌楼，眼前赫然一座旧式门楼——浮梁古县衙头门。这座始建于公元816年的古县衙是我国江南地区唯一保存较完整的清代县衙。头门正上方，悬有"浮梁县署"四个繁体字。门口一副对联：治浮梁一柱擎天头势重，爱邑民十年踏地脚跟牢。进到院内，两侧设有"盐税房""茶税房""瓷税房""矿税房"等，相当于现在的政府各职能部门。"仪门""亲民堂"构成了二进、三进的院子，属于县太爷的办公场所，院两侧设有"刑房""吏房""兵房"等，无论斑驳的木结构，还是古旧的残砖旧石，一千多年的风蚀雨摧令人浮想联翩，顿生思古之幽情。

浮梁的故事里，有一个人不能缺席——白居易。

走出古县衙后门，本以为景区到此结束，不想放眼望去，竟别有洞天。山上各类浮梁元素：青花瓷雕塑，绿植，亭台，显得玲珑别致。花草之间，隐现一座"香山别墅"。白居易别号香山居士，而这座庄园干脆把白居易与浮梁的渊源一网打尽。院内正中几个以青花瓷塑成的采茶女，灵动婀娜，惟妙惟肖。院子两侧的"醉白堂"展厅里，尽显白居易与浮梁县、浮梁茶的传奇过往。

公元797年，白居易的父亲白季庚病逝于襄州别驾的任上，他的母亲和弟弟住在洛阳，大哥白幼文则在浮梁县任主簿（主管文书之类的小官）。父亲去世，白居易一家人的生活全部落在大哥白幼文身上。主簿的年薪为三十担，白幼文每年必须从这些"微禄"中拿出一部分，让白居易带回家乡孝敬母亲，白居易因此也常常往返于浮梁与洛阳之间。他在《伤远行赋》中写道："吾兄吏于浮梁，分微禄以师养，命余负米而还乡。"从浮梁到洛阳，地隔千里，路远人稀，青年白居易只能在山路上挑米回家，他在赋中描述："出郊野兮愁予夫，何道路之茫茫。茫茫兮二千五百，自鄱阳而归洛阳。"白居易就这样奔走于浮梁山水之中，当时浮梁归属鄱阳郡，白居易在此以鄱阳指代浮梁。

　　白居易不仅吃着浮梁的米，而且是踏着浮梁的路步入仕途。公元800年，白居易由大哥白幼文推举进京赶考，金榜题名，从此生活露出曙光。然而四年后，白居易被贬江州（今九江），在浔阳江头偶遇琵琶女。感于琵琶女的传奇身世，不禁击掌和歌，写下千古奇作《琵琶行》，其中"商人重利轻别离，前月浮梁买茶去"，浮梁借由此句驰名天下。浮梁，浮梁茶，也随着白居易和《琵琶行》，成为独特的文化符号。

　　大哥白幼文病逝后，白居易深情地写下了《祭浮梁大兄文》，"垂白之年，手足断落；谁无兄弟，孰不死生；酌痛量悲，莫如今日……"

　　归来的日子，经常泡一杯浮梁茶。茶香袅袅中，仿佛回到唐朝的赣鄱大地：浔阳江头，山水浮梁，一款香茗，诗氤千古。

在滹沱的柔波里 漫溯

两年前的中秋节，一位朋友邀我参加他的聚餐。到饭店后，朋友指着一个青春洋溢的白人女孩儿说，这是加拿大的丹妮，我的合作伙伴，请你带她逛逛石家庄。

席间，朋友一直对带丹妮去何处举棋不定，我脱口而出："滹沱河啊！"

朋友似有犹疑：丹妮不稀罕水……

我坚持：走吧，眼见为实。

那天下午，朋友开车，我变身导游。滹沱滟滟，秋水盈盈。穿行于滹沱河的丛林、花海、湿地，停车后漫步堤岸，观白鹤翩翩起舞，在小火车主题公园流连……行至北岸一片格桑花海时，丹妮欢叫着扑上去，各个角度摆拍，不停兴奋喊着"Wonderful"。

华灯初上，我们登上正定古城墙。"灯光秀"璀璨登场时，城墙周围一派玄幻之美，丹妮兴奋得手舞足蹈。月明星稀，微风沉醉，欢声笑语，整个夜空弥漫了花和果的甜香。

朋友常驻北京，平时看到的石家庄多来自网络。眼前的胜景，让他顿悟般地喊出：滹沱河，城市的律动啊，名片！名片！烂漫夜空的温润中，我和朋友不禁回忆起二十年前的滹沱河。

那时的周末，能供孩子们游玩的地方极少，到滹沱河边"玩沙"就是好去处了。说是河，哪有水？荒滩裸露，败叶枯枝，垃圾成山……在我至今保留的几张孩子玩耍的照片中，光秃秃的河滩暴晒在太阳底下，风起时沙尘漫天，女儿和小伙伴们光着脚在沙滩上奔跑，隐藏在沙滩中的砾石或别的什么尖锐物品就在孩子们脚下，稍不留心就会划破脚。

变化，是悄悄的。孩子渐大，课业增多，去滹沱河的次数减少。忽然有一年，假期再去时，无论大人还是孩子，都露出惊讶的表情：伸展着长臂的挖掘机轰隆隆作业，远处有人种草栽花——我们惊呼，政府将有大动作啦！

从此，我个人经常前去探究，边边角角，拉网式预览，大呼过瘾。立于工地各处的宣传牌上，开始出现这样的字眼：全域生态修复，推动绿色发展；生态滹沱，湿地森林，绿肺氧吧；人文之河，民心之河……

荒滩、枯草不见了，河道蓄满清水。路边，开始是一棵棵纤弱的树苗迎风摇曳，一株株叫不出名字的花草拼出精致的图案，一条条彩砖小路显得神秘玲珑……过段时间再见，树苗长高了，花海成型了，芳泽绿洲，鱼翔浅底，风筝满天。

一条崭新的景观大道，仿佛从天而降，先前冷寂的河边，一下子冒出众多人和车。

犹记得，2015年，排山倒海的滹沱河花海照片刷屏"国际庄"。那段时间，我的一位作家女友心情寥落。她一向抵拒写作之外的逸乐，但我强烈建议她去滹沱河"开阔"一下，"保你心境大开"。谁知她并不为所动。

当又一个秋天来临，得知她一直未到滹沱河，而那时又增加了一片片花海，媒体铺天盖地宣传，市民奔走相告相约……我突然意识到，时机就在眼下：走，去看花海！

倘徉在北岸的景观路上，我们极目四望，茂密的丛林，清清的河水，鲜艳的花朵，绿色植被舒缓着平时因读书写作而疲惫的眼部神经……忽然，从不习惯情感外露的她，惊呼：这是城市的一片绿肺啊！

那一刻，我俩不停地深呼吸，在滹沱河的柔波里，沉醉……

近年，我也真的把滹沱河景区当成一张名片，每有外地朋友来石家庄，都会带他们到滹沱河"炫耀"一番。有一位新疆朋友告诉我，他平时听说的石家庄，下雨不叫下雨，而叫下土、下泥，"看了滹沱河的生态范儿，看来那些真的是'传说'了"。

以前我多次驾车带女儿到滹沱河边游玩，最近的这次，我对从外地回来的女儿说：咱坐地铁去滹沱河，如何？

我们从中山东路的平安大街站乘坐地铁 1 号线，在会展中心站下车，随着如水的人流，就汇入了滹沱河花海。随心徜徉，任意西东。

"寒风卷叶度滹沱，飞雪布地悲峨峨"——这是一千多年前唐人李颀身边的滹沱；

"凡大河、漳水、滹沱……悉是浊流"——这是宋人沈括眼中的滹沱。

往事越千年。"浊流""悲峨峨"俱往矣。

石家庄有滹沱，如人之眉目。今日滹沱河边，清流潺潺，言笑晏晏，看不尽的醉美画卷。全域修复后的滹沱河，不仅成为石家庄的生态之河、幸福之河，同时携手古城正定实现了同步复兴。我们赖以休养生息的这座千万人口的省会城市，也正在通往现代化、国际化美丽省会城市的征程中奋力前行。

碧水蓝天，柔波万顷，这片鲜活的城市绿肺，正为石家庄带来强劲欢快的呼吸。

深山不老台

夏日来临，山间绿意渐浓。

极目环眺，白云生处，群山叠翠，国家级地质文化村——阜平县不老台村，蛰在太行深处。

不老台"悬"于崖半山巅，昔日"穷在深山无人问"，过去的三年，河北医科大学驻村工作队带领全村深入挖掘再造，渐渐形成名播省内外的"世外小桃源""太行山水人家"的品牌效应，越来越多的游客从山外拥来，沉醉于大山一隅的古、幽、红、雄、野、新之中。

古，堪称不老台景致的第一特色。

阜平，记录了地球二十五亿年的地质演化，不老台正是这一沧桑巨变的窗口。村内外目之所及皆是山体清晰的褶皱、分层，让人深切感受到地球之脉动和大地亿万年沧海桑田的山河变迁；田间街头、溪流河畔还可寻得地质宝物——雪浪石，年龄最高可达二十五亿至二十八亿年，它们是地球早期活动的唯一亲历者和见证者，片片黑白纹理中承载了地球亿万年的演化印记。

村庄对面山顶一棵千年古柏，宛如神笔插云，这便是"文曲星神笔变不老台神柏"的传说了。也许是"神笔"的助力，四百六十九人的小山村走出了一百九十七名大学生，为国家培养出多领域的高级人才。在阜平，不老台就是名副其实的"才子村""学霸村"。

村中的百年老院落、老磨坊、大戏台、古寺古庙，皆为"访古"好去处。随处可见的古树更让村子古意盎然，全村千年以上的古树就有四株，百年以上的古树更是数不胜数。一棵一千五百年的古栗王，树干已成空洞，可容一二人进入，村民称之"白狐洞"，至今仍枝繁叶茂，硕果累累；静月寺遗址旁的千年茶树，全县独此一棵，花开时节，香气弥漫山谷，令人陶醉。

绵绵不绝的禅意，曲径通幽。从古柏处下山，沿幸福小路步行入村，没几步便来到石汪钵。石汪钵又名玄武洞、千尺潭，四季水流不断——这里就是不老台禅意的起始。

石汪钵的奇，奇在深不可测。传说石汪钵直通大海，曾有好奇的村民抽水清淤试图窥其真容，但下挖十几米后深潭底部突然不停渗水，只得作罢，后又请专业人员测量也无果。村民相传石汪钵中曾有长寿仙居住并为村里做善事，于是在潭边修建福寿殿，常有游客来此为亲人祈福。紧邻福寿殿还有一座大智殿，每年举办庙会，引得周边香客纷纷前来朝拜。

静月寺，几块残碑平添了一抹幽意。穿行在遗址石基间，耳边仿佛响起曾经的暮鼓晨钟，随处可见的碎石瓦砾记录了不老台绵长的历史。

深山不老台还充盈着革命的"红色"——神堂堡战役烈士陵园就在村西南约八百米处。在艰苦卓绝的抗日战争时期，日寇长期盘踞在由冀西北通往晋东北的咽喉要道——神堂堡。晋察冀军区某部奉命攻打神堂堡时，战斗异常惨烈，将士伤亡二百余人，全歼守备日军。烈士的遗骸被分散掩埋，连指导员和五名战士的遗体被安葬在不老台。村中刘贵英、蔡为正两位老党员，他们见证了这片红色土地的峥嵘岁月以及红色血脉的代代传承。

鹰头山，整座山峰犹如一只张开双翼即将腾飞的雄鹰，令人惊叹造物主的鬼斧神工，尽显不老台之"雄"。

与"雄"并肩的，是不老台的原始"野"性。石湖瀑布，流水盈盈，如白练垂空。崖壁之上，明暗相间的雪浪纹理如蛟龙盘旋，灵动的山体褶皱似菩萨坐莲，在流水的掩映下平添了几分神秘。瀑布之上，野趣盎然，绵延数里的原始次生林，核桃、山杏、柿子树漫山遍野；松鼠、野鸡、野兔、野猪、野山羊以及各种野生小动物穿行奔跑。若穿过原始森林，还能看到南山神笔、龙劈石、一线天等自然景观，正所谓无限风光在险峰。

游览一番，折回村中，眼前是一个崭新的不老台——水声潺潺中，昔日的山瀑漫流变成了蓝天下的三泉叠瀑，昔日的垃圾场已成为阳光下的花团锦簇，新房，新路，新广场……难以置信，昔日深山穷村竟有了魔幻般的夜景。

入夜，华灯璀璨，流光溢彩，村民们纷纷来到文化广场，大家三五成群，或跳起欢快的广场舞，或畅谈新生活、新面貌。家乡不可思议的新变化，吸引了不少在外打工的村民纷纷回村创业。当然，他们最开心的要数周末、假期，八方游客纷至沓来，"游在景区、玩在乡野、食住山村、增知见文"，这时，村里的农家乐又开始新一轮的忙碌……

深山不老台，山深台不老。不老台山水合一，使古老的山村活力满满，妙趣横生。"太行古陆"的亿年沧桑，千年古木的源远流长，赏心悦目的山水画廊，冀晋交融的民俗风尚，沁人心脾的文化书香，太行特色的饭菜茶汤……在不老台，见证深山古村的美丽蝶变，人，也青春不老吧。

后记：一些文字的奇妙旅行

大约十年前，我在暑期到吉林某企业讲课，本来讲完课就可以离开，但当时那个班似乎正在谋划带领学员到西安某企业实习，不巧的是班主任临时有事，组织者认为我在学校有多年的学员管理经验，于是提议让我临时行使班主任职责带领全班前往西安。

西安之行很是奇特。我之前曾多次到西安，那家企业在全国也如雷贯耳，但这样带领企业培训班的员工到另一城市的另一企业实习，这体验蛮新鲜，充满期待也不敢丝毫懈怠。

到达西安的第二天，就遇到了《坐姿里有灵魂的样子》中那个男孩儿。从吉林到西安，途中也曾零星断续地听知情者讲起这家企业内情，当然首先是总裁及其家人，听得随意，也不曾关注人心，作为这个家庭成员的这个男孩儿竟以这种方式进入我的视线：他的父亲，即总裁，已离婚，但并未抛弃他和他的生母，而是尽心照料，体现之一就是把他送到国外留学，并让他学成归来参与企业经营……我在文章中描述的他的样子极为真实，毫无虚构夸张，他的腰板挺直、正襟危坐，以及整个人瘦瘦小小的谦卑羸弱感深深震撼着我，一眼难忘。当时明知不敬，依然忍不住悄悄拍下了他的坐姿。那一刻，他的伏低状也就在我心里生了些怜惜，以至不断发酵、晕染，成为一种盛大的悲悯。

在西安两周，那个男孩儿笔直的坐姿让我时时有一种如鲠在喉、不吐不快的倾诉感，却又一时无从表达。其间，我有时特意到他的办公室附近，偶尔也能撞见他安静地工作，仍是一副静悄悄的模样。于是实习间隙我在笔记本里记下了关于这个男孩儿、关于他的坐姿的零星文字，一直到实习结束，离开西安回到正常的生活轨道。

后来的一天，终于将这个印象形诸笔端，写下一篇《青春的脊柱》，但投稿几次均无果。我在心里却不忍放弃，更多的是每当那个年轻的身影出现在眼前，就会翻出这篇稿子思绪绵绵。契机的来临是 2019 年冬，女作家周晓枫到河北讲座，我坐在台下，零距离目睹了似曾相识的坐姿，心一动，立即触发了蛰伏在内心深处那个西安男孩儿的身影，回到家立即补充润色，以《自律的风景》为标题投给《今晚报》，责任编辑朱孝兵改为《坐姿》，发表在 2020 年 7 月 8 日副刊头条。

心结落地，仿佛嫁女成功。却远未结束。几个月后，《青年文摘》一位女编辑联系我，欲转载这篇文章。此前《青年文摘》曾转载过其他文章，每次转载都认真与我联系，心知这是一家极为负责和诚意满满的杂志。不久，这篇稿子在《青年文摘》发出来，标题改为《坐姿里有灵魂的样子》。

名刊威力爆棚。这篇稿子在次月评刊中，读者投票率最高，成为最受欢迎的文章。

之后的桥段基本熟悉了，被《青年文摘》转载的文章，被做成中高考阅读理解试卷是第一路径，忽有一天已发现网络上满屏都是"灵魂的样子"，至今说不清到过多少中小学生的笔下；2021 年，由卞毓方主编的散文集《人间有所寄》一书收录此文，书印出来编辑发来多个截屏，告诉我这篇文章"打动了"多少读者、走进了多少人的内心。

我的另一篇关于毛姆是否到过首尔的文章《毛姆·首尔·风马牛》（《文学自由谈》2022 年第 1 期），经历了一次跨国"旅行"。应为此前读过一篇毛姆短篇小说《一位绅士的画像》的读后感。我在一个毛姆读书群里发布我的这篇文章，立即就有一位骨灰级毛粉发给一位在英国的朋友，很快我得知：毛姆从中国回欧洲时就是从沈阳经朝鲜半岛再到日本乘船，路线是：奉天—安东—新义州—首尔—釜山—马关—东京。问他出处，答英文版《毛姆传》！并指出具体页码。我立即动用英语世界的所有人脉，最终一位侨居加拿大的朋友为我买到这本英文版，只因暂时阻断的航路邮路而未及时收到。其间忽有一天，那位文友又发来微信，说是"记错"，英文传记里并无那段。我虽失望，但想到他常驻英国，专职英文翻译，应该对毛姆到过首尔的文字有过印象……这本英文版就这样阴差阳错来到我手中，却带来意外收获：当我对某一个情节存疑，就用翻译软件对照英文原版，竟得到许多因语言而带来的奇特体验。

我相信，每一篇文章的成型已经在作者身体里进行过一场奇特的旅行，文字的排列组合、情节的删减取舍，都是一种内循环；当文章被编辑发表出来，身披多彩羽翼，开放它的天地之旅。当然，文章能飞多高多远，还取决于文章本身的"成色"，我多次发现身边的优秀小说家，她的一个中篇小说经一个并不怎么高大上的杂志发表后，却被包括《新华文摘》在内的所有小说类选刊转载，于作者而言，这样的幸福肯定铺天盖地了。

作家无论大小，只要读着写着，注定不只写给自己看，希望尽量被更多的人读到。其间被转载，被关注，被臧否，都不失为一种幸福快乐。

刘世芬
2023 年 1 月